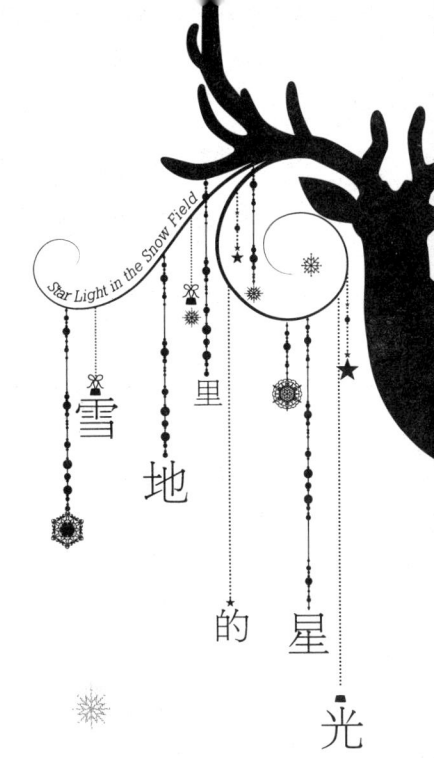

雪地里的星光

奈奈 著

北京燕山出版社

图书在版编目（CIP）数据

雪地里的星光 / 奈奈著． －－ 北京 ：北京燕山出版社，2012.4
ISBN 978-7-5402-2801-9

Ⅰ．①雪… Ⅱ．①奈… Ⅲ．①长篇小说－中国－当代 Ⅳ．①I247.5

中国版本图书馆CIP数据核字(2012)第063894号

雪地里的星光

作　　者	奈　奈
责任编辑	常思薇
品牌运营	Sean.L
特约编辑	李　黎　又　又
视觉监制	611
文字编辑	王　彦
装帧设计	花　婧
插画制作	索·比昂卡创作组（蓝色创可贴　飞翔舞　云末清凉　Daily）
文字校对	韩江宁
出版发行	北京燕山出版社
	北京市宣武区陶然亭路53号　　邮编100054
经　　销	新华书店
印　　刷	三河市灵山红旗印刷厂
成品尺寸	690×990 mm　　1/16
印　　张	16
字　　数	203 千字
版次印次	2012 年 5 月第 1 版　　2012 年 5 月第 2 次印刷
定　　价	24.80 元

版权所有　　盗版必究

目录
CONTENTS

楔子 离·伤 PROLOGUE 001

第一章 雪夜·邂逅 CHAPTER 01 007

第二章 雪夜·初暖 CHAPTER 02 025

第三章 雪夜·萌动 CHAPTER 03 045

第四章 雪夜·悸动 CHAPTER 04 065

第五章 雪夜·伤殇 CHAPTER 05 087

第六章 此情·迷离 CHAPTER 06 107

第七章 此情·如缚 CHAPTER 07 127

第八章 此情·渐晰 CHAPTER 08 145

第九章 此情·不移 CHAPTER 09 165

第十章 此情·至宇 CHAPTER 10 185

第十一章 此情·可待 CHAPTER 11 205

尾声 暖·晴 EPILOGUE 223

目录
CONTENTS

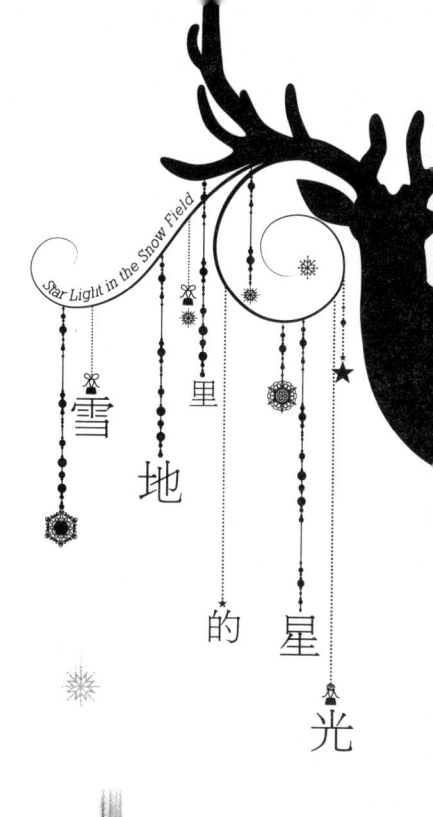

雪地里的星光

楔子

PROLOGUE

离·伤

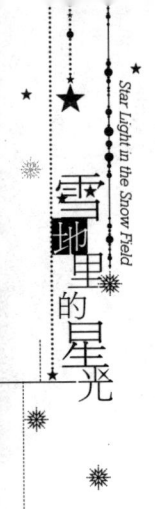

一场大雪，几乎将整个城市覆盖。

雪，像是从遥远的白色圣域闯入尘世的精灵，簇拥着的白色精灵，顽皮地在风中跳跃、嬉笑，银白的流光偶尔从小小的、又轻又柔的白色雪花上一闪而逝，映出漫天流光溢彩的晶光。

凋零的枝杈上挂着冰锥，在微风中轻轻晃动，远远看去却像是流出的泪水。

整个世界苍茫一片。

空气中弥漫着无法言喻的哀伤。

女孩孤身立于树下，晶莹的雪花嬉笑跳跃着从空中落下，落满了她的眉宇，平静的神情却让人感觉到一抹灵魂被抽离般的空洞，那样沉沉的悲哀，连空气中的雪花都为之动容。

这时，身后突然响起"簌簌"的脚步声。

漆黑纤长的睫毛轻轻一动，白色飞舞的精灵从她的眼睑飘落，女孩抬起头，脸上那抹悲伤随即不见，回过头的那一瞬间，她已经是满脸笑容，刚才的悲伤似乎随着大雪飞舞飘零，很快和蔓延到远方的白色融为一片，寻不到任何踪迹。

俊美的少年围着白色的围巾，眼底的温柔比春日的暖阳更加温暖人心。他凝视着女孩，黑眸中迸射出水钻一样晶莹的光芒，他加快步伐走到她的跟前，满脸期待。

还未开口，女孩已经笑着说："我要走了。"

笑容僵住。

少年的嘴角动了动，只觉得一股寒意渗进心脏，冰冷得让他无法思考，双眸的亮光也在一瞬间黯淡。他定定地看着女孩清亮的眼眸，看见自己悲伤的表情在她含笑的眼中慢慢模糊，那样坚定和淡然，让他原本的期待一点一点被浇熄……

……

"是不是，不论我做什么，都比不上他在你心中的位置？是不是，不论我如何努力，也无法赢得你的心？"颤抖的声音在寒风中绝望得如同濒临死亡的小兽。

女孩脸上的笑容渐渐凝固。

她背过身去，沉默地点头，寒风扬起她纷乱的长发，冷若冰霜的神情就像这冰冷的天气一般，让他的心渐渐冰凉。

……

看着她僵直的后背，少年凄凉一笑，一步一步地后退，哽咽的声音如同从树梢碎裂的冰碴儿，一字一句，寒冷彻骨："这真的就是你想要的生活、想要的幸福吗？"

声音在寒风中颤抖。

少年紧握双拳，这一刻，他那么害怕得到最后的答案，却又不死心地期待最后的一线转机。

"回答我，是不是？离开我，真的会让你幸福吗？"

女孩的双手紧紧攥成拳，晶莹的泪珠在眼角凝结成冰晶，惨淡的阳光透过纷乱的大雪，映照在她的脸上，无数跳跃的流光从她湿润的睫毛上迸射出来，如同镶嵌了无数璀璨的水钻，和天空中的白雪相映生辉。

令人窒息的沉默在空气中蔓延……

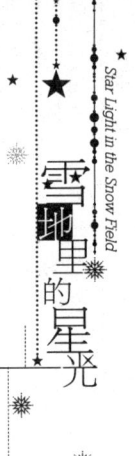

仿佛过了一个世纪的时间,女孩子才转过身来。

她仰起头,笑靥如花,颤抖湿润的睫毛下,那双黑白分明的大眼睛直视他的双眼,坚定地点头:"是,我想要的,自始至终你都无法给予。所以,请不要再来破坏我的幸福。"

……

无尽的哀伤笼罩了少年的全身。

他轻笑着,不可思议地摇头,没想到她对自己竟然冷酷到没有一丝感情。原来,从头到尾,所有的一切都只是他的一相情愿罢了。他带给她的除了困扰,竟然连一丝的快乐和幸福都不曾有过。他在她的生命里,只不过是一个会破坏她幸福的障碍而已……

漆黑的睫毛在飞舞的白雪中颤抖着,一滴泪珠沿着少年俊美的脸庞滑落,性感的红唇却扬起了一抹妖娆的笑意。

他苦笑着摇头,看着女孩子的眼中雾气弥漫。

最终——

他再没有说话,转身离开。

雪地上清晰地印出一排有些凌乱的脚印,大雪呼啸着卷向远方,将那些深深浅浅的脚印掩埋,视线里只剩下苍茫的白色。

女孩子怔怔地立在大雪中,眉毛和睫毛上都落满了雪花,身体的温度被汹涌的寒冷抽离,只剩下撕裂般的疼痛在心脏中蔓延。

黑亮清澈的瞳孔里,映出少年孤单僵直的背影,在雪地里拉出长长的影子,很快就被纷乱飞舞的大雪撕扯得凌乱而模糊。

她闭上眼睛,听到自己的心脏碎裂的声音,似乎有殷红的血液从心底流出,和他相遇以来的情景就好像是昨天才发生的一般……

一幕一幕,都如同这呵出的白气,清晰地重现在眼前,却最终消逝在这空气里。

"对不起,是我无法给予。为你,我相信有来生。"

泪水终于无法控制地流下,她缓缓地跌坐在雪地里,任自己冰冷的身体和苍茫一片的世界融为一体。雪越下越大,这无法诉说的爱情,与他离去的脚步,一同被这场大雪掩埋……

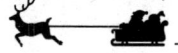

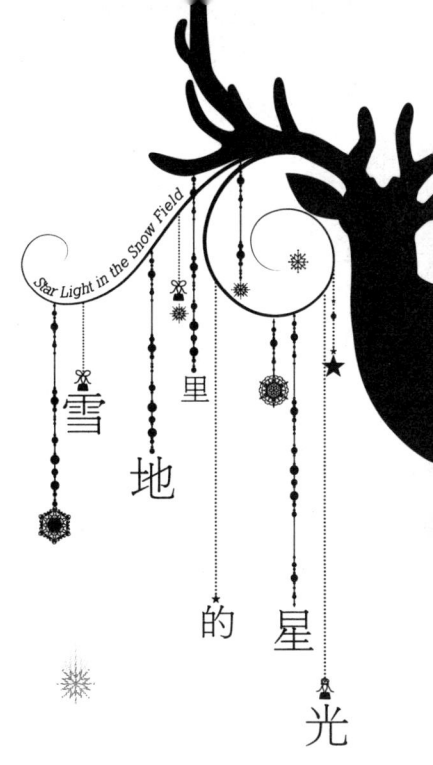

雪地里的星光

Star Light in the Snow Field

第一章

CHAPTER·01

雪夜·邂逅

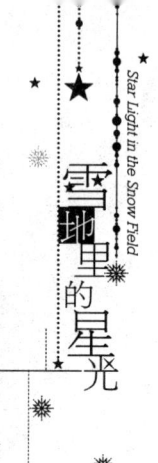

【一】

　　夜里的空气中弥漫着浓浓的白雾，街道像刚下过雨一般，被夜里的寒霜浸染得湿漉漉一片。清冷的街道上，没有一个行人走动，几片干枯糜烂的树叶几乎和路面融为了一体。安静的街道上，只听得到自己的脚步声。

　　寒风吹来，于晴紧了紧外套，将头往里缩了一些。

　　红色的毛线围巾将她略显苍白的小脸映衬得更加白皙细腻，只剩一双湿漉漉的眼睛露在外面，漆黑纤长的睫毛上已经凝结了一层薄薄的晶体，如同水钻般随着颤动的睫毛闪烁着暗淡的光。

　　想起刚才给安东补课的时候，他仰着小脑袋，眨巴着那双水汪汪的大眼睛，问："姐姐，你知不知道Eternal？"

　　她微微愣了一下，看着面前洋娃娃一样可爱纯真的小男孩，略一思索，轻笑道："Eternal，是永恒的意思。"

　　小安东伸出胖乎乎的小手捂着嘴巴得意地笑，装出很老成的样子摇头："姐姐不知道了吧，他是一个很出名的明星。"

　　她又是一愣，有些惊讶地睁大眼睛："原来小安东还懂这么多东西，你也有崇拜的明星呀？"

　　小安东俏皮地皱了皱鼻子，站到她面前抬高下巴，对于晴小看他感到十分不满，大声说道："我懂好多东西呢！Eternal是我现在最崇拜的明星哦，他唱的歌都好好听。几乎所有人都知道他的名字，只有姐姐笨笨的，什么都不知道。"

"好哇,你敢笑老师笨!"

于晴伸出青葱般的食指在小安东的额头上点了一下,继而和他一起笑了起来。

告别的时候,小安东还一再让她一定要去听一听Eternal的歌,一个名字为"永恒"的歌手,于晴笑了笑,并没有放在心上。

能够让她记在心上的人,已经在三年前莫名地消失在她的世界里……

一阵风吹来,刺骨的寒气钻进她的脖子里,她打了个激灵,将红色的围巾围得更紧一些,可是仍然无法抵御心脏深处传来的冰寒,想起那个名字,她的血液就开始凝结成冰,记忆如同温暖的潮水,带着阳光的温度将她整个人拥抱。

这条红色的围巾简帆也有一条,是她亲手织给他的。每年冬天,他们就围着同样的围巾依偎在一起取暖,洋溢在嘴角的笑意,总会带给她比春日的暖阳更加温暖的幸福。

自从他离开之后,她才发现,无论她穿得多么暖和,都无法抵御从心底侵袭而来的寒冷,她所有的温暖都来自于他。

可是他却连同她世界里的阳光一起带走了。

再无音信。

Eternal,是永恒的意思。

她记得那个说过永远都不会离开她的人,也对她许下过类似永恒的承诺,可是,在这样清冷的寒冬里,她所能够听见的,除了自己的脚步声,就只剩下这冷冽的风声。

【二】

突然,一阵凌乱的脚步声在身后响起!

于晴微微眯起了眼睛，一道寒光从雾气朦胧的瞳孔中迸射而出！

像这样寒冷而寂静的夜晚，慌乱的脚步声总会让人莫名地心慌，可是于晴只是略微地转过头，神情平静得像是没有发生任何事。

街道的大树在夜风中簌簌作响，枯枝上结了厚厚的白霜。

浓雾里，几个穿着黑西装的男子匆匆忙忙地从自己的身旁经过，好像在追寻什么重要的东西，看到她的时候，都不约而同地瞄了她一眼，就飞快地跟她擦身而过。

于晴微微垂眸，安静地收回目光，和自己无关的东西，她从来不多加理会。现在她只想快点回到自己的小窝，喝一杯滚烫的开水，然后美美地睡一觉。

她加快步伐，走进前面的巷子。

巷子很黑，但她早已习惯了这样的黑暗。她像往常一样走在巷子里，冷硬的鞋底踩到地面上发出细微而清脆的碎裂声。正在这时，她猛然发觉有东西迎面扑来，还来不及躲开，就已经被结结实实地撞了个正着，她一时重心不稳，一个趔趄，和迎面撞上的那个人同时跌坐在地。

"嗯……"

痛苦的低呼声在耳旁响起。

于晴抬起头看去。

一双明亮的眼眸如同清泉中沉淀的黑宝石，绽放着异样美丽的光芒，闯入她的眼帘！

于晴浑身一震，怔怔地看着面前俊美如斯的少年。

月光下，他浑身仿佛都流转着银白色的神秘光芒，漆黑如墨的发丝略显湿润，几滴水钻般炫目的水珠在发梢闪动，挡住了他眼底的光芒，隐约可以看到空气中森寒的雾气在他的睫毛上凝结成一层薄薄的寒霜，让他幽深的瞳孔显得更加明亮清澈。

高挺的鼻梁如同刀削，衬得薄薄的红唇更加性感魅惑。

于晴的视线一路下滑。

虽然他跌坐在地上，但强劲有力的骨骼和身体弧度仍然彰显出他非凡的气质和体魄，一种无形的气场让他多了几分高贵和神秘的气息。

少年似乎也摔得不轻，不悦地皱眉抬头。

和她的视线相接触的那一刻，那双美丽幽深的眼眸中掠过一抹惊异。

这样的惊怔只持续了片刻，就被再一次响起的脚步声打断！

也许是寒冬的夜晚太过安静，巷子里略微的响声都会显得格外清晰。刚才的动静足以惊动刚刚离开的那几个黑西装男子，他们再一次朝着这个方向奔来。

于晴还未起身，就看到对面的少年腾身而起，着急地环视四周，发现能够藏身的地方只有路边的垃圾袋堆。他皱起眉头，听着越来越清晰的脚步声，好像下了极大的决心，一咬牙，修长的身形弯出优雅的弧度，猛地往边上的垃圾袋堆里钻去。

于晴的脸上闪过一丝若有若无的笑意。

正在这时，那一群黑西装男子已经到了面前，前后左右环视片刻后，冷厉的视线锁定在于晴身上，几个人同时走向她。

"你有没有看到一个和你差不多大的男生？"

领头的一个黑西装男子，微微眯起眼睛，居高临下地问于晴，漆黑的双目让他浑身爆发出逼人的压力。

于晴淡淡地看了他们一眼，没有理会，而是自顾自地起身，拍掉身上沾的一些冰碴儿泥土。

她的漠视顿时让那群黑西装男子极为不满，其中一个看起来很结实的大

个子,怒气冲冲地冲过来指着于晴,厉声吼道:"喂,小丫头,和你说话没听见啊,聋了还是怎么的?"

像是没有听到他的话一般,于晴站在那里,拽了拽自己的衣服,小心翼翼地将红色的围巾重新围好,这才抬起头看向那个大个子,黑白分明的眼睛中闪过一道极寒的光芒。大个子浑身一紧,只觉得心脏好像被那道目光冻结了一般!

他揉揉眼睛,再看去时,却发现面前的女孩子表情淡然,清丽的容颜看起来柔弱而端庄。她带着笑,十分有礼地说:"和我差不多大的男生吗?我看到了。"

"在哪里?"领头的"黑西装"一步越过大个子,走到她面前,语气十分急切。

于晴好像感觉到黑暗中似乎有一道晶亮的光射来,她垂下头将垂在额前的发丝拢到耳后,视线漫不经心地扫过一旁的垃圾袋堆。

微微挑起嘴角。

纤长的食指伸出,在淡淡的月光下流转着细腻的光芒,指向另一个方向。

"他刚才从这里跑过来,把我撞倒之后,朝那边跑了。"

"那边?"

领头的似乎有些怀疑,看着她指的方向,他们刚才过来的时候,并没有听到任何的脚步声。

于晴看出他并不相信,于是又说:"他好像还没有跑远,现在追的话……"

她的话音未落,领头的人已经大喝一声:"走!"

夜幕下,几个身影朝她所指的方向冲去。于晴狡黠的目光一转,笑容从脸上消失，并没有理会还在垃圾袋堆里躲着的那个少年，独自离开。

俊美的少年狼狈地从垃圾袋堆里钻出来，望了一眼跑远的"黑西装"们，松了一口气，脸上绽开笑容。他快步追上了于晴，有些好奇这个陌生的女孩为什么要帮自己说谎。

【三】

"喂……"

见她并没有要回头理自己的意思，少年先开了口。

可是女孩的脚步一点也没有要停顿的意思。他只好上前伸手去拍她的肩膀，可是一掌下去却拍了个空。女孩子已经以令人吃惊的速度闪到了一边，并利落地转身回头，正目光不善地瞪着他。

少年一怔，眼里闪过一抹惊愕，他看着自己的手掌，莫名地就笑了起来，看来这个女孩还真有意思，他很少见到哪个女孩子会有这么利落的身手。

而且看她那么冷漠的表情，明显一副拒人于千里之外的样子，更让他觉得有趣。

明明她刚才还帮着自己，一眨眼却又变得这么冷漠。

"你认识我？"

少年挑了挑眉，眼中带着几分骄傲，勾唇问道。

于晴看他一眼，原以为他是想来道谢的，可是没有想到他开口却问了这么一句莫名其妙的话，于是摇摇头，转身继续向前走去。

"那你干吗救我？"

少年眨了眨眼睛，心里更加疑惑，一抬头见于晴已经离开，忙追上去："喂，我在和你说话，难道你没有听见吗？"

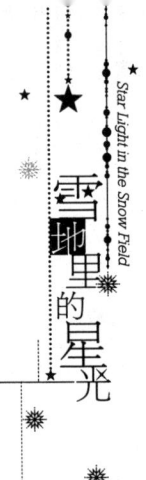

他说话的语气和刚才那些黑西装男子竟有几分相似。于晴微微皱眉，心里有些不悦，自顾自地朝回家的方向走去。可是少年似乎非要得到答案不可，不依不饶地跟在她的身后。巷子很深很长，一直到快走到尽头，于晴才忍无可忍地回头瞪着他。

"你到底想干吗？"

"我就是想问你，为什么要救我？你认识我吗？你……"

他的问题一个接一个地冒出来，于晴开始后悔自己为什么要插手这件事了。早知道他这么烦人，还不如直接让那些人抓去。不想再听少年喋喋不休，于晴一个箭步冲过去，在少年还没有反应过来时，伸手擒住他的胳膊向后用力一拧。

少年痛得惊呼，吃力地回头看着她，不解地问："你干什么！"

于晴还没来得及回答，就听到身后那些杂乱的脚步飞快地向这边跑来。那群"黑西装"看到于晴擒着少年时，双眼好像要喷出火来，二话不说，气势汹汹地冲了过来！

于晴的嘴角浮现出一丝冷笑，淡淡地看了少年一眼，松开手，原以为一切该结束了，可是没有想到那些黑西装根本不理会被她甩到一旁的少年，不但没去抓他，反而全部朝她冲了过来，若不是她反应快，她已经被那些人擒住了！

那些"黑西装"将她围在中间，个个目光中都带着敌意。于晴微微抿唇，花瓣一样清冷的唇瓣在月光下泛出淡淡的光泽，她的眼中闪过不解，盯着那群人。

"你们不是要找他吗？人就在那里！"

她朝少年所在的方向看了一眼，却见那少年悠闲地站在一边，一点儿都看不出害怕的样子。

于晴皱眉，见那群"黑西装"连看都不看一眼那少年，都直勾勾地盯着她，莫名的压力从四面八方压过来。她眯起眼睛，双手渐渐握紧……

在"黑西装"们还没有反应过来的时候，她已经低喝一声，倾身而上，单脚用力一踩地面，腾空飞出一脚，原想他们一闪开她就立刻逃走，可是那些"黑西装"似乎看出了她的想法，丝毫没有闪避，反而迎了上来！

一场混战在这个静默的夜里，莫名地开始了……

刚开始，她还能够招架，动作利落地踢开几双挥来的拳头，凭借纤细的身形在众人缝隙中游走，看准机会犀利地出拳出脚，几个"黑西装"重重地挨了几拳，还有几个被她踹倒在地上，一时间，几个人竟被她打得毫无还手之力！

但毕竟对方的人多，加上她的体力不比他们，渐渐地居于下风……

惊险地闪过一拳时，她意外看到男孩站在战局外，饶有兴趣地看着她，一副看好戏的模样。她顿时恼怒，就在这一走神的瞬间，没能躲过他们的围击，肩膀重重地挨了一拳，整个人摔到了地上。

剧烈的痛感从肩膀处传来，于晴抬起头时，清丽的面庞上柔弱的气息消失无踪，面如冰霜！

她环视着那群"黑西装"，缓慢地站了起来。

充满灵气的双眼逐渐被森寒的光芒笼罩，似乎有薄薄的雾气从眼底蒸腾而出，纤长的睫毛微微颤动，如同蓄势待发的蝴蝶要冲破厚茧的束缚，那种危险的气息让周身的空气都随之凝滞。

原本不想伤她的"黑西装"，在看到她的神情之后，瞬间警惕起来。

漫天的白雾将夜色包裹。

森寒的狂风呼啸着从四面八方翻涌袭来。

呼吸悠长而安静。

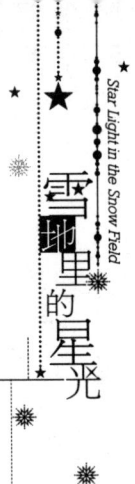

淡淡的热气从她的鼻中喷出。

她的长发在风中飘扬着,垂下的睫毛挡住了瞳孔深处的光芒,只能看到她脸上的笑容带着若有若无的寒意!

猛然!

纤长的睫毛如同展翅的蝴蝶般扬起!

一抹晶亮的光芒随之迸射而出!

眼看一场惨烈的打斗将要拉开序幕,一旁的少年猛然冲了过来!

【四】

于晴刚抬起头,就感觉到一阵寒风从侧面袭来,接着手上蓦然传来一阵温热。这一阵突如其来的温度让她的思考有片刻的停顿,下一秒,她已经被人拖着带离了这里……

呼啸而来的风在耳旁擦过,月亮不知道什么时候躲进了云层里。于晴怔怔地跟着他奔跑,被这个陌生的少年紧紧地抓住左手。

在她的记忆里,只有一个男孩子曾紧紧地握住她的手奔跑过……

她还记得那时的天空蔚蓝澄澈,那时的太阳灿烂明媚,那时的笑容温暖甜蜜,那时的幸福,如同最美丽的梦境,驻扎在她心底最冰寒的地方,让她无法从中逃脱。

再一次有了这样的感觉,于晴只觉得整颗心脏都紧缩起来,钝钝的痛在心底抽动,让她眼眶发酸,却无法哭出来。

不知什么时候,奔跑已经停止,少年仰起脸,笑容如同春天的繁花一样在他的脸上绽开。他松开她的手,弯腰撑着自己的双膝在她旁边喘着粗气,一边还紧张地眺望着身后,看有没有人追来。

过了一会儿,他才大笑着说:"看来,我们安全了。"

突然消失的温度让于晴的心随之一空，整个人清醒过来。她淡淡地瞥了他一眼，没有说话，转身离开。

"喂……"少年叫住她，"我救了你，你连声谢谢也不说啊！"

于晴顿住脚步，回过头定定地看着他。

只是一眼，那少年就愣住了！

橙黄的灯光从远处射过来，白雾淡淡地缭绕在她的身边。

月色淡淡的。

银白的光芒映着四周的寒霜，让周围的一切有种童话中的迷幻。

灯光下，女孩子的脸显得苍白细腻，却像天使一般动人，睫毛纤长，如同蝶翼般微微颤动着，娇俏的鼻子下，毫无血色的嘴唇如同悬崖边飘舞的白花。

但那冰冷的气质又与她的长相截然相反！

看着她不带丝毫感情的双眼，少年有些怔住了，一时间，就那么呆呆地看着她，只觉得脑中一片空白。

"那……就算我们，两不相欠。"于晴终于开口，声音如她的表情一般冷漠，转身时不带一丝留恋，利落而干脆。

看着她秀挺的背影，想到刚才从她指尖传来冰冷的温度，那种清凉的感觉就像是这夜里的空气一般，不着痕迹地渗进了他的心底。他看了看自己空落落的手掌，美丽的眼眸中映出女孩子刚才那样清冷圣洁的容颜，心中竟充满了留恋。

想到自己反正也没有地方可去，干脆再一次赖在女孩的身后。

"喂，你叫什么名字？"

"喂，你要去哪里？是要回家吗？"

"喂，你干吗不说话？你平时也这么不爱跟人交谈吗？"

"喂,我叫萧若宇,你听到了没有?"

"喂……"

于晴紧握着双拳,让自己不要去理会身后的萧若宇,他却一直跟在自己身后喋喋不休。直到他自我介绍的时候,于晴终于有些无法忍受,猛地停住脚步,身后的萧若宇就这样撞了上来!

"嗯……你干吗突然停下来?"他一脸委屈地瞪着于晴质问道。

"不要再跟着我。"于晴眯起眼睛,头也不回地说道。

"为什么?"萧若宇不以为然。

于晴第一次发现,人与人之间的沟通是这么困难的一件事,她耐着性子说:"你叫什么,和我没有关系,我叫什么,也和你没有关系,明白了吗?我们并不认识,以后也不会相见,所以请你不要再跟着我了。"

一阵寒风从树梢刮过,结着冰的枝桠在头顶摇曳着,一些细小的冰碴儿从树上落下来,砸在旁边的地面上,发出清脆的声响,那清晰的碎裂声,就像砸到了萧若宇的心里一般,让他再一次莫名地悸动。

他也说不清楚为什么,只知道当他看到她那无可奈何的模样时,眼里竟泛出了笑意。

"可是,刚才我告诉你了,我叫萧若宇!"他说得理所当然,凝视着她的双眼丝毫不为所动,打定主意要跟着她。

于晴终于发觉,根本不应该和他说这么多,干脆继续走自己的路。

萧若宇跟着她的脚步,嘴角上扬,俊美的容颜也因此有了更加魅惑人心的吸引力。他想,也许是终于逃开那个牢笼,所以心情才会这么轻松,也可能是因为一逃出来就遇到这样一个特别的女生,所以心里充满了期待,才会让他感觉如此愉悦……

"你真的不打算告诉我,你叫什么名字吗?"安静了一会儿之后,萧若宇再次发问。

"这样很不公平，你已经知道我叫什么了。"

"为了公平起见，我给你一个机会，我无处可去，你收留我一个晚上。如果你怕家人误会的话，只要随便找个地方让我睡一晚就可以了。"

萧若宇低着头自顾自地说着，抬起头时对上了于晴的目光，他觉得心脏深处好像敲响了一个鼓点，怔在那里忘记了继续往下说。

"我没有地方可以收留你。"于晴冷冷地回答，却没有继续往前走。

"那你忍心看到我露宿街头？这么冷的天，我会冻死的……"他抬头看着面前的房子，拉了拉外套，将半张脸都缩进领子里，只露出一双可怜巴巴的眼睛眨呀眨。

明明是可怜分分的表情，说话的语气却理直气壮。

"这，和我有关系吗？"

于晴微微一笑，走上阶梯打开门，在萧若宇还没跟上的时候，"砰"的一声将门合上。萧若宇被关在外面，盯着那张半旧的大门发呆。

【五】

他扬起头，看到黑漆漆的窗户顿时亮了起来，如同黑夜中突然燃烧起来的小太阳，充满了吸引人的温暖。那通透的灯光和外面的漆黑好像是两个世界，让他的心里充满了向往和期待。

于晴走到房间里，看着掌心擦破的地方，渗着血丝。

她脱下外套，将红色的围巾拿下来，凝视了片刻才将它仔细收好，然后去卧室拿了医药箱，取出酒精一边消毒，一边回想着三年前……

那时候，简帆突然离开。

为了打发时间，她去报名参加了学校的散打和跆拳道班。

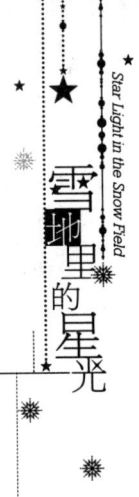

那段时间,她几乎将所有的精力都放在了上面。每天疯狂地练习,借此让自己没有时间胡思乱想,直到精疲力竭才倒在练习场上。每天拖着疲惫到极点的身体回到家中,闭上眼睛就可以进入梦乡。那时候,她多么希望自己可以永远那么睡下去,永远都不要醒来,那样就可以不用面对无法逃脱的痛。

看着窗外漆黑的夜空,于晴很努力地睁大双眼,将那些即将涌出来的泪水硬生生地逼了回去。记得每一次累倒在地上爬不起来的时候,她都会告诉自己:她可以保护自己,她不需要任何人。

曾经那些永远会保护她、让她依赖的承诺,她可以假装从来都没有听到过……

上好药,她将东西整理好,回到自己的小窝。

打开抽屉,一个精美的日记本安静地躺在那里。

于晴看了它一眼,将它拿了出来,放在桌上想了很久,轻轻地翻开了第一页。

那是一张很唯美的照片。照片上,她的笑容在阳光下显得那么甜美,带着所有那个年纪的少女都会有的幸福和单纯。有时候,连她自己都会恍惚,这样的笑容真的曾经属于她吗?

照片的中间有一条裂痕,却又被仔细地粘贴好了,裂痕的右边是同样笑得很开心的少年。

那俊美的容颜和不凡的气质,足以令每个女孩羡慕。他的眼神似乎带着高于一切的骄傲和自信,俊美的容颜比阳光更加耀眼。他浑身似乎都散发着光芒,足以吸引所有视线的美丽眼睛,正专注地凝视着于晴。

那种宠溺中带着温柔的眼神,看一眼便会让她难过一次。

"三年了,你在哪里?"指尖轻轻地抚摸着照片上男孩的笑脸,于晴的泪珠终于滑落。

就在他刚刚消失不见的时候，于晴找遍了他可能会在的每一个角落，可是他像彻底地从她的生命中消失了一样，再也寻找不到任何踪迹。之后的每一天，她都在努力让自己忘记他所有的好，忘记对他所有的依赖，可是三年了，她除了学会一个人安静地生活，对他思念却越来越浓。

眼底的冰冷在看到照片上那个男孩子的笑容之后，终于温暖了一些。

她读着日记本里曾经记载的心情，每天都让那样的甜蜜和感动在自己心里重温一次。她怕自己有一天真的会变得心如铁石，忘记所有的温暖和感动，再也无法感知任何感情。

眼睛一点点模糊，她很想知道，这三年来每一次思念他的时候，他会不会也在想她？

哪怕只是一点点……

日记的某一页上，打着一个大大的问号，从那之后便是一片空白。她不再写任何的心情，也不再诉说。她慢慢地翻阅着，这是她已经很久都不敢去看的心情。

问号的前面，只有一句话：简帆，你在哪里？

双眼顿时湿润，于晴仰起头，睁着双眼，无数的画面在脑海里跳跃着……

穿着校服的于晴，坐在简帆的单车后座上，咯咯地大笑出声。在经过游乐场时，于晴突然从后座跳了下来，简帆急忙刹车，回头却看到于晴一脸向往地看着游乐园里的孩子们。

他知道，于晴一直很想要进去玩一次。

她曾经告诉过他，父亲在生病之前答应过她，在她生日的时候要带她去游乐园里痛痛快快地玩一次，可是还没等到她的生日，父亲就已经住进了医

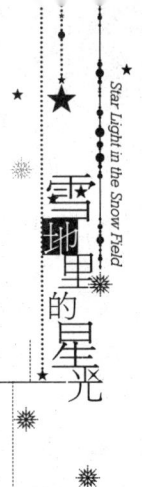

院里。

简帆走到她的身后时,她并没有发觉,直到他的手搭在她的肩膀上,她才发现自己不知道什么时候已经泪流满面。

简帆心疼地为她拭去泪水,伸出小指郑重地对她说:"等你生日的时候,我们就到这里来玩,你想玩什么,我们就玩什么!"

"真的吗?"于晴惊喜地问。

简帆用力地点头,和于晴的小指一钩:"真的。"

"可是,爸爸曾答应我永远不离开我,永远陪着我、保护我,他说要带我去游乐园玩,却依旧抛下我离开了。"

于晴的眼眶红了。

其实,她更在意的是父亲毫无预兆的离开,父亲骗了她,带走了她对父亲所有的依恋。

"傻瓜,因为你爸爸知道,以后会有我陪着你啊。于晴,相信我,我会永远保护你,让你依赖,永远都不会离开你!"

"你不会骗我?"于晴的眼泪沿着脸颊滑落,哽咽着说,"不会像爸爸一样骗我的,对不对?"

"这是我对你的承诺!"简帆凝视着她的眼睛,用力地点头。

于晴开心地笑了起来,简帆厚实的手掌温暖而宽大。

他轻轻摸着她的头,双眼满是柔情地看着她说:"你知道吗?你笑起来的时候,好像整个世界都明亮了。"

那时候于晴在想,也许上天对她并不算公平,但至少把简帆带到了她的身边。

他是那么疼她、宠她……

可是令她没有想到的是——

【六】

第二天清晨,她在家门口等了很久也没有等到简帆来接她。她以为他只是临时有事,但是接连几天他都没有再出现,她再也没有见到他。

她跑到他家,才发现他竟然出国了,连房子都已经卖掉了……

还没有等到她的生日,简帆就消失不见了,消失得令她措手不及。她从未想过有一天简帆也会离开,甚至连一句道别的话也没有留给她。

那天,她看着无边无际的天空,心中一片灰白。

死一样的沉寂笼罩了她的心。

她不想再说任何话。

合上日记本,于晴深吸了一口气,揉了揉双眼,刚才在巷子里发生的事浮现在脑海,想到自己竟然会贪恋一个陌生人掌心传来的温度,不由得自嘲道:"于晴,你果然还是这么没用。不是说好,不要再相信任何人,不要再依赖任何人吗?"

将日记本放进抽屉里,想了想干脆连抽屉也锁上。起身关窗的时候,她才惊讶地发现,天空居然下起了大雪,那些雪花大片大片地往下落着,好像要将这个城市覆盖了一般。

关了灯,她缩进了被子里,闭上眼睛的时候,脑海里突然浮现出萧若宇的身影,那双美丽的眼睛仿佛会说话般一直在她脑海里闪动。

他说,他无处可去。

他说,他睡在外面会冻死的。

于晴摇摇头:"算了,他一定会有地方去的。"

也不知道是对谁说的,于晴说完之后便闭上眼睛,但是翻来翻去,却怎么也睡不着。最后,她有些懊恼地起身,开了灯朝大门走去。

一打开门,快冻僵了的萧若宇就倒在了地上,看到她的时候,还咧嘴笑了一下。

"你……你终于……终于开门了……"他哆哆嗦嗦地说着,口齿不清。

"就一晚。"于晴瞪着他说。

"好……好……"他笑,刚才他看到灯熄灭的那一瞬,心中有种莫名的失落感,想着还是离开算了,但是又有一个声音说:"等一会儿,再等一会儿。"

直到灯再次亮起来的时候,他知道,他等到了……

"进来吧。"于晴退了一步。

"站……站不起来……"萧若宇可怜兮兮地望着她。

于晴无奈,抓着他肩膀上的衣服,一把将他拉了进来,也不管他还坐在地上,自顾自地把门合上后说:"你就睡在客厅的沙发上,明天一早就走。"

"为……为什么?那……那边有……"萧若宇颤颤地指着那边空着的房间,冻得太久,突来的暖意让他打了一个大大的哈欠,身子舒畅了许多。

"闭嘴,要么客厅,要么出去。"于晴没有看那边空着的房间,像是刻意逃避一般,丢给他一床被子之后,就不再理会颤抖中的萧若宇。

抱着被子的萧若宇,环视着这个不大的屋子,他想,如果在这里住下来,似乎还不错……

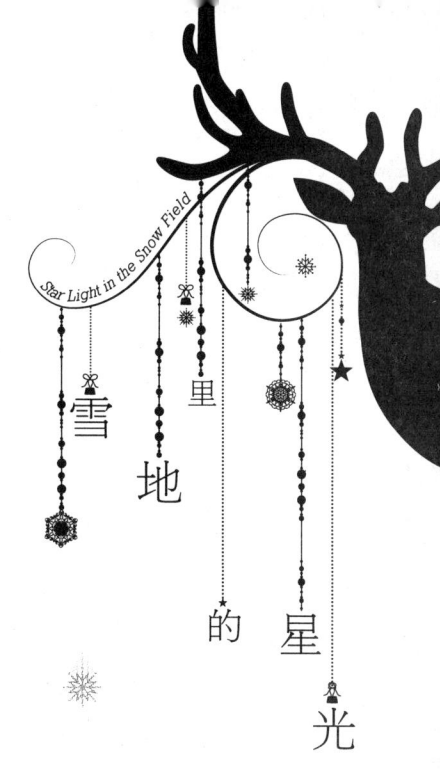

雪地里的星光
Star Light in the Snow Field

第二章

CHAPTER 02

雪夜·初暖

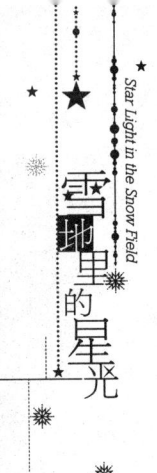

【一】

雪似乎下了整整一夜，天微微亮时才停。

于晴躺在床上睁开眼睛，刺目的白光从窗外射来。

她看到玻璃窗上凝结了形状各异的窗花。那些美丽的晶体上流溢着淡淡的银光，清晨的阳光照射在上面，看起来晶莹剔透。

她穿上拖鞋，走到窗前打开窗户，深深地吸了一口凉气。

冬晨特有的清爽气息扑面而来，七彩光芒将整个世界映得璀璨晶莹。看着外面美丽的世界，她的脸上溢出淡淡的笑容。

今天的天气真好啊！

于晴面对朝阳伸了一个懒腰，浑身顿时传来一阵酸痛的感觉。她微微皱眉，这才想起了昨天晚上莫名其妙跟别人打架的事，还有那个莫名其妙的萧若宇。

想到客厅里还有一个人，她的心中腾起一种莫名的感觉。

这么多年，她一直都是一个人，每天清晨醒来的时候，看着空荡荡的房间，只觉得自己的心也是那样空荡荡的。

她走过去打开门，一眼看到萧若宇还在熟睡，被子有一半掉在沙发下，他整个人缩成一团，分明很冷，却懒得把被子捡起来。她走到沙发旁边微微弯腰伸出手，本想叫醒他，但看清楚他的样子时，却微微地怔住了。

窗外的白光洒在客厅的地板上。

沙发上，他修长的身躯微微蜷缩起来，双眼紧闭，淡淡的笑噙在嘴角。

黑亮纤长的睫毛上流溢着淡淡的光芒，一根一根清晰可见。浓黑的眉毛,高挺的鼻梁,性感的薄唇微微翘起来,竟有几分可爱的感觉。

他熟睡的样子,竟让于晴的心有几分触动。

少了昨晚的自以为是和高高在上的感觉,他单纯得仿佛一个不谙世事的孩子,露着微甜的笑容,抱着身上不多的被子睡得很香。

在一个陌生的环境里,竟可以睡得如此安稳!

于晴忽然觉得,其实他并没有想象中那么自大,至少在他睡觉的时候,还是很可爱的。

像是感觉到有人在端详自己,萧若宇的眼皮微微地动了动,第一感觉就是冷,他扯了扯被子,将自己缩进被窝之后,才缓缓地睁开眼睛。

一张清冷的容颜朦胧地映入眼帘,仿佛盛开在冰川深处的一朵白色的花,扑面一阵清新的感觉。

那样的感觉让他有些微微陶醉,就像一个美丽的梦一样。

随即入目的是一个陌生的环境,他揉了揉双眼,当视线跟头脑都清楚时,发现那朵清冷美丽的白花变成了于晴的脸。见她正看着自己,萧若宇愣了一下,随即咧开嘴,露出一口洁白的牙齿,冲她绽开灿烂的笑容。

于晴一愣,收回目光,语气不善地说:"醒了?那就快点起来吧。"

"起来干吗?"萧若宇的睡意还未全退,脑子也还有些迷糊。

他上下打量着于晴,见她似乎也刚起床,身上穿着一套小熊睡衣,看上去可爱极了。

"当然是离开啊!"

于晴瞪他一眼,果然这个人还是睡着的时候比较可爱,一醒来立刻恢复了无赖的状态。他开口的第一句话,就让于晴有些后悔昨天晚上心软收留他。

"哦……可是,我还不想起床。"萧若宇将自己往沙发的深处缩了缩,眨巴着双眼望着于晴,可怜兮兮地撅着嘴,"我没有地方可以去……"

"那是你的事,我说过只收留你一晚,现在天已经亮了,请你收拾好自己的东西快点离开我家!最好,在我洗完脸出来之后,就看不到你了。"

于晴丢下这句话,不再理他,绕过他的身旁,直接走向卫生间。

见她走进卫生间,萧若宇伸了一个懒腰坐起来,身下的沙发已经破旧不堪,有些弹簧已经坏了。昨天一晚上硌得他很难受,直到天快亮时才迷迷糊糊地睡着。他抱着被子开始打量四周,他在桌子上看到一枚校牌,伸手拿了过来。

"于晴……"

他念着上面的名字,右边那一寸的小照片正是刚才要赶他离开的女孩。

他微微一笑,抬头看向卫生间的门,正好这时候于晴从卫生间里走出来,看到他手中拿着自己的校牌,眉头顿时皱了起来。

还没开口,萧若宇就先说:"你是华远高中的?"

"关你什么事?"于晴十分不悦,她并不喜欢别人乱动自己的东西,特别是陌生人。

"那你真的不认识我?"萧若宇瞪大双眼,"甚至没有听说过关于我的事?"

于晴白了他一眼,清冷的目光不带丝毫感情,反问道:"为什么我要认识你?难道我是华远高中的,就一定要认识你或是知道你的事?"

萧若宇很认真地点头,自信满满。

于晴无奈地笑了起来,晶亮的眼眸仿佛一瞬间洒满星光。她走到他面前,低下头看着他说:"那可能要让你失望了,我从来没有听说过你,更不认识你。只是,我很好奇,你到底哪儿来的自信,觉得人人都要认识你不可?"

萧若宇语塞。

"我没有时间在这里和你讨论关于你是谁的问题,请你快点起床,我今天还有事要忙。"于晴白了他一眼，没好气地说。

从昨天晚上看到他开始，就是一副自大的模样，虽然不得不承认他长得确实很好看，甚至很耀眼，即使狼狈得都钻进了垃圾袋堆里，但浑身似乎依旧散发出一种无法遮掩的贵气和孤傲，就像王子般尊贵，举手投足都显得优雅，眼波流转间都是看不透的神秘、读不清的魅惑！

尤其是他的表情！

随时都带着一副了不起的傲气。

她相信，无论他走到哪里，都会是最耀眼的所在，但是没想到他竟然自恋到这种地步！

真是搞不懂这些人脑子里都在想些什么，或许是平时被人吹捧得太多，就觉得这个世界上他才是所有目光的焦点。

"我不起来，我还没有睡够。"萧若宇十分无赖地缩进被子里，"我可没有穿衣服睡觉的习惯哦！如果你真的要把我赶出去，那你就来吧，把我扔出去好了！"

沉淀在深潭的黑宝石被细密的睫毛遮挡住！

他闭上眼睛的那一刻，所有的星芒都被收敛而去。他微微昂着头，俊美的脸上是一副视死如归的表情，凌乱的发丝垂下来，让他看上去带着几分慵懒和可爱。

"你……"

于晴从来没有遇到过这样的人，觉得又好笑又好气，今天白天要去打工，晚上还要给小安东补课。她抬头看向墙上的钟，现在已经快要迟到了，又看了一眼仍然微微仰着头的萧若宇，顿时头疼。

不过转念一想，家里也没有什么值钱的东西，他想待就让他待着吧。

"希望我回来的时候，不会再看到你。"

于晴留下最后一句话，便匆匆地收拾好东西，出门去了。

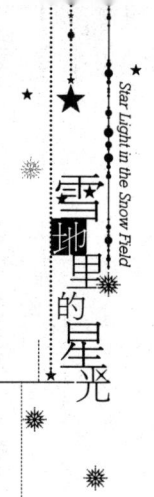

随着门被合上,整个屋子顿时安静下来。

【二】

因为房子偏僻,四周连脚步声都没有,这种寂静让萧若宇有些不安。他在这个房子里四处打量着,看得出来它已经有些年代了,屋子里除了一张沙发、一张桌子还有一台老旧的电视机,就再无其他,而房顶上的灯也是摇摇晃晃,好像随时都会掉下来。

虽然很旧,但是很干净。

肚子传来"咕咕"的叫声,萧若宇摸了摸肚子,走到厨房里一看,什么东西也没有,找了半天才找到一包快要过期的方便面。他看着那袋方便面,表情抽搐。

这个屋子就像主人一样,十分冷漠,什么东西都是一个人的,拖鞋、水杯,甚至连碗和筷子都是一人份的。萧若宇吃着面,突然就想,她到底过的是什么样的生活?难道她就不会觉得,这个空荡荡的房子一个人住,会有一种很深很深的寂寞感吗?

吸完最后一口面,萧若宇放下碗,脑海中想着于晴的样子。

就像一朵清冷的雪花般圣洁脱俗,从天国深处降临人间,眉目间含着一丝淡淡的灵气,仿佛永远不会快乐,也不会悲哀,却能紧紧地牵引着人的喜怒哀乐。

他觉得,如果于晴笑起来的话,一定会很动人。

一个想法突然在脑海中浮现……

他再一次抬头在客厅中打量一遍,俊美的脸上绽开灿烂的笑容,清亮的眼眸光芒闪耀,就像孩子一般单纯明亮,流溢着淡淡的婴儿蓝,衬得他的脸更加绝美而超凡。他略微思考片刻,计划很快在脑海中形成。他似乎已经预感到,于晴回到家中时那种震惊与感动的神情……

下午，结束了店里的工作，于晴急急忙忙地走出店门，抬头一看，外面又开始飘起了雪花。

她缩缩脖子，用红色的围巾把下巴跟鼻子都紧紧地包住，仰头看向天空。冰寒的空气迎面扑来，街道潮湿而冷硬，洁白的雪花在空中轻轻飞舞，刚落到地面就跟地上的水融为一体，凝结成冰碴儿，被行人的脚踩过，瞬间看不清原来的样子。

等会儿只要给安东补完两小时的课程，今天的工作就圆满结束了。

她步行到公交车站，虽然是周末，但可能因为天气的原因，车上的人并不多。她上车找了一个临窗的座位坐下，扭头看着窗外的景色。

连绵的雪景蔓延着，到处都显得美丽明亮，空气中无数晶光夹杂在飞舞的白色精灵中闪烁着，让那些雪花如同有了生命般轻灵而快乐。

于晴用力地揉搓着冻僵的双手，听到背后传来轻轻的笑声，笑声中洋溢的幸福和甜蜜在这样的寒冬显得极为温暖。她的背后坐着一对情侣，男生体贴地把女生的手贴在自己的脸上，嘿嘿地傻笑着，女生轻轻在他耳畔说着什么，笑得很开心。

于晴收回目光，记忆里这样的温暖，她也曾经拥有过。

只是，那样的情感比爱情更加深刻。

赶到安东家时，天已经完全黑了，安东的妈妈很客气地拿了水果和热茶送了进来，于晴还没来得及说谢谢，她就已经微笑着退了出去。

"姐姐有去听吗？"妈妈一退出去，小安东立刻瞪圆了水汪汪的大眼睛，从作业本上抬起头，一脸期待地看向于晴，小声地询问。

于晴愣了一下，不解地看着小安东。

小安东皱了皱小小的鼻子，可爱的大眼睛里闪烁着光芒，一副"果然是这样"的表情，不满地嘟起嘴巴："Eternal啊！"

于晴脑中灵光一闪，想起安东昨天跟他提的那个名字意思为永恒的歌

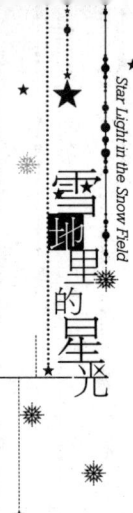

手,抱歉地看了小安东一眼,本以为小孩子说说就忘了,没想到他还记得呢!

"姐姐不是答应去听他的歌吗?真的真的很好听哦!"

小安东握紧拳头加重语气,生怕于晴不相信他的话,他见于晴似乎有些发怔,以为她相信了,急忙从凳子上爬下来,跑到于晴身边抓着她的手,一脸认真地悄悄趴在她耳边说:"姐姐知道吗?Eternal要回国办演唱会了!"

"是吗?"于晴回过神,微笑着打开课本,将今天晚上讲课的重点画了出来。

"嗯!我好想去听,妈妈已经答应我,如果这周我考试成绩达到要求的话,就陪我一起去呢!"小安东圆乎乎的小脸嫩得仿佛能掐出水来,粉扑扑的小脸蛋衬得眼睛更加明亮清澈。他微微仰起脸,嘟着小嘴巴一脸神往。

"那好啊,现在你是不是该把注意力放到姐姐这里来了呢?"于晴笑着拍了拍他的小脑瓜,示意他坐回位子上。

看小安东的样子,那个明星似乎很出名,可是,关于那个Eternal,她还真的是不了解,几乎连听都没听说过。不过,能令她注意的人或事也很少,在她的世界里,她只想安安静静地做好自己的事情,不对任何人和事感兴趣,因为不想再卷入任何人的世界。

"好啦。姐姐,如果你也想去的话,我可以让妈妈也带你一起去哦!"

小安东似乎并不死心,胖乎乎的小手拽着于晴的衣角摇了摇,才恋恋不舍地爬上自己的小凳子,期待地望着她。说到Eternal这个歌手时,小安东的话总是特别多。

"嗯,这个还是要看你的成绩吧……"于晴微微抿唇,淡淡的笑意从眼里流露出来。她指了指课本,终于将小安东的注意力拉了回来。

这是她第二次听到关于这个歌手的事。

这个名字再一次清晰地在她的心底烙了印，令她感兴趣的并不是那个人，而是这个名字——

Eternal！

一个会取"永恒"为名的歌手，大概是那种美好而温暖的人吧，就像……

就像曾经的简帆一样。

她第一次对这个歌手有了淡淡的好奇，有点想看看他的样子。他会不会像简帆一样有着温暖而明亮的眼睛，清亮的眼眸中总会盛满世界上最暖的笑意，俊美的脸上洒满阳光，让人的心都会在他的注视下柔软而沉溺？

简帆。

再一次想起简帆的样子。

却已经无法再思考他去了哪里，只是更清楚地认识到，她已经失去他了。

这么大的世界，一个活生生的人就这么消失了，从她的生命里，从这个世界上，消失得没有任何痕迹，寻不到丝毫气息，连死亡都不如这样突如其来的消失更加让人无措和空虚，像一个虚无的梦一样离奇而可笑，可是她却依旧无法从梦中醒来。

窗外的大雪簌簌地扑打在窗户上。

细微的声响让人惊讶那么轻柔的雪花也能发出这么清脆的声音。

房间里传来她清脆的声音，像风吹过风铃般悦耳。

今晚没有月亮，只有洁白的雪花将她的脸映照得更加苍白柔弱，疲乏悄悄爬上她的眉宇，细细的睫毛在微弱的雪光中颤抖闪烁。

给安东补完课出来。

安东的妈妈把上个月的补习费交给了于晴，说了一些感谢的话之后，又塞给于晴一袋水果。临出门时，安东的妈妈又叫住了于晴，跑回房间拿出了

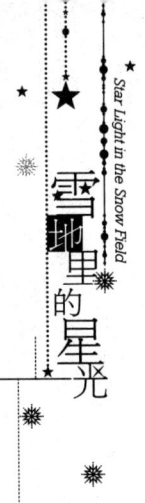

一副暖和的手套,递给她说:"这么冷的天,别冻坏了。你一个小女孩挺不容易的,要好好照顾自己。"

于晴接过手套,心里好像被什么东西充满了一般。

曾经,妈妈也像这样,在她临出门的时候追出来,让她再穿一件外套,让她围上围巾,让她不要冻着自己……

妈妈离开以后,那个人就变成了简帆……

可是现在,连简帆都走了。

于晴心里酸楚得难受,她急急地说过"谢谢"之后,逃一样地快步冲进了风雪里。

走在路上,寒风一阵阵侵袭,那寒冷似乎要将自己的血液冻住,眼里有滚烫的热泪涌出,很快凝结成冰。

最后,她仰起头,低低地笑了起来。

对于突来的温暖,她总是避之不及,生怕那种暖意潜入心脏,然后开始没用地伤感。

她,总是这样脆弱。

【三】

穿过寂静的巷子,于晴到了家门口,看到里面的灯光,瞬间想起了家中的那位不速之客——看来他还没有离开。

于晴推开家门,萧若宇正站在椅子上忙碌着。听见门口的动静,他回过头居高临下地看向门口。看见她的那一瞬间,萧若宇的眼睛顿时亮起来,仿佛一瞬间将屋里所有的灯光都凝聚在他美丽的眼睛里!

"你回来啦!"萧若宇俊美的脸上绽出笑容,从椅子上跳下来。

于晴正想问他为什么还在这里,可是不等开口,目光便被屋内的摆设吸引住了——

沙发、桌子、椅子，甚至连那台老旧得打不开的电视机，通通不见了，取而代之的是崭新的家具和电器！

她怔住，清亮的眼睛里逐渐凝聚起一股令人心惊的光芒！

下一刻，她已经飞快地冲进厨房里！

果然，厨房里多了许多套碗筷与其他厨房用品，然后是卧室、卫生间……

屋里的每一个角落都焕然一新，所有熟悉的一切都变得陌生而遥远。那种一瞬间凝聚在心中的失落感，让她感觉空荡荡的心脏连最后的屏障都被撕破了。

寒风呼呼地从伤口涌入，冷到麻木。

就好像被人重重地击了一拳！

她怔怔地走到客厅，面无表情地抬起头，望着一脸笑意的萧若宇。

"这，是怎么回事？"

半响，她才努力用最后的力气开口问道。

一句话问出口，她的眼泪也忍不住快要涌出来，内心的酸楚和委屈让她想拼命地大哭一场，却又拼命地将泪水逼了回去。

她情绪激动的样子和即将涌出眼眶的泪水将萧若宇吓了一跳！

但是很快，萧若宇就了然地笑了起来。

"什么怎么回事？"

萧若宇微微勾起嘴角，光芒在他美丽的眼睛中跳跃。他仰起头，指着桌上热腾腾的饭菜轻笑："你也不用这么感动吧！其实，这些都是我应该做的，昨天晚上你收留了我，等于是救了我一命，这些就当是我对你的报答好了。如果你觉得过意不去，就继续收……"

"谁让你动我的东西？"

于晴硬生生地打断他的话，抬起头目光冷冽地瞪着他。

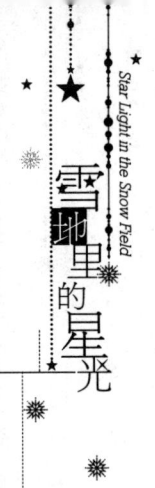

　　黑白分明的眼睛里迸射出的怒气和锐利的光芒几乎让人窒息，周围的空气都在一瞬间凝滞，充满了火药味。

　　萧若宇话未说完被她打断了，微愣着抬头。看到她此刻的表情，他才察觉似乎有些不对劲，怔怔地解释道："那些东西都旧得不能再用了，你那个沙发昨天晚上差点让我的骨头都散架了，现在这样不是很好吗？我做了晚饭，快，你先过来吃饭吧！"

　　"谁给你的权力，让你乱动我的东西？"

　　于晴终于大声地吼了出来！

　　看着怔在原地的萧若宇，她快步走到他面前，一步步逼近，再一次大声地质问："你告诉我，谁允许你动我的东西了？你有什么权力动我的东西？"

　　如同火山喷发般的怒气，让于晴整个人仿佛燃烧起来了！

　　她眼眶通红，可是她却拼命地压抑着泪水，睁大了眼睛盯着萧若宇。

　　萧若宇步步后退，看着于晴失控的样子，一瞬间变得惊慌失措。

　　"我……我只是觉得……"

　　"你把它们扔到哪里去了？"她握紧双拳，花瓣一样柔软的唇瓣不断地颤抖。

　　"能……能到哪里去？当然是垃圾堆啊……"

　　萧若宇被她强烈的反应给弄傻了，话还没有说完，就感觉一阵风从面前扫过，于晴已经冲出了家门，很快消失在风雪里。

　　萧若宇呆呆地站在原地，不明白自己到底做错了什么，可是心里隐隐地知道自己似乎犯下了一个不小的错误。

　　"喂，你去哪里啊？你不吃饭了吗？"

　　过了半响，他才反应过来，急忙追出去冲着她离开的方向大喊！

　　可是黑暗里早已经看不到那个单薄的背影，只有呼啸的寒风卷着飞舞的大雪迎面扑进屋里。

萧若宇站在门口看着黑洞洞的巷子，许久，才愤愤地坐回到餐桌旁，拿起筷子夹了口菜往嘴里塞，嚼了两下，将筷子扔到桌上！

"莫名其妙！"他气冲冲地嘟囔一句，然后也冲了出去。

【四】

天气越来越冷了，尤其是大雪纷飞的夜晚，连呼吸都带着冰凉的气息，地面被冻得坚硬如铁，大雪落在地上就冻成了冰碴儿，鞋子踩上去咯吱咯吱地响。寒风吹打着面颊，皮肤就像被冰冷的利刃划过一般，传来一阵阵尖锐的疼痛。

萧若宇一边跺着脚往手上呵气，一边着急地环顾四周。

他已经在附近找了好几个地方，都没有找到于晴，突然想起她出门前问自己的话……

呵气的动作僵住，他顿住脚步看向垃圾堆的方向，黑暗像野兽的嘴巴一样将整个世界吞噬。他微微皱眉，自言自语地说："不会真的跑到垃圾堆去了吧……"

说着，他叹了一口气，快速地朝那个方向冲去。

果然在那里！

远远地，他看到垃圾堆上那个单薄的身影，此刻就像失去了理智一般，疯狂地寻找着什么。大部分垃圾已经被下午的车运走，一眼就能将垃圾堆里的东西看得清清楚楚，可是她不顾一切地反复寻觅，在一眼就能看清楚的垃圾堆里翻来找去，像是遗失了什么极重要的东西。

最后，她终于失落地蹲在地上，紧紧地抱着自己的膝盖，一动不动。

"喂，你没事吧……"萧若宇走到她的身后，轻声问道。

微微颤抖的身躯静静地蜷缩在地上，缩成小小的一团。

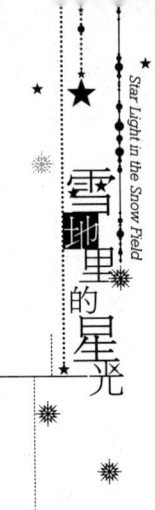

大雪疯狂地卷来,围绕着那瘦弱的身躯肆意起舞。

她一动不动,瘦小的身体在黑暗里显得孤独无助,就像风雪中精心雕刻而成的冰雕一样,感觉不到任何生命的气息。

萧若宇的心微微有些刺痛,这样的柔弱让他有些想去保护,他有一瞬间的冲动,想将她紧紧地抱在怀里,把自己身上的温暖传递给她。

"只不过是一些旧家具,你干吗紧张成这样?"

萧若宇皱着眉头,他真的无法理解,如果换成别人的话,应该会开心得欢呼吧?可是为什么,她却好像他扔了什么宝贝一样。

"是啊,只不过……是一些旧家具……"

终于,黑暗中传来冰冷而微弱的声音……

她点点头,缓缓地站起身,也不知道是在回答萧若宇,还是在对自己说,目光呆滞,空洞地重复着萧若宇的话。

"垃圾车早就来过了,你那些东西要么是被捡垃圾的捡走了,要么就是被车子运走了,是不是你在里面藏了存折之类的东西啊?"萧若宇站在她的身后,小心翼翼地问着。

于晴没有回答他,脑海中不停地想着他的那句话——

"只不过是一些旧家具。"

"如果是这样的话,你告诉我值多少钱,我赔给你,行不行?喂,你别这个样子啊!"萧若宇皱着眉头,他实在是想不通,她到底在想些什么,那些东西在他的眼中,只不过是垃圾而已。

"钱?"于晴回过头,瞳孔中逐渐聚焦出灼人的亮光,她冷笑,慢慢抬头看向萧若宇:"你既然那么有钱,为什么要赖在我家里?请你走好不好?我不需要你的感谢,带着你的东西一起滚出我家!"

最后一句,几乎是咆哮!

萧若宇愣在原地,看着于晴用力奔回家,他突然觉得自己好像真的做错了什么，也许与钱无关，那些他眼中的垃圾，正是她眼中无可比拟的珍宝。

他从未见过这样一个女生，身上有着说不清的坚强与勇气，看上去那么坚强好像无需任何人，可是让他的心莫名地疼了起来……

他伸手拦了一辆车，最后看了一眼于晴家的方向，对司机说了地点，接着绝尘而去……

回到家中，于晴看着这个陌生又熟悉的屋子，走向那个已经好多年没有再进去过的房间，推开门，厚厚的尘土却已经消失无踪，或许是风迷了眼睛，她揉了揉，有些温热的湿意。

看着那张没被搬动的床，她走过去，靠在床沿蹲下身子将自己紧紧地抱住，吃力地仰起头。

黑亮纤长的睫毛如颤动的蝶翼，漫天晶莹的星光在眼中逐渐凝聚，视线渐渐模糊了起来，她却拼命仰着头，努力地不让眼泪掉下来。

"我连最后的，也没有守住……"

她喃喃地说着，曾经这一切都是她那么努力想要摆脱掉的东西，这屋子里破旧的一切就像是影子一样紧紧地缠绕着她，让那些过往不停地在眼前重放。她毁了很多东西，就是不想让自己再回忆，可是当一切平静时，那些被毁的东西已经无法再拼凑，只留下这些破旧的家具。

如今，也失去了……

【五】

"爸爸、妈妈，对不起……"

于晴捂着眼睛，泪水不停地从指缝中流出。她无法忘记自己当初是如何决然地将所有的全家福、爸妈的照片扔进火焰中，看着它们燃尽；她无法忘记自己当初是如何坚定地想要忘记那段过去，甚至忘记爸爸妈妈，可是现在，她想再有一张他们的照片，看看他们微笑的样子，却没有了……

那沙发,是妈妈看电视时坐过的。

那餐桌,是一家欢声笑语的地方。

那破旧得已经不能再用的炉灶旁,是妈妈曾经为一家人忙碌的地方……

她抬起头,突然觉得很可笑,也许这一切根本不能怪萧若宇,至少最初毁掉这一切的人,并不是萧若宇,而是她自己,是自己那么坚决地要毁掉!

她打开手机,上面出现了一张面带笑容的男孩子的照片。那个人,俊美得仿佛不属于人间,高贵的气质让他仿佛处于天生被人仰望的地位,浑身都笼罩着璀璨的光芒。只有那双干干净净的眼睛,让她感觉到,他曾离她那么近,曾真真切切地属于她。

这是简帆的照片。

曾经,就在这个位置……

那一年,简帆找到她的时候,她也是这样在角落里蜷缩着,神情木然,瞪着干干的双眼看着床上已经没有呼吸的妈妈。

简帆来了,心疼地将她搂进怀中。

那一刻,她才活了过来,揪着他的衣服哭得痛不欲生,她放声哭喊着:"为什么,为什么,为什么都不要我了,为什么都不要我了……"

"不哭,于晴不哭……"简帆的手掌厚实有力,有节奏地拍着她的后背,动作轻柔得就好像她是什么珍奇的宝贝,一不小心就会碰坏了她,低沉的带着磁性的声音微微哽咽,"你还有我,于晴,你抬头看看,你还有我,我永远都不会离开你,永远都不会!"

她抬起头,像是抓住最后一根救命稻草般紧紧地揪着他问:"真的吗?你不会不要我?不管我做错什么事,你都不会不要我,对不对?"

"对,不论你做错什么,我都不会不要你。我会永远在你身旁!"简帆很用力地保证着。

于晴不安的情绪和颤抖的身体,都让他的心生生地疼着,他转向床上那个面容平静的人，真的很想问一句，到底是什么让她放得下自己的女儿，追随丈夫而去。

于晴清楚地记得，那年她初二，爸爸病逝后不久，妈妈在家中服药自杀。当时她只觉得，全世界都在离她而去，她一无所有，就像是无根的浮萍，不知道会飘向哪里。

她永远都会记得，她推门而入时，喊着没有动静的妈妈。当她去摇妈妈时，从妈妈身上散发出来那毫无生命气息的冰凉时，她的心脏也像被冻结了。

她颤抖着伸向妈妈的鼻端，拨开妈妈的眼皮，然后一步一步后退，直到墙边，整个人猛然地滑落在地。她将自己紧紧地缩成一团，还是感觉到四面八方的寒风像夹着冰一般朝她袭来，她打电话给简帆，半天只说了一句："妈妈，死了……"

后来，简帆从桌上看到了一封信，交给于晴，于晴捏着那封信，心中只有一个想法，既然选择不要我了，留下这封信又有什么意义？

它，能代替你，陪伴我吗？

最终，还是简帆打开了信——

致我最爱的女儿小晴：

请原谅妈妈的无能，从和你爸爸相识开始，妈妈与爸爸相爱至深，可是没有想到，他竟然先离开了，抛下了我们，我多想当一个坚强而勇敢的妈妈，可是我不知道怎么度过没有丈夫的日子。我是那么深爱你的爸爸，我们曾经说好的，如果有一天我们面对无法逃避的死亡，那么一定要让我先去，因为我过不了没有他的日子，那种思念会吞噬我所有的感知。

妈妈是爱你的，请你原谅妈妈，如果无法原谅，那么就恨我好了，带着这种恨意，一直活下去。

最后，告诉简帆，麻烦他代替我照顾你。

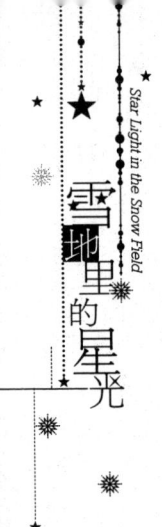

对不起。

"最终,你们都没有留下,都不要我了。"

收起回忆,于晴擦干眼泪,那个在爸爸生病期间表现得镇定的妈妈、那个在病床上保证会好起来带她去游乐园的爸爸、那个在她最无助时抱着她承诺永远不会离开的简帆,最终,都不在了。

她抬起头,看着窗外。

窗外黑洞洞的一片,只有白雪反射的光芒映照在窗上。

隐约中,可以看到大树干枯的枝杈上,垂吊而下的冰锥,微弱的光芒从上面一闪而过。

晶莹的雪花,就仿佛夜里最孤独的精灵,飘飘悠悠地在天空独自飞舞,带着一些深深的远远的思念,飞向那个没有痛苦和孤单的国度。

于晴收回视线,慢慢地从地板上爬起来。

她打了水,将这个已经锁了好多年的房间里里外外地清理了一遍。她想她是真的长大了,自从简帆离开之后,那些无法面对的过去、无法理解的离开,最终都释怀了。

如果留不住可以思念的东西,那么就把那些美好的回忆留住吧!

她,不想再在这种痛苦中度过……

【六】

于晴连自己是怎么睡着的都不记得了,半夜门外的声响惊醒她时,才发现自己竟然睡在了妈妈的床上。她起身打开灯,门外的声响还在继续,而且越来越清晰。

她清冷的双眼猛然眯起,晶莹的光芒一闪而过。因为声响太大,她不得不小心地将手机紧紧攥在手中——想着危急的时候,还可以报警求救,然后慢慢地移向门口。

她一只手握在门把手上，心中默数着一、二、三……

猛地打开门——

天正渐渐亮起来，黛蓝的天空中，洁白的雪花飞舞着。

黑糊糊的街道上，灯光从头顶斜照下来，俊美的少年仿佛从天空中降临人世的天使，修长的身躯带着纷飞的雪花站在门口。

"萧若宇……"她略感吃惊，微微发怔地看着他。

昏暗的灯光下，萧若宇漆黑的发丝上、纤长的睫毛上都布满了细细的白霜，额头上却渗出了汗水。他搬着她的旧桌子正在一步一步往这边挪动，而门口，已经堆着好几样被他丢弃的东西。

于晴愣愣地看着他朝自己走来，将桌子一放，抬起头又是咧嘴一笑。他抹了一把额头上的汗珠说："我费了好大的力气才找回来这些，这下，你不生气了吧……"

看着他有些傻气的笑容，于晴觉得心中有一种说不出来的滋味，她看着那些以为再也回不来的回忆，有些酸又有些甜。

"我找了一整晚，可是，有些东西还是找不回来了，但，我真的已经尽力了……"

萧若宇低着头，像个做错事的孩子，等着于晴的发落。

"你……你从哪儿弄回来的？"于晴还是有些不敢置信。

这个人真的很奇怪，之前还是一副理所当然的样子，现在却又那么辛苦地替她找回来这些已经丢弃的东西。

"我……可不可以先喝口水？"

萧若宇抬起头，可怜兮兮地说，但脸上依然是灿烂明媚的笑容。

他知道，这一次，他做对了。

窗外，第一缕金色的光芒穿透夜色。

远远看去，白茫茫的一片，雪白的山脉尽头，太阳正在慢慢地升起来，

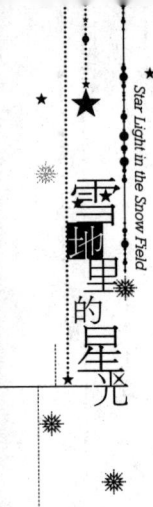

树木花草上都凝结了细碎的冰晶。一眼看去，整个世界仿佛突然变成了童话里的冰雪世界，梦幻而美丽。

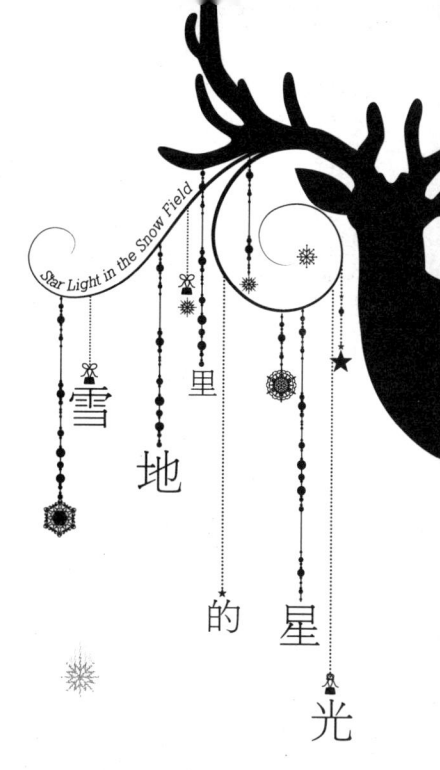

雪地里的星光

Star Light in the Snow Field

第三章

CHAPTER 03

雪夜・萌动

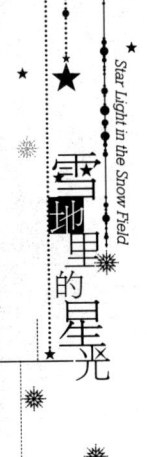

【一】

寒冬的黎明。

千万道金色的阳光穿透黛蓝的夜幕，映在她明亮清澈的眼睛里，美丽的光芒在她的眼里闪烁着。

突然被新旧家具挤满的房间变得有些拥挤，却很温暖。

于晴的眼里涌动着复杂的情绪。

她看着外面初升的朝阳，再看着眼前这个搓着双手、顶着疲惫容颜的萧若宇。阳光下，薄薄的雾气湿润而朦胧，光芒穿透寒雾，萧若宇眉毛上的冰晶渐渐化成一点点水光，颤抖的睫毛上晶光璀璨，眼眸深邃明亮，美丽得有些不可思议。

他修长的身影被金色的光芒镀上一层柔和的光晕，明媚的笑容将夜里最后一丝黑暗驱走，玉树临风的身影显得高大挺拔，淡淡的温暖从他的眼里流溢出来。

于晴慌忙避开他的视线。

一瞬间，好像有什么从心脏的位置划过，转瞬即逝。

连她自己都没有捕捉到究竟是什么样的一种感觉，好像有些暖，有些意外，还有些……感动。

"你为了找回这些，忙了一晚上？"于晴压抑着心底的情绪，唇瓣微微颤抖。

她紧紧握着自己的拳头，悄悄看向他，目光如水。

萧若宇看着她的样子，微微一笑。

眼珠一转，犹豫了片刻，他凑到她面前，抓抓头顶的头发，欲言又止。

于晴看着他的样子，不由得皱眉。

"嗯，所以我现在好困，可是我又没有地方睡，可不可以……"萧若宇眨巴着眼睛，笑眯眯地说，"其实，回来的路上我就一直在想，我要和你商量一件事。"

她垂下头，心中却思绪翻涌，眼里闪过淡淡的落寞。

"你想住在我这里？"她的嘴角浮现出淡淡的冷笑。

过了片刻，她抬头与他对视，眼神淡漠。她一猜就知道，他是为了这件事，否则，怎么可能费这么大的力气替她将这些东西找回来。

萧若宇自然没有料到她居然张口就把他犹豫、计划了好久的事，这么轻易就给说了出来，于是赶紧点头，双眼充满渴望地看着她。

"不行。"

于晴干脆地拒绝，淡漠的眼神仿佛不带一丝感情。

"为什么！"萧若宇惊呼，漂亮的眼睛里闪过亮光，眉头也皱了起来。

"我不习惯和别人一起住，更何况，我并不认识你，我不觉得自己有理由收留你。"她说得理所当然，脸上早已找不到丝毫被感动的影子，仿佛和刚刚那个眼神似水的女孩子，是两个人。

"不，不是收留！"萧若宇摇晃着一根手指，性感的唇瓣微微抿起，露出淡淡的笑容，"是租赁。"

"租赁？"于晴一愣，她从未有过这样的想法。

"嗯，将你的房子租一半给我，新买的家具就当是我自己为了租房所贡献的，租金你来定。我住在这里，一定会如同空气一般，绝不影响你，更不会打扰你。最重要的是，你确实需要钱，而我确实需要一个住的地方，不是吗？这样，也算是互惠互利吧？"他坦诚地说着，虽然他真的不知道为什么于晴会一个人生活，就连周末也如此忙碌，但他看得出，她的生活有些拮

据。

这样拮据，让他的心莫名地抽痛着，就如同感觉到她坚硬的外壳一般……

令人心疼的倔犟！

于晴没有回话，只是微微低下头。

明亮的阳光将空中细细的薄雾映成千万颗金色的光粒，她的发丝根根分明，变成半透明的金色，柔软的发丝让他有种想要轻轻抚摸的冲动。

萧若宇的指尖颤了颤，静静地凝视她。

于晴低头思索了一阵之后，抬头淡笑，美丽的眼中光芒闪动。

"依你的条件，你完全可以找一个比这里舒服上千倍的地方住。如果是为了满足你的好奇心和突如其来的兴趣，我想我没有义务配合你。"虽然，她确实需要这笔钱，但是她并不喜欢被人同情，只有通过自己努力付出所获得的报酬，她才可以心安理得地接受。

萧若宇看着她冷的眼，心里微微叹息，然后再一次露出灿烂的笑容："这里比较不容易被找到，不是吗？"

说着，他不顾于晴还站在门口，就将门口的家具搬进去放好，站在屋子中央双臂环抱，看着这间小屋，十分满意的模样。

原来，是这样……

于晴的心中有一瞬间的释然。

她看了看门口堆着的旧家具，又看看萧若宇满脸还没化尽的冰霜和冻得青紫的双手，想了想，最后拿出两张纸和一支笔，坐在沙发上冲他招了招手，在纸上写下"租房公约"几个大字。

冬日里的阳光带着微微的寒意，透过窗户，渐渐洒满了屋里的每一个角落。

阳光打在于晴的侧脸上，如同光影一般梦幻而宁静。她垂到眼前的发丝，微微拂动，细长的睫毛泛着淡淡的光泽，微微颤动着，纤细的手握着笔，在纸上奋笔疾书，看着于晴在结尾处签上自己的名字，娟秀的笔迹就像她的人一样简单雅致。

萧若宇抬头，静静地凝视着她认真的样子，心中荡漾起莫名的暖意，这么安静的女孩子，却在不知不觉中潜入了他心底某一个角落，带给他惊涛骇浪般的感觉。

想到明天就可以跟她相处在同一个屋檐下，他不由得轻轻笑起来。

"好了，你看一看，有没有意见，如果没有，我们就双方签字，这份合约从今天开始生效。"

于晴抬起头，一边说一边对上了萧若宇痴痴看着她的目光，明亮的眼睛中燃烧着令人耳红心跳的热情，她的脸"刷"的一下红了起来，有些不自然地移开目光，可是半晌，萧若宇都傻笑着没有反应。

于晴红着脸，将纸笔递到他眼前。

见他依旧看着她发呆，她不由得皱起眉头，咬了咬唇瓣，按捺下心中的暗涌，加大声音，冷冷地说道："在这里签上你的名字！"

"啊，哦，好。"萧若宇猛然回神，急忙从她手中接过笔，也没看一眼合约的内容，就在她名字旁边挥笔写下了自己的大名！

于晴看着他的样子，表面依旧冷漠平静，心里却觉得有种说不出来的滋味。

见他签好名，于晴递给他一份合约，然后看向他："我可以同意把房子租一半给你，但是前提是我们互不打扰，各自生活。只有在严格遵守公约的条件下，你才有资格居住，否则请你立刻带着所有的东西一起滚蛋。"

"好，没问题！"

萧若宇笑得灿烂，他发现眼前这个认识不久的女生，总是可以让他莫名地心情变好。

"以后,我们就是室友了。"他冲于晴眨眨眼睛,漂亮的眼眸仿佛带着勾魂的魔力,让于晴的脸再一次有些红。

不等她开口,萧若宇已经拿着手里的公约,认真地看了起来——

一、以客厅为界,各住一间房,厨房、卫生间共用,共用的地方需保持卫生。

二、不得随意进入对方的房间,不能随意动对方的物品。

三、不得带其他人来家里,不能晚归,超过十一点,另寻住处。

四、除了非常有必要的问题之外,双方不得交谈。

五、不得影响、打扰对方的生活,更不得干涉对方的任何事情。

以上公约,自双方签名起生效。若有违反,租住者萧若宇立刻离开,且不退还租金。暂定五条,有需要时再补充。

看着这份非正式的公约,萧若宇的嘴角隐着笑意,刚想张口,于晴已经冷着脸起身,指着空着的房间说:"你就住这个房间,至于房租我还没有想好,到时候再说。"

"好,对了,我们要不要庆……"

"好了,我要出门了。我不在的时候,你不要随意动家里任何东西,更不可以进我的房间!"于晴说完,头也不回地走进自己的房间,"砰"的一声,将门合上。

萧若宇看着那扇合上的门,有些哭笑不得,耸耸肩膀自言自语道:"我只是想和你庆祝一下,因为我真的好开心,每天都能看到你……"

一想到这一点,他的心里就像有什么东西要溢出来一样,让他忍不住再一次笑起来。

【二】

路边的雪还没化尽,街道两边的枯草上凝结着透明的薄冰,积雪错落地分布在泥土上，金色的阳光照上去，顿时幻化出一片迷离璀璨的亮光。

于晴低着头，双手插在口袋里，看着路上一串串凌乱的脚印，脑海里浮现出刚才出门时萧若宇目送她离开的样子。

他眯起眼睛站在门口，交代她路上小心，笑容比天空中的太阳还要灿烂，让她差点忍不住跟着他微笑起来。那种暖暖的感觉悄无痕迹地引诱人心，她的心里却有些沉甸甸的，她不知道，让他住进来，到底是对还是错。

也许，自己真的习惯了一个人的生活，又或者说，她是害怕了一个人的生活，冷不丁突然有人送她出门，心里有些不习惯。

好像……

好像回到了从前，妈妈站在门口，笑着交代她路上要小心一些。

甩了甩头，她努力不再去想这些，抬起头，阳光正好透过枝杈洒在她的脸上，淡淡的暖意让她的精神也格外好。

深深吸了一口气，她加快了步伐。

这条去往学校的路总是郁郁葱葱，就算是冬天也总是有些叶子不曾凋零。金色的阳光照上去，叶子剔透碧绿，像美丽的翡翠一样。树叶上面是刚化掉的雪水，点点水珠仿佛少女脸上的泪珠，在阳光的照耀下闪闪发光。

快要到校门口的时候，她突然看到好友夏岚满脸哀愁、心不在焉地从对面走过来。

夏岚是她唯一的好朋友，个性却和她截然相反。她总是沉默，不爱说话，夏岚却是一个爱吵爱闹的女生。像今天这样情绪低落，于晴还是第一次看到。她不由得有些疑惑，加快步伐跑过去。

"夏岚！"

于晴喊了一声，可是对方竟然完全没有反应。

于晴皱眉，一手搭上夏岚的肩膀，又低低地喊了一声："夏岚，你怎么了？"

"嗯?"夏岚有些迷惑地抬起头,原本清澈的眼睛布满阴郁,显得黯淡无光。看到于晴,也不像从前那样热情地扑过去拥抱她,而是淡淡地笑了一下,又低下头。

细长的睫毛在夏岚白皙的脸上投下阴影,她浓眉大眼,鼻子小巧可爱,可是此刻,如同洋娃娃一般精致的脸上却散发着淡淡的忧郁,果冻一样柔润的唇微微撅着,睫毛微微眨动,时不时咬紧唇瓣,好像在思索着什么,又好像在气愤着什么。

"夏岚?"于晴轻轻地晃了晃她,眼里闪过一丝担忧。

她所认识的夏岚,一直都是一个热情如火的女生,现在突然变得这么沉默,她还真的有点不习惯。

"唉……"

夏岚长长地叹了一口气,正要说话,却想到了什么,猛地抬起头盯着于晴,忽闪的大眼睛闪过惊喜的光。她一把抱住于晴问:"你刚才说什么?你问我怎么了?于晴,你是在关心我吗?"

于晴被她突如其来的拥抱给吓了一跳!

虽然没像以前那样立刻闪开,但她还是微微拉开点儿距离,看着她:"嗯,你没事吧?"

"天哪,我和你认识这么久,你还是第一次这么直接地关心我!太让人吃惊了,我感动得都想把这一时刻记录下来呢!啊,好感动!好感动!"夏岚夸张地说着,大眼睛里盛满了笑意,明亮的瞳孔里映出于晴的影子,哪里还看得到刚才的阴郁。

见她恢复了往日的热情,于晴的嘴角微微挑起,眼里闪过若有若无的笑意。

虽然于晴也知道自己一直不怎么会表达对别人的关心,所以在学校的大部分时间里,她都很沉默。和夏岚相处的时候,总是夏岚在说话,她只是安静地听，但是夏岚刚才的话连她自己都觉得夸张，不由得有些淡淡的无奈。

她轻抿了一下唇瓣，眼睛明亮清澈，波光闪动，淡淡地说道："看样子，你是真的没事了，那我就不用担心了。"

"你这么关心我，我当然要好起来啊！"

于晴看着夏岚的笑，就如同阳光一般灿烂。她突然有些羡慕，觉得自己都忘记了笑是什么样的感觉，一瞬间心里有些恍惚。

她几乎都忘记了，自己有多久没有像夏岚这样笑得这么自然、这么纯真……

"对了，岚岚，你知道一个叫萧若宇的人吗？"于晴想起之前萧若宇的话，好像在她们学校里非常出名似的，像夏岚这样热情的人，应该会知道吧？

"萧若宇？"

提到个名字，夏岚好看的眉头又皱了起来。她略微吃惊地看了于晴一眼，又叹了一口气，嘟着嘴埋下头，一声不吭。

"不认识吗？"于晴有些释怀，想起萧若宇说这话时自大的模样，就觉得他肯定是太过自恋，才会那么自以为是。

"怎么可能？"夏岚白了她一眼，话锋一转，看着于晴摇着头叹道，"这个学校里，恐怕除了你于晴一个人埋首在学业里不问世事，就没有人不知道萧若宇的大名了。"

他真的有这么出名吗？

于晴的脑海里不由得浮现出萧若宇的样子。

黑亮的眼眸仿佛黑夜里的星星般明亮，他似乎时刻都在笑，灿烂的笑容几乎能融化寒夜里的冰霜。俊逸的身影被银光勾勒，迷蒙而魅惑，挺拔的身材给人一种玉树临风的感觉。她承认，虽然他确实长得好看，甚至比电影明星更加令人着迷，但是即使如此，也不至于尽人皆知吧！

况且,在这之前,她确实未曾有所耳闻,也不曾听夏岚提起过……

或者真的如夏岚所说,她一直不太关心别人的事,也从不喜欢对别人说自己的事,所以虽然夏岚是她最好的朋友,她也只知道夏岚家十分富裕,个性直率开朗,其他一无所知。

而她也从来不曾对夏岚说过自己家里的事。

但是偏偏这样的两个人,却是彼此最好的朋友。夏岚喜欢于晴冷漠、低调的个性,没有班里那些大小姐的骄傲,跟于晴做朋友让她觉得轻松快乐。而于晴也慢慢被她的热情所感染,喜欢她不多事的个性,两人不知不觉就成了最好的朋友。

见于晴发呆,夏岚拉着她的手往教室走,一边叹气一边说:"你呀,真担心你哪天成了个十足的书呆子。"

于晴只是跟着夏岚一起走向教室。

不过,见她边走边叹息的模样,于晴不由得疑惑地说道:"很少看到你这么失落的样子哦!"

"别提了,我这一大早低落的情绪,全是因为你问的这个萧若宇……"走到教室里,夏岚把书包一放,趴在桌子上,苦恼地说。

"他?"于晴愣了一下,又问,"怎么回事?"

"于晴,你今天真的很怪!"夏岚抬起头,很仔细地打量着于晴,见她素净的脸上表情淡漠,似乎跟平时没什么不同,只是眼神有些不对。

于晴微微侧目,却没有说什么。

夏岚撑着下巴打量她:"我还是第一次看到你对别人的事感兴趣,你从哪里知道萧若宇的?说起他我就头疼,唉!算啦,不提这些不开心的事!"

看夏岚犯愁的样子,于晴点点头,收回目光,把课本打开。

她有些犹豫,要不要把萧若宇现在就在她家的事告诉夏岚,但是萧若宇好像很怕被人找到,想起那天晚上他被那群"黑西装"追寻的事,心里更加不敢确定了。那些人到底是什么来历、找到他之后会造成什么样的后果，于晴完全不知道。

可是，她能感觉到萧若宇不是坏人。

她也不明白为什么会有这种感觉，甚至不明白自己为什么会让一个陌生人住到自己家里来。

"唉……"

身边又传来夏岚的叹气声。

她用眼角的余光看着趴在课桌上的夏岚，教室窗外的阳光洒在她的面颊上，漂亮的脸上布满愁云，眉头紧紧地皱着，不像以前那样唧唧喳喳。

看着夏岚忧心的模样，于晴咬着下唇，心里有些动摇。

她从来不和任何人交朋友，自从简帆走后，她开始害怕把感情再寄托到任何一个人的身上，害怕会再次受伤。可是夏岚却像一阵风一般，直接吹进了她的生命里。她对于晴的好让很多人不解与嫉妒，甚至有时候她们同时喜欢上的东西，夏岚也会毫不犹豫地让给于晴。

而在这之前，她并不知道于晴是孤儿，只是出于单纯的姐妹之情……

【三】

"夏岚，我有话要告……"

"对了，于晴，差点忘记了！"夏岚像是突然想起了什么，一下子站起来，不等于晴把话说完，直接从书包里掏出两张票，在于晴眼前晃了晃，笑容像阳光一样灿烂。

"这是什么？"于晴疑惑地看向那两张票。

"Eternal国内演唱会的门票！"夏岚得意地笑着，把票递到于晴手里说，"弄到这两张票可不容易哦！我让老爸托了好多关系才弄到的！你从来都不参加活动，总是一个人闷着，这次你可不能拒绝我。你要跟我一起去听

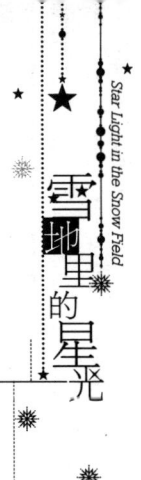

他的演唱会,这个歌手现在可是红得很呢!"

"又是Eternal!"

于晴微微惊讶,听到这个熟悉的名字,她立刻想到小安东说过的那个歌手,没想到夏岚也知道他!

她正想继续说刚才没有说完的话,视线却不经意扫过票上那张图片。一瞬间,整个人仿佛被雷电击中,她猛地从夏岚手中抢过那张票,浑身都颤抖了起来。

时间好像停止了一般!

记忆如同穿越了千山万水,呼啸而来——

"白衬衣是天上的云

纯洁如你的笑容

太阳下、草地上

牵着的手永不放……"

简帆抱着吉他唱着这首歌时,她坐在他的对面,草地上阳光暖暖,春意盎然,空气中飘零的白花随风轻舞。她张开双臂,感受阳光的温度,享受悦耳的音乐,感觉到风从他们之间穿过,将他低沉磁性的声音带上天际,再传入耳中。

他的歌声是那么动听……

"简帆,将来等我们长大了,你一定要去当歌手。"

"可是,我只想唱歌给你听……"

那时候,他的眼中只有她,笑意温柔,仿佛她就是他的全世界。她傻傻地笑着,透过他清亮的眼睛,于晴都能看得到当年扎着小辫的自己,笑容干净纯粹。

三年,整整三年。

她曾经试想过许多种再见到他时的情景……

却没有想到，在一张昂贵的演唱会门票上，再次看到他熟悉的容颜。

她想轻笑，可是眼泪却不受控制地涌出来。看着他星光璀璨的照片，她的手不停地颤抖着。那张票似乎变得有千万斤重，一瞬间，她觉得彼此的距离，好像隔着整个太平洋……

他已经不再是当年那副青涩的模样。

如今的他，只从一张小小的照片上，就可以看出翻天覆地的变化。从这张俊美精致的脸庞上，隐约可以看到当年那个青涩的男孩子满脸笑容的样子。

因为他的那双眼睛，依旧如当初那么温柔、深情。

只是这份温柔，却不再属于她。

她看到票上的签名，是他的新名字——

Eternal！

原来，他早已经成为众人皆知的明星，只有她不知道。

那个叫"永恒"的歌手——

那个对她做出永恒承诺的简帆——

终于飘洋过海，回来了。

站在相同的土地上，呼吸着相同的空气，却只能从一张小小的图片上看到他的笑容，彼此已经离得那么远……

"于晴，你不至于吧？不就是一张演唱会的门票嘛，干吗感动得泪水都流出来了？"夏岚看着于晴浑身微微颤抖的模样，吓了一大跳，她从来都没见过于晴这么失控的样子。她曾以为那么冷漠的于晴连心都是冰雪做的，不带丝毫感情，可是这会儿，于晴的眼泪甚至都流了出来。

本来，她还觉得于晴不可能会关注Eternal，但没想到她会这么激动，就算很喜欢，也不用感动到这种地步吧！

于晴抬起头，看着夏岚，很久之后，有些哽咽地说："谢谢你，夏岚，

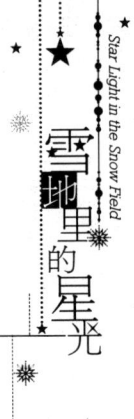

真的。"

"还这么客气!"第一次听到于晴这么诚恳的感谢,夏岚一时间还有些不好意思,脸颊染上红晕,抬手轻敲一下她的脑袋,抱着她说,"哪次有好东西我不是和你共享的!要谢我的话,就和我做一辈子的好朋友!"

于晴深深地看了夏岚一眼,小心翼翼地将门票收好,胸口剧烈地起伏着。

一半,是因为简帆。

另一半,是因为夏岚。

记得有一次,上课的时候夏岚走神了,老师叫她起来回答问题。夏岚自然答不出来,很多嫉妒夏岚的同学都等着看笑话,于晴暗暗地把答案写在书上移到她面前,她顺利过关了,下课之后夏岚紧紧地抱着于晴,说要是于晴是她的姐姐就好了。

只是这么一个小忙,夏岚就已经感动成那样子,而她对自己,又何止是千万倍的好……

看着夏岚明亮的笑容,她却再说不出别的感谢的话,只好扭头看向窗外,努力平息自己内心的激动,不想让人看到她的眼泪。

远处的天空似乎都在这一瞬间明亮了起来!

天空蔚蓝遥远,弥漫着薄薄的寒意,她深深吸了一口寒气,睫毛微微颤动,淡漠的眼眸里,第一次发出极其明亮的光芒。

消失了三年的简帆,终于,再一次在她的生命里出现了。

【四】

放学后,于晴独自走在回家的路上,手里紧紧握着那张演唱会的门票。

她的思绪一片混乱,茫然地走在街道上,红色的围巾衬得她的脸异常白皙。这几天,天气越来越冷,呼出的气息在空中形成白雾,还没到家,天色就已经暗了下去。她恍惚回神，看了看阴暗的天空，加快了步伐。

走到巷口的时候，她远远地看到一个模糊的人影站在寒风里。

于晴一愣，心中有些好奇，她居住的地方很少有人走动，一种奇怪的预感让她的脚步顿了顿，心里涌上莫名的感觉。走近了，才发现那个人竟然真的是萧若宇。

他穿着单薄的白色套头毛衣，也不知道站了多久，睫毛和发丝上都凝结了一层薄薄的白霜。因为太冷，他抱着手原地小跑着，口中呵出白色的雾气，俊美的脸都冻成了青紫色，正不时往巷口眺望着。看到于晴，他的眼睛猛然一亮！

"于晴！"萧若宇见到她后连忙迎了上来，将一个暖手宝塞进她的手中，露出洁白整齐的牙齿灿烂地对她笑，"你是走路回来的吗？如果你坐公车的话，会早到半个小时。我们快回家吧！"

从暖手宝上传来的温暖，让于晴冰冷的手颤了颤。

她看着暖手宝，心里再一次闪过那种复杂的情绪。她看了萧若宇一眼，低下头，没有人能知道她的心思。寒风吹动她的长发，淡淡的声音飘散在风里，几不可闻："你在这里站了半个多小时？"

"是啊，我一个人在家太无聊了，干脆就……"

"下次不要在这里等我。另外，我不需要这个。"于晴将暖手宝塞回他的手中，淡漠的声音不带丝毫温度。她再次看了他一眼，大步与他擦身而过。

看着于晴单薄的背影，萧若宇有些发怔地站在寒风中。

虽然知道她一直都是这么冷漠，但是再一次面对她拒人千里的态度，萧若宇还是有些难过，心头的热火仿佛被泼上一盆冰水，瞬间浇熄了他所有的热情。

这是他第一次，会担心一个人冷不冷……

回到家，于晴开门打开灯，换了拖鞋，一抬头，看到旁边摆着一双男式拖鞋，顿时有些发怔。

她环视屋内，觉得怪怪的，原来之前什么都是形单影只，可是今天全部成双成对了。

他白色的棉拖鞋放在她的鞋子旁边，桌上两个茶杯显然是他刚买的，一粉一白两张笑脸，看上去漂亮可爱。饭桌上摆着已经有些冷掉的饭菜，就连餐具也是新的，还是成套的。

这让之前寂寞的小屋充满了温馨甜蜜的感觉。

她觉得心好像突然被什么填满，有些不适应，却有一个微小的声音在说："其实这样，挺好的。"

萧若宇从身后走过来，刚进屋就听到于晴关上卧室门的声音。

他耸耸肩膀，看向屋里成双成对的摆设，勾起嘴角，自顾自地笑起来。

他将饭菜放进微波炉里，自己走近她的房间门口，看到屋里透出明亮的光线——门没有锁紧。他想也没想就推门而入。他站在门口，看到她在书桌前发呆，书桌上摆着她今天晚上的晚餐——

一块面包。

于晴正出神地看向窗外，漆黑的夜迷离得像一个无法解开的谜……

究竟是什么样的原因，让一个口口声声说要守护她一辈子的人在她最艰难的时候不辞而别？

曾经，她以为她在简帆的生命中是重要的。可是，她却用这三年的时间来反驳这个想法，如果是重要的，怎么会在她的生命中突然就消失不见？

甚至回来了，也没有再联系她。

也许，他早就忘记了曾经的那个小女孩。她对他来说，只不过是邻居，是生命中的一个小插曲而已。

于晴有些伤感，指尖在票上的照片上拂过。简帆，照片上这个人分明有着简帆的脸，却变成了Eternal，一个需要她踮脚去仰望的明星。曾经的深情，只剩下此刻指尖的冰冷，也许，早已经没有简帆了，现在有的，只是一个叫Eternal的歌星……

【五】

"你喜欢这种类型的男生？"

突然，一个怪怪的声音从头顶传来。

于晴回过头，看到萧若宇一脸不悦地盯着她手中的门票，眼睛微微眯起，嘴角噙着不屑的冷笑。

那一瞬间，一种危险的气息从他的眼里迸射而出，漆黑的眼眸少了平时的明媚，显得阴郁而凌厉，却带着让人窒息的锋利！

"现在的小女生都喜欢这种男生，看起来比女生还要漂亮，和他站在一起，不怕别人以为你们是姐妹吗？"

他本来只想在门口叫她出去吃晚餐，可是看她想得入神，就有些好奇，进来就看到她手里的那张演唱会门票，他的心里涌出一股莫名的怒火，看她愣愣的神色更加不爽！

特别是那照片上的男子，有着一张比他更加俊美的脸，看起来确实令人着迷。

于晴惊慌地站起来，第一反应就是将门票快速地收起来，好像心事被人窥探到一般，一脸慌张地看向萧若宇。几秒后，她突然回过神来，恢复之前冷漠的表情，冷冷地问萧若宇："谁让你进来的？"

冰寒刺骨的声音比任何一次都愤怒冷漠！

萧若宇被她一吼，也回过神来，眼里的锋芒顿时消失不见，澄澈的光芒让他看起来像个做错事的孩子般无措。他急忙后退了几步，摆摆手，结结巴巴地说道："我……我只是想叫你和我一起吃饭。"

"我不需要!"

"你晚餐就吃这个?"萧若宇缓过神来,逼近她一步,有些生气地指着桌上的面包问道。

"关你什么事?出去,你别忘记,我们约定好了……"

"跟我出来!"萧若宇不等她说完,就怒气腾腾地拽起于晴的手,不容她反抗,霸道地将她拖出来,按到饭桌旁,迅速地将已经热好的饭菜端上来,不容反驳地命令道,"今天晚上和我一起吃这个,否则我就不交房租!"

"你——"于晴瞪他,冷笑,"你在威胁我?"

萧若宇想了想,似乎觉得那个威胁并不能奏效,于是为她盛好饭,孩子气地补充道:"否则,我就趁你不在,把你所有的东西都扔掉!"

于晴冷冷地将面前的饭菜推开,不领情地扭过头,起身就要走。

"其实,我只是不想浪费,你这也没有流浪狗可以喂,倒掉真的有点可惜啊!"萧若宇的声音听起来不带一丝起伏,说着,自己端起碗,却偷偷留意着于晴的一举一动。

她没有走,也没有坐下,就那样站着。

她的背影看上去,那么伤感……

半响,于晴最终还是坐了下来,一言不发地吃起了热腾腾的饭菜。那些热气像是钻进了她的眼中,形成一片氤氲。

她还是不习惯接受别人的好意,可是——

自从简帆离开,她好久没在这个餐桌上吃到热腾腾的饭菜了,特别是……身旁还有着另外一个人的气息,不再只有流动的空气,那么冰、那么凉。

那些空荡荡的回音,总会在寂静的夜里,让她的血液都凝结成冰,在她的心底留下深深的空寂……

萧若宇并没有发现这些，只是当他看到于晴动筷子的时候，脸上浮现出了笑意。

窗外的天空，黑得伸手不见五指，却依旧能看到厚重的云压在天边，呼啸的寒风敲击着玻璃，看起来似乎又要下雪了。

屋外的寒冷和屋里温暖的灯火，看起来就像是两个世界。

明亮的玻璃上，映出两个埋头吃饭的人的身影。在暖暖的灯光下，于晴埋头吃饭，眼睛中却涌动着抑制不住的水光。而一旁的萧若宇，深深地凝视着对面的女孩，漂亮的脸上溢满笑容，仿佛在春日的阳光下绽放的花朵一样，那么温暖而惬意……

饭后，于晴起身，没有说一句话，转身走进自己的房间。

"喂！"萧若宇急忙扒完碗里的饭，站起来喊道，"你就这样回房间啦？连声招呼都不跟我打，我们现在好歹是朋友了吧？"

可是屋里一点儿反应都没有。

好不容易等到她放学回家，没想到她竟然连一句话都不愿跟他多说。萧若宇觉得一阵失落，心里十分不快，正想说她怎么这么不近人情时，于晴又走了出来。

他一喜，笑容刚刚浮现，就看到于晴就将手中的十元钱放在了桌上。

"你，这是什么意思？"

他皱眉，看着于晴的动作，心里好像被什么东西重重地刺了一下，隐隐作痛，视线落在桌面的纸币上。

于晴的眼里闪过一抹淡漠，明亮的眼眸中映出他失落的神情，一脸平静："这是刚刚的饭钱。萧若宇，我的生活有自己的计划，请你以后遵守公约，否则你就立刻走人。"

说完，她转身回了自己的房间，卧室的门再一次冷冷地关上！

窗外的寒风呼啸着想要冲进屋里，却被玻璃隔离在外，外面黑得看不到

任何东西。屋里的灯光下,萧若宇的指尖颤抖了一下,半晌,他拿起桌上的纸币,用受伤的眼神看向那扇紧闭的门。

那凌厉的寒风,好像全部涌进了他的心里。

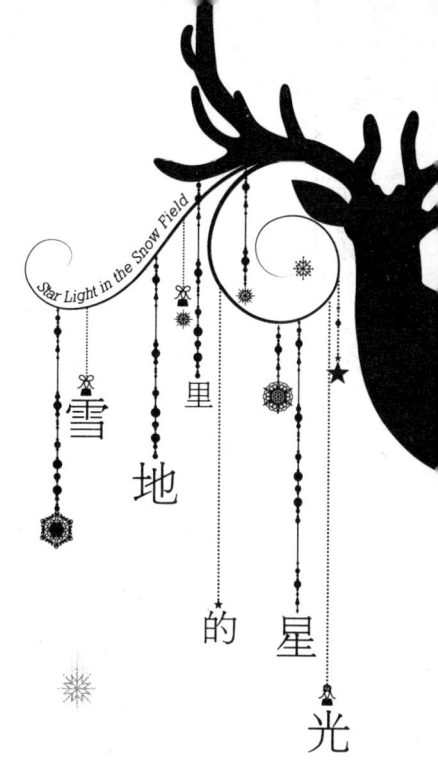

雪地里的星光

Star Light in the Snow Field

第四章

CHAPTER 04

雪夜·悸动

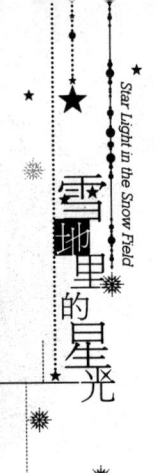

【一】

　　清冷的街道上，行人十分稀少，寒风卷起路上的枯叶，将空气中仅有的温度带走。风刮在皮肤上，顿时引起一阵针扎般的疼痛。偶尔走过一两个人，也是缩着脖子低着头。

　　黑压压的乌云，笼罩着安静的大地。于晴走进巷子时，听到的都是自己的脚步声，她抬头看了看阴沉沉的天空，心想，恐怕又要下一场雪了。

　　巷口的路灯在夜晚的迷雾下散发出朦胧的光。

　　于晴拉了拉领子，将头更深地缩进领子里，加快了脚步，视线却不由自主地往路灯那边看去。

　　自从那天她将钱放到萧若宇的面前后，原以为他不会再干扰自己的生活，结果他却变本加厉起来。

　　每天早上悄悄地将热乎乎的早餐藏在她的书包里，他却不见人影；晚上回到家中，他总是不发一言地将热腾腾的饭菜送进她的房间，还不等她说话，他就像一阵风似的跑了出去。

　　总是连拒绝的机会也不给她。

　　偶尔在屋子里碰到时，他也是冷着面孔，好像那些关心她的事，都与他无关一般，可是他却每晚都站在巷口的路灯下，等她回家。

　　远远地，她就看到了路灯下站着的那个修长的身影。

　　寒风将他的发丝吹得凌乱不堪。

　　那张俊美的脸仿佛不属于人间，整个人有种超凡脱俗的高贵气质。只是那单薄的影子，在这样的夜里，显得有几分孤独寂寞……

于晴的脚步顿了顿，心情复杂地朝着他的方向走了过去。

路灯下，萧若宇低着头，大团的白雾从他的嘴里呵出，拿着暖手宝，往前张望着，刚好看到了于晴，漂亮的眼睛中顿时亮了起来！

他的脸上浮现出浅浅的笑容，温柔的眼神比阳光更加温暖。

那一刻，于晴觉得好像心中有什么正在融化。

走到他面前的时候，她停下了脚步。

他也没有向前。

两个人就这样隔着短短的距离，凝视着彼此，路灯的光芒淡淡地笼罩着两人的身影。一阵风刮过，冰凉的空气扑面而来，但他们似乎都没有感觉到。

下一秒——

洁白的雪花从天空中徐徐落下。

于晴怔怔地看着那些白色的雪花慢慢地飘落在他的身上，如同一幅梦幻般的画，泛黄的灯光下，雪花像精灵一般嬉笑着、玩耍着，落在他的发丝、肩膀上，而他脸上的笑意渐渐凝固，眼眸如同落入了星辰一般明亮而璀璨，深深地凝视着她。

时间仿佛在这一刻定格了。思绪都有些恍惚。

"喵——"

突然，传来一声凄厉的猫叫后，接着一个小小的黑影从房顶上蹿过，巷子里又恢复了安静。

这一声惊醒了他们。

于晴觉得脸有些发烫，将头略低了一些，朝前走去。

萧若宇也迎了过来，将手中的暖手宝塞进她的手里，很自然地要将她的

书包接过来。

于晴的手稍稍用力,将自己的书包拽紧,将手里的暖手宝塞回他手中,眼神已经恢复了之前的淡漠。

"我说过,不要再在这里等我,你又不是我的什么人。"

萧若宇一愣,前几次他在这里等她放学,虽然她没有说什么,但她的态度一直都很冷漠。

他本以为,她慢慢就会习惯自己的存在,没想到,她依旧这么抗拒自己对她的关心。

"我在家也没有事,而且,算好时间的话,等不了多久的。"他看着自己手里小小的暖手宝,眼神有些受伤,也有小小的期待,他将它再次塞回于晴手中,"这个,你拿着会暖和点。"

他的声音低低的,有种小心翼翼的感觉。

于晴看了他一眼。

见他美丽的眼睛中光芒闪动,竟让她有一丝不忍的感觉,暖手宝传来微微的暖意,就像刚才看到他的身影时,那种暖暖的感觉悄悄地流进心里。

"我不会感激你为我做的任何事,如果你喜欢,随便你。"

她冷冷地说完,不再理会萧若宇的反应,抱着暖手宝往回走去。

可是萧若宇却像是得到什么嘉奖一般,笑容顿时出现在脸上。

他快步跟上她的脚步,不顾她的反对将她的书包拿过来,跟在她的身后。

清澈的眼睛比任何时候都要明亮,他笑着说:"我从来都没想过要你的感谢啊,做这些事,我觉得很快乐。"

于晴的心一颤。

她的脚步顿了顿,没有再说话,寒风很快将萧若宇的声音吹散,可是却在于晴的心里留下了深深的印记。

洁白的雪花在他们的身后飘舞着。

他们之间再没有任何言语，就这样一前一后地走着，在地上留下两串脚印……

【二】

回到家里，于晴吃完萧若宇端进来的饭菜，将碗筷洗了之后，就回到了自己的房间。

客厅里，萧若宇似乎正玩着电脑，爽朗的笑声传进她的房间。听着他的声音，于晴有些走神，莫名地就想起了他刚才说的话。

一个人，怎么会因为关心另一个跟自己毫无关系的人，就会觉得开心呢？

她也不知道，自己从什么时候开始不去拒绝他对自己的好，甚至，已经慢慢地习惯了他的存在。

是从每天早上上学出门走远后，回过头看到门前那个模糊的身影开始？

从书包里总是多了早餐开始？

还是每天晚上固执地等她回来，往她手中塞一个暖手宝开始？

总之，就这样莫名地就习惯了他的存在。

一个人在房间里时，偶尔会听到他在客厅里走动的声音、倒水的声音、打电话或是玩电脑时发出的笑声，她心里竟有一种被温暖充满的感觉，再也寻找不到以前的黑暗和寂寞……

于晴叹了一口气，摇摇头，将课本打开，开始埋头做作业。

今天的题目有些复杂，有几道题目她算了很久都觉得不对，只好咬着笔杆反复琢磨着。

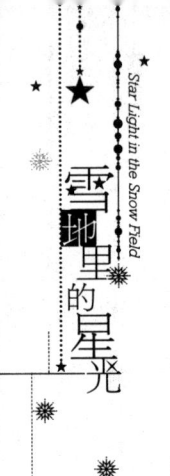

"这么简单的题目,你居然错得这么离谱!"

头顶突然传来低沉磁性的声音,萧若宇不知道什么时候出现在她的身后。

她还没回头,就感觉到萧若宇轻软地敲了一下她的脑袋,皱着眉指着草稿纸,叹道:"你看,这里,从一开始就算错了。"

然后,萧若宇接过她手里的笔,在草稿纸上飞快地演算着,正确的答案被解答出来,过程一目了然。

于晴看着他认真演算的样子,心中有微微的惊讶。老师告诉他们,这些题目都是竞赛的疑难题,让他们回来先试着解答。没想到这么难的题目,萧若宇竟然连想都没想一下就做出来了。

她忍不住悄悄抬起头。

他俊美的脸被灯光映得迷幻朦胧,清晰却又有点不真实,殷红的薄唇吐出清晰的字眼,解说着过程和答案,他黑亮的眸子仿佛洒满了星辰,凝视着题目飞速作答,那么认真的样子是她从来没有见过的。

"好了。"

萧若宇停下笔,看向她,却正好对上于晴正凝视他的眼睛,他的表情顿时有些慌乱羞涩,整个人跳开了一步,摸着脑袋不好意思地笑着。

于晴的脸刷的一下羞红,急忙低头看向草稿纸上的题目。

为了转移话题,她开口问道:"你,你都不用去学校吗?"

萧若宇愣了一下。算一算,他到这里都快一个月了,可是从来都没去过学校,难怪她会怀疑。

"我这么聪明,还用得着去学校吗?"他抬起下巴,一副自大的模样。

于晴白了他一眼,继续埋头做题,发现经他演算过的题目,过程都简单明了了许多,自己一看就立刻明白了,心里不由得更加惊叹于他的聪明:

"真没想到这些题目这样算这么简单，之前绕了很多弯子，难怪越算越复杂啊！"

萧若宇得意地拍拍自己的胸脯，笑着说："我就说我聪明吧，以后要是有什么难题，就直接来问我，不用客气哦！"

于晴抬头看向他，见他满脸笑意，一副大男孩的模样，看起来毫无城府。想起他这些日子为自己做过的事和对自己无微不至的关怀，有什么东西突然涌上来，让她的喉咙堵住了。

半晌，她低低地说了一声："谢谢你。"

萧若宇怔了怔，似乎不相信自己的耳朵，急忙问道："你刚才说什么？"

于晴转过头去，眼里的光芒瞬间被冷漠遮掩，她淡淡地回道："没什么，以后进我的房间之前，记得敲门。"

萧若宇摸摸自己的脑袋，快乐地笑了起来。

窗外的天空似乎也没有刚才那么阴沉了，点点白雪在夜空中闪烁着淡淡的光芒。地上，积雪已经薄薄地积了一层，白色的积雪蔓延到远方，隔着玻璃，就像一个美丽的童话世界。

其实刚刚，他听到了她的感谢。

那一瞬间，他突然感觉到，其实，于晴并不像她的外表那么冷漠。只是，到底是什么，让她变成了现在这个冷漠无情的样子……

从那天晚上之后，萧若宇为她准备的早餐，不用再偷偷摸摸地塞进她的书包里，而是在出门前放进她的手中。还贴心地嘱咐她多穿件衣服，责备她怎么这么不懂得照顾自己。

他甚至怀疑，像于晴这么不爱惜自己的孩子，到底是怎么长大，还出落得这么健康漂亮的。

【三】

熟识之后，相处渐渐变得轻松了。

萧若宇发觉于晴有时候就像一个孩子，她很害怕得到之后会再失去，所以将心门紧闭着，他知道在她的身上一定发生过什么事。

而那件事，一定和那张演唱会的门票有关！

因为那天，他进于晴的房间找书看时，无意中看到她的书桌上放着那张演唱会的门票。他本来只是出于好奇拿起来看了看，谁知，于晴进来看到后，立刻很紧张地夺了回去！

"你怎么可以乱动我的东西？"于晴生气地怒斥道。

他没想到于晴会这么紧张这张门票，还这么凶地对他大吼，而在这之前，于晴已经接受了他进出她的房间，甚至有时候拿她的书去读她也从没像这次这么生气过。

他沉下脸，看了一眼门票，喃喃地解释："我只是拿起来看看，一张门票而已，用得着这么紧张吗？"

"萧若宇，以后，不要随便进我的房间！"于晴根本不听他的解释，生气地对他说道。

他心里觉得很不舒服，想起于晴上次看着门票发呆的样子，那种神情就像在思念一个很重要的人，而那样的神情，却不是因为他。

"你认识这个明星？"他的声音里有着莫名的酸涩和嫉妒。

"这不关你的事！"于晴冷冷地说完，将门票放进到书包，背着书包直接往门外走去，丢下他一个人愣愣地站在她的房间里发呆。

于晴去了学校后，他走出她的房间，一个人坐在客厅的沙发上，皱眉想了很久，还是无法将于晴与那个耀眼的大明星联系到一起。

她的生活、她的一切看起来是那么平凡，甚至是过于低调，又怎么可能认识那个高高在上的大明星呢？

正想着，门外就响起了敲门声。

萧若宇好奇地朝门口望了一眼，于晴身上有钥匙，肯定不会敲门，平时也没发现她有来往的朋友。

他犹豫了一下，微微皱眉，心里有些担忧，迟疑了片刻后，还是起身去开门。

门一拉开，站在屋外的是一个陌生的男人，面带着笑容。

"请问……这是于晴小姐的家吗？"

来人用奇怪的眼神打量了萧若宇一会儿之后，十分有礼貌地问道。

萧若宇暗暗松了一口气，点点头："是。"

看着来人的模样，他心中十分困惑，平常并没有见于晴和任何人有来往，而眼前这个人看上去也不像是她的朋友或同学，他实在猜不透此人找于晴会有什么事。

他朝屋里看了看，又问："那么……请问于晴小姐在吗？"

"她不在家，你有什么事和我说也一样。"萧若宇面无表情地挡住他朝屋里打量的视线。

"是这样的，请你把这个信封交给她，十分重要，原本我是想要亲手交给她的，但是……"

"好了，我知道了。"萧若宇接过信封，看着他有些尴尬的神情，确定他没有其他事要交代之后，直接把门合上。

关上门的那一瞬间，他轻呼了一口气，还好……

还好不是来找他的那些人！

萧若宇将信封放在桌上，走了几步之后又回过头看了它一眼，好奇心越

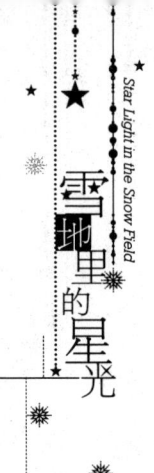

来越重,最后干脆拿起来,一看居然没有封口。

他小心地打开,取出里面的东西。

演唱会门票!

除了这个,没有其他。

萧若宇皱着眉,凝视着门票上那个少年俊美的脸,心中顿时觉得烦闷。而且,他看到门票上面的座位是在贵宾席,心里更加涌起了一股异样的情绪。

他生气地将它塞回信封之后,重重地摔在桌上,回到房间里去了。

过了一会儿,他又走了出来。

没有犹豫,他直接走向桌子,拿起了信封!

嘴角邪魅地扬起,一丝狡黠的笑意闪过俊脸,明亮的眼眸中光芒闪亮。

反正于晴已经有了一张门票,他也想去看一看这个Eternal到底是何方神圣,居然让于晴一见到这张门票,就像丢了魂一样神情恍惚!

【四】

大雪突然就停了。

迷蒙的雾气笼罩在上空,远处的山峦、大树全都被罩上了一层朦胧的白纱,连阳光都无法将白雾穿透,只有淡淡的阳光洒在地面上,将厚厚的积雪镀上了一层金色。

放学后,于晴踩着厚厚的积雪走出校门。

好久没见到阳光,太阳一出来,顿时全身都暖融融的,心情也莫名地好了起来,她带着淡淡的笑容,黑白分明的眼睛光芒闪烁。

"于晴!"

一声兴奋的高呼从校门外传来。

于晴抬头，就看到夏岚跳着冲她招手，不等她反应过来，夏岚已经飞一样地跑到她身边，将她拖到了角落。

"夏岚！"于晴惊讶地看着她，问道，"你怎么这么久都没有来上课？"

"别提了，对了，你没忘记明天是什么日子吧？"夏岚摆摆手，对于自己逃了将近一个月的课一点儿也不在意，满眼都闪烁着期待的光。

"当然。"

于晴的声音突然低了下去，视线落在不远处的雪地上。

她怎么会忘记，明天，是他的演唱会……

"那就好，我还担心你忘了呢！"夏岚嘻嘻一笑，大眼中阳光弥漫，衬得她的皮肤白皙细腻，显得格外精神。

她一边说，一边匆匆忙忙地往一旁停着的车子走去："那么，到时候我们在会场门口碰头啊！我得走了，最近好多事呢！"

夏岚说完冲她摆摆手，飞快地钻回车子里，隔着车窗玻璃对她说再见。

于晴无奈地看着好友，难道说夏岚跑过来只是为了提醒她不要忘记明天的演唱会吗？

有时候，于晴想不通夏岚的脑子里到底在想些什么，她就像一个单纯的孩子，有时候有些任性，做任何事似乎都没有理由，就像对她的好。

看着夏岚的车子绝尘而去，于晴才想起来，好像又忘记告诉她关于萧若宇的事。

但是转念一想，也许夏岚早就忘记了。

更何况，她以前从没听夏岚提过萧若宇。

回到家时，夜幕已经低垂。如同往常一般，远远地就看到萧若宇站在路灯下等着她，她的嘴角不自觉地微微扬起，可是下一秒，突然就愣住了——

习惯,有时候会像罂粟一般令人着迷。

却是致命的!

萧若宇终有一天会离去,而她,最终也还是会回到原本的生活,她突然很害怕习惯了家里有另外一个人的气息之后,又恢复到只有冰凉的空气做伴的生活。

那种寂寞,就像到处都是荒山。

可是除了黑暗里的回声,没有任何的气息,空空荡荡……

对于于晴情绪突然的低落,萧若宇并没有察觉,他将暖手宝塞进于晴手中,心里还是有些担心。

若是那个人又找到了于晴,告诉她那件事,于晴会不会再冲他发脾气呢?看她如此珍视这张门票的态度,她很有可能会像上次一样赶他走。

两个人,各自怀着心事,沉默地走在回家的路上。

第二天,萧若宇一大早就起来了,发现于晴屋里还亮着灯。

他走过去,看着虚掩的门,见她正对着衣柜里并不多的衣服发愁。他看了看手中的门票,知道今天就是演唱会的日期,从没见过她打扮自己,可是今天,她却为了一场演唱会,为了一个仿佛另一个世界的明星,那么郑重。

莫名地,萧若宇有些烦躁起来,只是一场演唱会,用得着这么紧张吗?

第一次,他感觉到自己嫉妒得有些发狂甚至愤怒了!

于晴出门的时候没有看到萧若宇,但她没有多想,只觉得自己的心都快要从胸腔里跳出来了,三年了,她终于可以再一次看到他。她无法描述自己内心的感觉,只发现自己的指尖都在不停地颤抖着,直到在镜子前再三打量自己的穿着没什么问题之后,她才放心。

一阵冷风吹来,她看着漫天飞舞的白雪,打了一个寒战。

像突然想到什么一般，于晴在门口愣住，低头看了看自己精心挑选的衣服，突然就笑了出来，眼底布满哀伤，自嘲道："于晴，你真是傻瓜，他根本就不会看到你！"

满怀心事的于晴，并没有发觉，在她身后不远的地方，一个人正鬼鬼祟祟地跟着她。

到了会场的门口，夏岚迎面走向于晴。

跟在她身后的萧若宇脸色突变，立刻闪到一旁，眉头紧紧皱起，眼底的亮光也有些暗淡，愁云顿时布满他的脸。他根本没有想到，和于晴一起看演唱会的，居然会是夏岚！

【五】

看得出来，Eternal确实很受欢迎！

尽管今天大雪狂舞，可是会场的门口，依然人山人海。许多小女生拿着荧光棒，举着他的海报，脸上满是兴奋的笑容，期待着进场的时间。她们聚在一起，讨论着Eternal是一个多么令人着迷的歌手，说他不仅歌唱得好听，就连眼神都那么迷人。

"喂，你知道吗？据说，Eternal回来是为了找一个女生，他在国外也很受欢迎呢！但是为了那个女生，他不惜放弃国外的一切，回国来发展呢！"

在于晴和夏岚边上的一群小女生，唧唧喳喳地说着自己所知道的关于Eternal的消息。夏岚听得很有兴趣，而于晴只觉得，心脏好像被什么给揪住了一般。

"真的吗？他真的好痴情哦！不过，他的年纪并不大啊，真的不知道是哪个女生这么幸运！"

"我真的好崇拜他哦,要是能做他的女朋友,我就是世界上最幸福的人了!"

"你做梦吧!Eternal那么优秀,那么帅气,你看看你自己,随便谁都比你漂亮啦,还想做Eternal的女朋友,也不怕被大家的口水淹死!"

"是哦,我想,那个女生一定是个很漂亮的女孩子,不过,真想象不出来到底什么样的女生才配得上他……"

讨论声不断地响起,讲的全是关于他的事迹:在国外得了多少奖、多爱国、多俊美、多迷人等等。

夏岚笑着转向于晴说:"看吧,你不来的话多可惜,你的世界里除了工作就只有学业,都快成古代人了!"

于晴笑笑,没有接话,心底却充满了悲哀。

他们那么热烈支持喜爱的Eternal,正是她的简帆啊!

而她,和他分别了三年,却是以一个粉丝的身份来看他的演唱会,一个在台上、一个在台下,却仿佛隔了千山万水的距离,她的眼睛里装的全是他;而在他的眼中,看到的已不仅仅只是她了……

"呀!快点,可以入场了!"

也不知道是谁突然叫了一声,原本还是小声的讨论突然就变得嘈杂起来。

大家纷纷挤向入场口,最后还是在Eternal后援团的指挥下,才恢复了秩序。

入场之后,夏岚大大地呼了一口气,跟着于晴找到自己的位子之后感叹道:"我看过那么多场明星的演唱会,还从没像今天这么拥挤过!"

"是吗?"于晴淡淡地回答着,眼神有些迷离。

他,有这么受欢迎吗?

而最熟悉他的她，却一无所知。

时间还没有到，大家都按捺不住兴奋的心情，纷纷站起来左右张望着，好像Eternal会突然从哪个角落里飞出来，大家猜测着他出场的各种方式。

而这一群兴奋的人中，却有两个是例外——

一个是于晴，她紧张得掌心都出了汗，眼睛死死地盯着舞台，虽然离得很远，但是这个距离还可以看得清台上人的脸。

一个是萧若宇，他一边皱着眉躲避着拥挤的人潮，一边四处张望着寻找于晴的身影。很快他就看到，在中间的位置，一个安静站立的女孩，干净的脸上没有任何的情绪，正是于晴。

尽管满场是人，可是，他还是一眼就从人群中找到了她。

舞台上的灯光突然暗下来，没有主持人出场，也没有任何的铺垫，只有一束灯光打在舞台的正中央，满场的人瞬间就安静了下来，大家都屏住呼吸等待着心目中偶像的出场。

于晴紧紧地握着双拳，连呼吸都不敢用力。

看着空荡荡的舞台，眼睛连眨也没有眨，时钟好像在她的脑海中一般，她几乎能听到秒针在走动的声音。然后，一个影子慢慢清晰，他走到了灯光下……

干净的白色衬衫。

明亮清澈的眼睛。

灿烂深情的笑容。

一如当初！

眼眶里一下子就湿润了起来，于晴睁大双眼，不敢抹去那些湿气，害怕下一瞬间，那张曾经让她做梦都会痛醒的脸，会消失在黑暗中。

台下的人，好像被点中了穴道一般，安静得出奇。直到Eternal站在舞

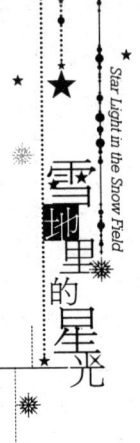

台上几秒之后，欢呼声毫无预兆地就爆发了，挥舞的荧光棒、声嘶力竭的尖叫，场面乱成一团……

舞台很大，距离歌迷也有些距离。

但是第一排有一个Eternal特意留下的空座位。

他的耳边全是歌迷疯狂的叫喊声，他微微低着头，轻轻地拨动了手中的吉他，黑亮的发丝在额前轻轻拂动，灯光打在他的头顶，阴暗中，看不清他俊美的容颜。

良久，他轻轻抬起头！

纤长的睫毛仿佛蝴蝶的翅膀，美丽绝伦。

就在抬头的一瞬间，那张美丽的脸，妖冶得仿佛夜间怒放的曼珠沙华，狭长的双眼看向那个他刻意留下的位子，空荡荡的位子让他眼眸中的亮光颤动着。

一瞬间，明眸暗淡。

指尖一滑，吉他发出悲凄的声音。

纵有千万人为之痴迷，又如何？

他等待的位子，却是空的……

耳机里，传来经纪人的喊声。

他无奈地一笑，台下又安静了下来，他富有磁性的声音刚刚响起，台下又尖叫起来。

"我是Eternal。"他淡淡地说，身上有一种慵懒却令人疯狂迷恋的气息，"很感谢大家前来参加我的演唱会，这是我回国后的第一场演唱，你们的支持让我感动更令我意外。如果大家不介意给我五分钟的时间，我想在唱歌之前，说几句话。"

他环视着台下，每个歌迷的脸在他看来都差不多，他们疯狂地高喊着不介意，而他的心却如同寒风扫过一般冰凉。

他抬起手，轻轻地扬了一下，台下顿时安静了下来。

"相信有不少人知道，我回国是为了寻找一个女孩，一个对我来说比我生命还重要的女孩。也许大家会问，这是不是爱情，我也曾经很多次问过我自己。我很爱那个女孩，这是和她分开后我最深的领悟，她像是我的生命中不可缺少的部分，如果没有她，我甚至会觉得，我的人生毫无意义。可是，她没有来。我不知道她是生气了，还是已经不在这座城市了。我回来了，而她不在了。只是，我真的很想让全世界的人都知道，我想她，我真的真的好想她……"

他徐徐地说着，狭长的眼睛中，迷蒙的水雾挡住眼里的光芒，他笑着，可是却带着那么深沉的哀伤。

台下传来一阵阵的抽泣声。

他笑了笑，深吸了一口气，没有继续往下说，拨动吉他，开始唱那首他专门为于晴写的歌——《请等我回来》。

低沉的歌声带着化不开的哀伤缭绕在空气中，谱写出复杂而深沉的思念。简帆的声音干净爽朗，却令人刻骨铭心。

有些回忆，在要忘记的时候总是刻骨地清晰。

待有一天想要再回忆时，却发现只有一些片段。

以为自己忘记了，模糊了，可是当某一天听到某一首歌、遇到某一些人、看到某一些景，又蓦然清晰起来……

那个穿着白衬衫、篮球鞋，笑容灿烂地凝望着她，在她耳旁唱歌给她听的男孩，只存在记忆里了。他曾说："可是，我只想唱歌给你听……"

依旧是那么干净的声音，却已经恍若隔世。

于晴的眼中溢满泪水，她慢慢起身，离开了座位，没有人注意到她，就

连夏岚也沉浸在歌声中,没有发觉她的离场。

再见面时,你已经不是当初的简帆。

而我,也不再是当初的于晴。

我们之间的距离,比我想像中的还要远、还要远……

外面大雪飞舞着,洁白的雪花似乎也感受到了她的哀伤,飞舞在她的身边,不肯离去。

她走出会场,看着门外巨大的海报,寒意涌进心底。

外面的空气竟是这么冰凉,迎面吹来的冷风让于晴有种窒息的感觉。

心脏的位置传来清晰的剧痛,如同被尖锐的匕首刺了进去。

寒风一阵阵凛冽地吹过。

她的长发飞扬。

她一动不动地站立在风中,仿佛一具已经失去生命的躯壳。

最终,她慢慢蹲下身子,揪着自己的前襟,呜呜地哭了起来。

【六】

萧若宇跟出来的时候,正好看到她蹲在地上。

冰冷的风雪绕着她疯狂地旋转飞舞。

凛冽的寒风中,她低低的悲泣声,仿若受伤小兽的哀鸣。

他站在风中,久久没有上前,心上如同压了一块大石,无论怎么大口呼吸也无法顺畅……

他以为,Eternal所说的话不过是哗众取宠的手段。

但是现在,他看到于晴的样子,就知道了,这一切都是真的!

而Eternal口中的那个女孩,就是于晴。

里面的欢呼声还在继续。于晴擦干泪水,如同被抽离了魂魄一般,缓缓地走向街的对面。

萧若宇慢慢地跟着她。

他突然发现，那坚硬的外壳，只是她用来保护自己的武器而已，她的脆弱，在这个黑夜中，只有他一个人看到。

他想，她甚至在多少个孤独的夜里，像这样脆弱着，只能自己拥抱着自己给予温暖……

他想，他为什么没有早点遇见她？

在她的生命中，还没有出现Eternal的时候，就遇见他，那该有多好……

于晴走得很缓慢。

没有人去看这个脸上泪还未干的女孩。

她满脑子全是刚才简帆在台上星光闪耀的样子，哦，是Eternal……

快到家时，她抬头看到前面那个孤单的路灯。

灯还没有亮起，从围墙两边传来朦胧的天光，让周围的一切都显得破败而暗淡，她突然就心酸了。

路灯下面没有人影，她怔怔地看着那里，竟然有些失落和悲伤。

那一刻，她竟有种很想看到他的感觉。

他总能在她奋力抗拒的时候，温暖她的心……

"喵……"

一声凄厉的猫叫声突然响起！

于晴转过头，看到一只小猫蜷缩在巷子里，惨叫着低头舔着爪子上的伤口，殷红的血丝正从它的爪子上渗出来。

她的心一颤，好像看到了自己一般。

她走近它，蹲下身子，伸手抱起了它。

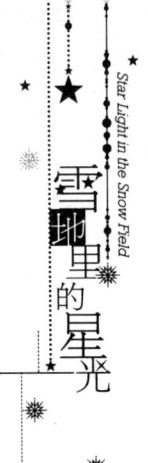

小猫猛地缩了一下，但因为爪子受伤无法动弹，只能警戒地盯着于晴。

"就算是我想要照顾你，你也一定会很害怕吧？因为习惯了一个人面对伤害，所以害怕任何温暖都会变成伤害，对不对？"她将小猫紧紧抱在怀中，低声说着。

"它应该听不懂。"

她一愣，回过头，对上萧若宇心疼的目光。

明亮的眼眸中仿佛盛满了全世界的温情。

积雪覆盖地面，一连串的脚印从远方延伸到脚下，又被细碎的雪花覆盖了薄薄一层。

他站在那里，俊美的脸上少了平时的嬉笑，多了几分凝重和心疼。

于晴脸色一冷，急忙擦去眼角残留的泪水，站起身，一言不发地抱着小猫快步向前走。

有些人习惯了享受温暖，而有些人却害怕这样的关怀。

她没有想到萧若宇会突然出现在身后，那一瞬间好像所有的伪装都被拆穿，她不知道该怎么面对，只有逃离。

"于晴！"萧若宇快步追过去，一把抓住她的手，用力一扯，将她牢牢地抱在怀中。

在她蹲在地上哭泣时，他就想这样紧紧地抱住她，可是他害怕。

刚才听到她的话，他终于忍不住了。

他想分担她所有的痛楚与伤害。

他想将所有美好的东西都给她。

他想让她幸福地笑，就像其他这个年纪的女孩一般……没有挣扎，没有反抗。

当他拥她入怀中的那一瞬间，一股温暖从他的身体传来。

这么温暖的怀抱,让人沉溺……

于晴闭上了双眼。

她好累,好想休息,哪怕只有几秒,有一个温暖的怀抱让她靠一靠。

时间好像定格了。

天空中飘着细小的雪花,晶莹璀璨的雪花闪烁着炫目的光芒。

一个女孩抱着一只受伤的小猫,被一个男孩紧紧地搂在怀中。

天色渐渐暗淡,路灯悄无声息地亮了起来,紧紧相拥的身影美丽得仿佛一幅唯美的漫画……

也不知道过了多久,于晴的心终于没那么疼了。

她动了动,推开萧若宇时满面绯红。

她低着头,不敢去看他的眼睛,尴尬得不知道要说什么好。

萧若宇看着她难得羞涩的模样,淡淡的笑容浮现在脸上,怜惜地抚摸着她额前的发丝,心情豁然开朗,笑道:"原来你并不是那么冷血,还是很有同情心嘛!"

她疑惑地抬头,看到萧若宇意有所指地看了看她怀中的小猫,漂亮的脸上笑容灿烂。

她一怔,又恢复了冷冷的表情,悄悄退了一步,没有抬头:"我的同情心,只给这些小东西。"

"其实,我也是个小东西……"

萧若宇蹲在她的脚边,露出双眼,可怜兮兮地嘟起嘴巴,可爱的样子还真有点像只无辜的小动物。

于晴"扑哧"一声笑了出来。

萧若宇看着她,站起身,伸手拍了拍她的头,柔柔地说:"看到你笑,

我就放心了。"

风雪还在他们身边飞舞。

洁白的精灵欢快地在空气中跳跃嬉笑,甜蜜的气息不知不觉蔓延开来。

只是站在雪中的女孩,并不知道,自己的心已经慢慢感动……

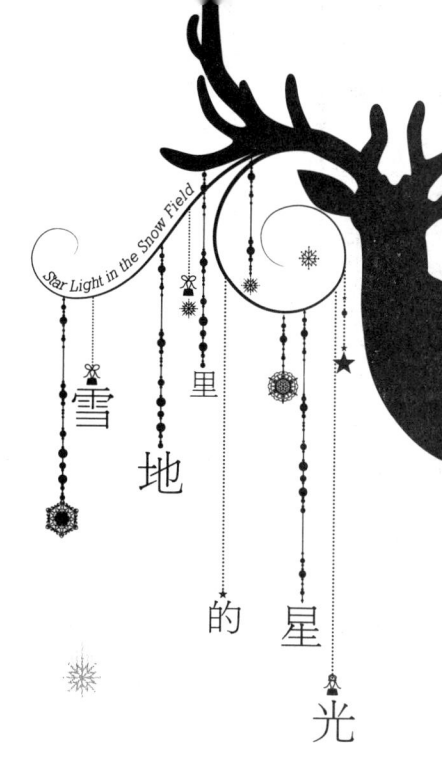

雪地里的星光

Star Light in the Snow Field

第五章

CHAPTER 05

雪夜・伤殇

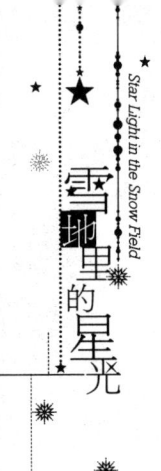

【一】

回到家中,于晴仔细地为小猫包扎之后,将它放到一个纸箱里。小猫蜷缩着小小的身体,喵喵地叫着,稚嫩的声音软软地传到人的心底。

于晴温柔地盯着小猫,轻轻笑了一下,倒了些牛奶又拿了点食物给它。

小猫戒备地盯着她,并没有马上吃。于晴的脸上不禁浮出淡淡的笑意,起身离开。直到她离开之后,小猫才朝碗里嗅了嗅,滴溜溜的圆眼睛像黄色的玛瑙般漂亮,谨慎地朝四周看了看,确定没人后,这才欢快地吃了起来。

萧若宇坐在白色的沙发上,看着于晴的举动和她眼底淡淡的笑意,眼神很温柔。

那一瞬间,他突然有一种想法。

如果能够一直这样生活下去,那该有多好……

只是连他自己都不知道,这样的生活还可以持续多久,他身上的现金已经不多,信用卡在前一段时间就已经被冻结了。

安置好小猫之后,于晴回到自己的房间。

萧若宇从门缝里看到她在发呆,脸上满是失落和哀伤。他虽然不清楚到底发生了什么事,但是他知道,肯定是因为那个叫Eternal的明星,想到这里,他不禁叹了一口气,紧紧地皱起眉头。

肚子传来一阵咕咕的叫声。

他这才想起,自己和于晴都还没有吃晚饭,于是推门进去想问于晴要不要吃点东西时,目光被她手中的照片给吸引住了——

一个穿着白衬衫的男生，满脸灿烂的笑容，阳光下，他的笑容虽然青涩，但充满了阳光的味道。白皙的脸干净明亮，气质虽然出尘，却也有几分平凡的味道，跟那个大明星有着巨大的差距，但他还是一眼就认出来，照片上这个名叫"简帆"的男生，就是Eternal！

"Eternal就是简帆？"

他的目光猛然深邃，声音几乎是从牙缝中挤出来的一般！

突如其来的声音让于晴吓了一跳，她立刻收起照片，回过头生气地瞪着萧若宇。

"想要质问我为什么不敲门就进来吗？"莫名地，他也有了一些怒气，眼睛却一直看向她放照片的抽屉，漆黑的眸中，寒光闪烁，有种危险的感觉。

"你有事吗？"于晴看到他的样子，目光随即变冷，语气却十分平静。

"是因为他对不对？你的伤心难过，全都是因为他，是不是？"萧若宇也说不清楚，自己为什么这么生气，但是他脑海中不停地浮现出于晴蹲在路边哭泣的样子，又是心疼又是生气——心疼她的悲伤无助，生气她竟然依然对那个男生念念不忘。

于晴沉默着没有回答，目光投向窗外。

纷飞的雪花似乎又多了一些，这个冬天这么漫长，好像永远没有尽头。

就像……

就像爸爸离开那一年的冬天，也是这样一场又一场地下着雪，整个世界天寒地冻……

留在她身边的，只有简帆。

萧若宇剧烈地喘息着，看看于晴扭过头，一种无奈和挫败的感觉让他觉得无能为力，无论他怎么努力，仿佛都无法闯进她的世界。

她的伤心难过，宁愿一个人躲起来承受，也不愿让他分担。

是因为……

她，还喜欢着这个叫简帆的男生吗？

沉默，就像横亘在他们之间一座看不见的山峰，萧若宇只能站在山脚举目眺望，却触及不到山脉的顶峰。

"砰砰——砰砰砰——"

滞怠而急切的敲门声，在于晴和萧若宇沉默时，突然响了起来。那奇怪的频率让于晴心中一惊，突然有种慌乱的感觉。萧若宇看着她的样子，心里也有些急躁起来，他甚至没有想敲门的人会不会是来找他的人，直接就冲了过去，用力地拉开门！

但是，等他看到门外那张脸时，顿时愣住了。

是简帆！

"于……"

来人惊喜而急切的声音在看到萧若宇的那一刻，顿时停住，笑容僵在脸上，眼里思念的光芒骤然退去，脑子"轰"的一响，一种不好的感觉浮现在心头。

来人疑惑地打量着萧若宇，戴着手套的手，也瞬间变得冰凉。

"你找谁？"萧若宇看到他时，神经一下子绷紧，堵在门口，语气十分不善，一道锋利的寒光从眼底进射而出，死死地盯着面前俊美绝伦的男生。

"她……搬走了吗？"简帆并没有回答他，只是缓缓地转身，低着头喃喃自语。

落寞的语气，就像周围冰凉的空气一般，寒冷刺骨。看着苍茫的白雪，简帆狭长的双眼蒙上了一层朦胧的水雾。

于晴，你在哪里？

他没有想到，三年后他再回来，敲开这扇曾经最熟悉的门，看到的却是一张陌生的面孔。

"是谁？"

于晴走了出来。

看到简帆的背影时，仿佛有一道惊雷当头劈下！

简帆浑身一僵，正欲离开的脚停在原地，缓缓地回过头……

仿佛穿越了千山万水，他终于看到那张令他日思夜想的容颜！他三步并作两步地走了回来，直接推开挡在门口的萧若宇，激动地冲到于晴面前，眼中写满了思念与激动，双手搭在她的肩膀上，嘴唇颤动了半天之后，将她拥入怀中。

"终于，见到你了。晴，我回来了，我回来了！"

【二】

于晴闭上眼，美丽的睫毛微微颤抖，两行热泪顺着双颊流了下来。

简帆的激动与思念，连萧若宇都感受到了。站在他们的身旁，他觉得自己很多余，他甚至想要直接上前推开简帆，将于晴护到身后，但是，他没有资格这么做。

因为，于晴的眼中，也满含泪水。

那热切的思念，似乎丝毫都不比简帆少。

她僵立在原地，浑身颤抖，似乎陷入了一个幻境，让她反复挣扎，几欲沉沦。

他悲伤地发现，原来，在于晴的心中，他根本无法和简帆相提并论……

那一刻，他清楚地感觉到自己的难过，感觉到自己竟然不知不觉对她的感情已经这么深刻，可是，她的心里住的却是另外一个人……

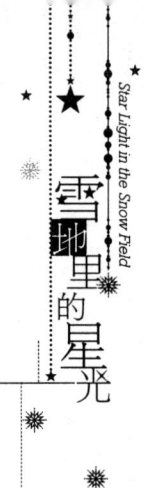

"请问,你找谁?"

冰冷的声音让萧若宇和简帆同时抬头,发现那么冷漠的话语竟然出自于晴的口中。

简帆颤动了一下,难以置信地拉开彼此的距离,深深地凝视着于晴的双眼,她的眼角还有泪,剔透的水光在细密的睫毛上闪动,仿佛一串晶莹的水钻在眼睑上闪烁着璀璨的光芒,但是目光却是那么陌生!

没有恨意、没有思念、没有惊喜,甚至……

没有一丝波澜!

"你在生气吗?你怎么会不认识我了呢?于晴,你看看我,是我啊,我是简帆,我是简帆啊!"简帆晃动着她的身体,晶亮的眼眸中闪着激动的光芒,可是话还没说完,自己的泪水却先掉了下来。

他知道,她一定会生气,气他当年不辞而别,气他一走就是三年。

可是……

他真的好辛苦、好辛苦,才能够回来,才能够再一次站到她的身旁。

"是吗?我并不知道,什么时候我有了一个大明星朋友,Eternal,你真的确定我是你的朋友吗?"于晴抬起头盯着他,眼底的冷漠让人仿佛置身冰川,她脸上满是嘲讽,只是握紧的双拳在微微颤抖着。

简帆猛地退了一步,他以为她会哭、会闹,甚至有可能会打他,然后将他推出家门,避而不见。可是,他就是没有想到,她会这么冷静,冷静得就像对待一个陌生人。

曾经的于晴,单纯得只是看了一部感人的电影,就会在他的怀中哭半天。

简帆上前,想要去握她的手,却被萧若宇拦住。他横在他们中间,将于晴护在身后,深邃漆黑的眼睛闪烁着锋利的寒光,充满敌意瞪着简帆。

"她说过，不认识你，请你离开。"低沉的声音带着不容置疑的威严和霸道，竟让人有种想都不想就要去顺从的气势。

于晴微微吃惊地看向萧若宇。

他挡在她身前，高大的身影将她的身体笼罩，屋外白雪纷飞，他的身体笔挺而优雅，黑发无风自舞，声音冰冷无情，她可以想象得到他此刻的眼神一定充满了危险的气息。

她的心不由得颤了一下。

自从认识他以来，他总是笑眯眯的，单纯又自大，俨然一个没有长大的男孩。可是此刻，他的身上却迸发出一种咄咄逼人的气势，眼底的霸道和倨傲，彰显出一种高高再上的气息，仿佛一转身就变成了发号施令的王者，让人不由得侧目！

看着挡在面前的男生，简帆不由得皱起眉头。

再次见到于晴的惊喜，让简帆忽略了刚才开门的萧若宇，现在萧若宇再一次横在自己与于晴之间，他才注意到这个气势逼人的男生！

他微微眯起眼睛，上下打量着萧若宇，从气质和长相上来说，眼前这个男生都丝毫不输给他，甚至这个男生眼中还隐隐地迸射出一种他不具备的高贵和孤傲，让人不由得要抬头仰望，尤其是这个男生身上散发出来的气息以及他不经意看向于晴的目光，都让简帆心里有一种沉重的压力——

这个人，分明深深地喜欢着于晴！

来人打量他的目光，让萧若宇浑身不自在，不由得更深地皱起眉头。他提高了声音，眯起的眼睛中锋芒迸射，如同箭雨般刺向简帆："让你走，没听见吗？"

简帆听着他嚣张的语气，毫不退让地对视着他凌厉的目光，挑起眉，声音中充满了敌意："你是谁？你有什么资格让我走？"

"我……"萧若宇怔了一下,回过头看了看于晴,可是于晴怔怔地站在自己身后,连一句话都没有说。

他的心猛地沉了一下,一种淡淡的嘲讽浮上心头,就如同简帆所问他有什么资格?但很快,他挑起一边的嘴角,挑衅地轻笑着。

"我住在这里,你说我有没有资格让你离开?"

一句话如同晴天霹雳当头劈下!

简帆愣在原地……

他的目光越过萧若宇直视于晴的双眼,她没有否认,只是安静地垂着头站在萧若宇的背后,一双清澈的眼眸平静地映出漫天纷飞的白雪。

简帆像是明白了什么似的,苦涩地笑了起来。

"所以,你也要我走,是不是?"他看着于晴。

她沉默,头又低了一点,淡漠的眼睛里连一丝光芒都不再出现。她害怕看到他的双眼,害怕自己下一秒就会心软。

"可以不要赌气吗?三年了,难道分别了三年再见面,一定要用这种方式来折磨我吗?晴,你抬起头看着我,你真的要把我当成一个陌生人吗?"他凝视着她,轻轻摇头,眼底流动着刻骨的伤痛,悲伤得让周围的空气都几欲凝滞。

萧若宇很清楚地感觉到,于晴的身体轻轻地颤动了一下。

在她要抬头的一瞬间,萧若宇突然上前,一把将简帆推了出去,他几乎是用尽了全身的力气。在简帆还没有从悲伤中回过神时,已经被他一把推到了门外。

"砰!"

门在眼前合上,于晴看着紧闭的门,一滴滚烫的泪水终于滑落。

外面没有叫喊声,一片寂静。

呼啸的风雪声从门外传来，仿佛外面已经空荡荡的，没有一个人，就像他离去的那一年，空荡而死寂。

于晴缓缓地转身，目光空洞得像个木偶般慢慢地走到自己的房间里，将自己关在里面。黑暗中，她靠着墙壁，慢慢跌坐在地上。

萧若宇终于明白，为什么于晴会那么珍视那张门票，从他们的眼神中就可以看出彼此的思念。他知道自己做得有些恶劣，但是他真的不想看到于晴那么难过的样子。

一个让她难过了三年的人，萧若宇绝不会再让他有第二次伤害于晴的机会！

【三】

屋里没有开灯。

一丝灯光都无法透进来，只有窗外的大雪将屋子映得微微发亮。

三年前，简帆离去的那个夜晚，于晴就像今天这样，在不开灯的房间里，紧闭着房门，蜷缩在门边，自己拥抱着自己，看着窗外黛蓝的天空，大雪仿佛一夜之间绽满枝头的梨花，风呼啸而过，落花飘零，白色的花瓣无力地随风而逝。

她没有哭出声，只是泪水不停地往下掉。

在心里为他找了很多很多的借口，他离开是因为他有什么苦衷，她想，也许过不久，他就会突然出现，或是突然给她消息，哪怕只是一封信。

可是，一周、一个月、一年……

他就像人间蒸发了一般，杳无音信。

有时候于晴会想，他怎么会不懂呢？对她而言，简帆就是生活中必不可少的一部分，那么理所当然地存在着。在爸妈离开之后，他从一部分变成了

全部，支持着她。

他怎么狠得下心，在对她说永远不会抛下她之后，就这样毫无预兆地消失不见？

比起妈妈的离去，简帆的离开，更加致命！

她也想过，如果有一天，他回来了，她一定要不顾一切地扑进他的怀中，哭着打骂他，质问他为什么骗她，为什么说话不算话，为什么要在她最难过、最需要他的时候，撇下她离开！

可是，当他再一次站在她的面前，穿着光鲜的衣服，带着耀眼的光环时，连她自己都没有想到，她竟会这么平静地把他当成一个陌生人……

她一直这样坐着，听不到门外萧若宇故意弄出的重重的响声，也听不见自己的心跳声。好像全世界只剩下了她一个人。

直到天空微微亮起，晨光照在窗外，落雪变得晶莹时，她的睫毛才微微动了动，迎着朝阳，看清楚眼前的世界。

慢慢地起身，除了肢体有些僵硬之外，好像什么事都没有发生过。

原来，她已经可以这么平静，平静得让她都有些不认识自己了。

听到她打开房门的声音，萧若宇立刻走了过来。看到她和自己一样疲惫的容颜，就知道她也一晚没有睡着。她的眼神冷漠而平静，仿佛没有看到他一般从他的身旁走过。

哗哗的流水声从卫生间响了起来，他看着卫生间紧闭的门，静默地站立着。

自从简帆出现之后，于晴似乎比之前更加安静了。

安静得仿佛已经感受不到她的存在……

一直到于晴出门，萧若宇都没有开口说一句话，只是视线从未离开过她。于晴好像忘记了房间里还有他的存在一般，魂不守舍地拎起书包，走向门口。

一开门，眼前似乎有一道耀眼的白光闪过！

简帆坐在门口，一身白色的休闲服，乌黑的短发，眉毛上落着雪花，整个人散发出如寒玉一般冷峻的气息。淡淡的阳光下，他浑身仿佛有光芒闪动，寒气从他的身体里涌出来，整个人看上去如同冰雪雕琢而成！

看到于晴时，他朦胧的眼眸猛然亮了起来。

冻得青紫的嘴角一扬，猛地起身又重重地坐了下去，一晚上他都没有离开，冻僵了的身体有些不听大脑的指挥。

于晴只是淡淡地看了他一眼，垂下头，视而不见地从他身旁走过。

他伸手，抓住她的手腕，没有说话。

寒气从他的掌心传到她的手上，她一动不动，任由他像冰块一样的手掌握着自己的手。

一阵风吹来，枝杈微颤，马路上除了一些不知名的物体轻扬着，再无其他的声响。

"晴……"终于，他开口，声音嘶哑。

"对不起，我上课要迟到了，如果您没有什么事的话，请放手。"于晴尽量让自己的声音没有任何起伏，十分礼貌地说道。

这样陌生的距离感，让简帆十分不舒服，一晚的大风吹得他有些头晕，太阳穴突突地跳动着，大脑像麻木了一样无法思考，呼吸也有些困难。

于晴抬起头，正好看到简帆险些晕倒的样子，心中一震！

但她还是绝然地甩开他的手，大步向前，头也不回。

"你真的这么狠心？就算我晕倒在你面前，也无动于衷吗？什么时候，你连对我也变得这么狠心了……"

身后，响起他颤抖的声音，如同枯叶凋零，又仿佛白雪融尽，飘散在冬

晨冰冷的寒雾中,凄凉得令人心酸。

狠心?

她忽然笑了起来。

回过头,目光如他一般哀伤。

"是谁把我变成这样的,难道你不知道吗?为什么我那么努力地忘记了你的温暖、你的宠爱、你对我的承诺之后,你又要出现?是我狠心吗?当初你一句话都没有说、丢下我一个人的时候,难道不狠心吗?"质问的声音如小兽哽咽,丝丝缕缕绞进简帆的心底。

寒风无声地吹来,吹乱了她的长发,发丝将她哀伤的容颜挡住,却阻挡不了两人对视的目光,那么深沉的伤,无形地拉扯着彼此的心脏。

她低下头,泪水落在雪地上。

"其实,我有什么资格怪你,你是我的什么人,凭什么非要你陪着我、守护我……"她回过头,声音陡然降低,想要离开。

离开这个让她不知道要怎么面对的场面……

离开这个她分明应该十分熟悉却又觉得陌生的简帆!

"不要走!"简帆猛地冲了过来,紧紧地从背后拥抱住她,用的力气那么大,似乎想将她嵌进他的身体里,"晴,不要走,好不好?不要对我这么冷漠!是我错了,我知道错了。这三年来的每一分每一秒,我都知道你很难过,但是请你相信,我也真的不好过。给我一个机会好不好?让我补偿你,让我弥补,不要就这样把我推开,我真的好辛苦才……"

于晴剧烈地挣扎,用力挣脱了简帆的拥抱,她回过头冲他吼道:"弥补?三年,整整三年的空缺你要怎么弥补?让时间倒退吗?你走,我不想再见到你!"

说完,她逃也似的冲进巷子,不顾身后传来的叫喊,拼命地捂住耳朵。

寒风迎面刮来，泪水刚刚流出就被风吹干，脸蛋被风刮得生疼，可是她一点儿感觉也没有。她只想逃离，她害怕听到解释，更害怕自己再一次习惯了他理所当然的存在之后，他又再一次在她的生命里消失。

这样的痛，她真的不想再承受一次了……

简帆看着她奔跑着离开的背影，声嘶力竭地大吼，可是她再也没有回头。

金色的阳光看起来那么温暖明亮，他却冷得浑身颤抖。那么冷漠的于晴，那么冷酷的声音，那么残酷的话语，真的是她吗？

最终，他蹲下身子，将脸埋在手中。

为什么？

为什么不听他说完……

他真的是好辛苦、好辛苦才可以回国，才可以再见到她……

【四】

街道上的车辆多了起来，行人来来往往，鸣笛声、喧哗声，让整个世界鲜活起来，路边的积雪在阳光的照射下，也渐渐开始融化。

于晴也不知道自己跑了多久，直到双腿麻木得再也抬不起来，才慢慢停了下来，她的脸已经冻得没有知觉，睫毛上凝结了一层白霜，双手如同不是自己的一般，浑身都僵硬冰冷，似乎连一丝温度都没有了。

阳光下，满大街都是像她一样背着书包去上学的学生，满脸灿烂的笑容，三五成群，一路说说笑笑的。

她怔怔地看着，多么希望自己也能够像他们一样。

"于晴——"

远远地，就听到夏岚的声音。

于晴回过头,看到夏岚在阳光下踮着脚尖朝她招手,满脸灿烂的笑容。

"于晴,你昨晚跑哪儿去了,演唱会完了我怎么都找不到你!"不等她回神,夏岚就已经开心地扑了过来,紧紧地将她拥抱住。

夏岚身上传来的温暖在传到她的身体之后,于晴打了一个冷战,整个人似乎苏醒了。

热烈的拥抱过后,夏岚松开她,皱着眉打量她:"于晴,你怎么了?脸色这么差。"

于晴看着她,张了张嘴,却没有发出声音。

"你看你,你身上也这么凉?是穿少了吗?"她里里外外地检查着于晴身上的衣物,还没看清就突然被于晴抱住了。

夏岚一愣,也回抱着她,伸出手轻轻地拍她的后背说:"怎么了?心情不好吗?"

她笑着摇摇头。

只是紧紧地抱着夏岚。

夏岚心中疑惑,她感觉到于晴的身体在微微地颤抖,不由得有几分心疼,一直轻缓地拍着她的背,直到她的身体不再颤抖,才慢慢松开,小心翼翼地问道:"发生什么事了吗?"

于晴抿着唇淡淡地笑了一下,摇摇头,很难得地用轻松的语气对她说:"不是,每一次见到我你都这么热情,我觉得应该回报一下。"

夏岚扑哧一下笑出声来。

既然于晴不想说,她也不打算再问。她伸出一只手搭上于晴的肩膀,眨眨眼睛逗她:"你最近还真是越来越不一样,居然还主动拥抱我了。是不是有什么人改变你了呀?"

"没有。"她不会掩饰,摇了摇头。

但那一瞬间，脑海中莫名地就浮现出萧若宇明媚灿烂的笑容来。

"哼！还说呢，昨天你提前走也不和我说一声！你都不知道，后面有多精彩，真是感动啊，Eternal居然为那个女孩写了那么多歌，那个女孩可真幸福。"夏岚感叹着，聪慧的大眼睛闪闪发亮！

于晴只是安静地听着，心中酸涩。

想着他在舞台上光鲜炫目得像一个高高在上的王子，令众人仰慕。

想着他在她家门前惊喜思念的目光。

想着他在冬夜的大雪中等了整整一晚，想着他刚才憔悴的容颜，几欲昏厥的身体和眼里深得让人无法喘息的哀伤……

她的心又狠狠地揪痛起来，有种无法呼吸的感觉，沉沉的悲哀几乎将她浑身的力气都抽走了。她有些站不稳，急忙摇摇头，大口呼吸着新鲜空气，制止自己继续想下去，转身看向夏岚。

"夏岚！"

止住夏岚的喋喋不休，终于想起来一直没来得及跟她说的事。

夏岚一脸疑惑地看向她。

于晴想了想，问道："你上次说你因为萧若宇不开心，现在解决了吗？"

"别提了，解决什么呀，解决了就好了……"夏岚无奈地摆摆手，突然又十分神秘地笑着说，"不过，估计快要解决了。"

"可以说是因为什么吗？"

"萧若宇离家出走了！"

"哦……"

于晴突然意识到，夏岚和萧若宇的关系也许并不是她所想的那么简单，甚至比她想象的还要熟识，一种不好的预感让她的心里有几分慌乱。

　　她联想到一些事情，却又想去否认。

　　夏岚看了看于晴，脸突然红了起来，欲言又止。性格干脆爽朗的夏岚，第一次有了女孩子才有的扭捏和羞涩，这让于晴的心更深地往下沉了一点。

　　终于，夏岚咬着唇瓣，小声地附在她耳旁说："其实，也没有什么，只是因为事情还没有定，而我也不想太引人注目，才一直没有说。我和萧若宇从小一起长大，就是人们常说的青梅竹马啦，两家的关系又很好，所以双方父母想早点把我们的关系确定下来，让我们俩举行一个简单的订婚仪式。可是……该死的萧若宇，在订婚前夕，竟然跑了！"

　　还没听她说完，于晴就已经愣住了！

　　夏岚后面说的话，她都没有听进去。

　　她猜想他两个之间的关系可能会很亲密，但怎么也没有想到会是这样的关系！

　　想起萧若宇这些日子来对她的好，心里竟涌起浓浓的酸涩和失落。

　　可是，她有什么资格有这样的心情呢？

　　连她自己都有些不明白了，这种奇怪的感觉竟将她心底的哀伤冲淡了许多，连简帆的身影都在脑海中瞬间淡去，只剩下萧若宇灿烂的笑容和那双深邃明亮的眼睛。

　　她想了想，觉得还是应该告诉夏岚，于是转过头，深吸了一口气，开口说道："夏岚，其实萧若宇他……"

　　还没等于晴说完，夏岚的手机就响了起来。

　　"啊，于晴，你先等等！"

　　夏岚摆摆手，从书包里掏出电话，一边接听一边朝外走去，连告别的话都没有对于晴说，就突然跑出校门了。

　　看着她突然跑远的身影，于晴的心里突然觉得烦躁。

又一次，她没来得及开口。

一直到晚上，于晴才迈着沉重的步子走回家。
巷口的路灯下，萧若宇的身影像在记忆里屹立了千百年！

【五】

昏黄的灯光下，他安静地站在寒风中，漆黑的发丝垂到额际，漂亮的眼眸中仿佛凝结了一层晶莹剔透的冰霜，他的眼神清澈明亮，含着一丝淡淡的温柔，他抬起头看着于晴，轻轻地笑了起来，整个人仿佛一瞬间被点亮了。

依旧是那么明亮温暖的笑容！

可是，那一刻，她的心上突然就像压了一块重重的石头，想起上午夏岚说的话，一股怒气不受控制地涌上来。她抿紧双唇，深深地吸了一口气。

萧若宇看到她，立刻快步跑过来，将手中的暖手宝递给她。她一句话也没有说，视若无睹地往家里走。

萧若宇看着自己手中的暖手宝，无奈地叹了一口气，以为她还在为了简帆的事而烦恼，也没有打扰她，就跟在她身后，一前一后地进了家门。

一进门，于晴就看到一桌热腾腾的饭菜。

她的眉头顿时皱了起来，刚刚压抑下去的怒气不受控制地爆发出来。

扔下书包，她愤怒地冲他吼道："萧若宇，我说过不要干涉我的生活，我晚餐吃什么和你没有关系！如果你真的觉得一个人吃饭太寂寞的话，麻烦你找别人来陪你！"

她突然发这么大的火，让萧若宇吓了一跳！

早上的一幕他也看到了，还以为于晴的火气全是因为简帆，于是赔着笑脸说："你干吗生这么大的气？再说，有现成的，我干吗出去找别人？"

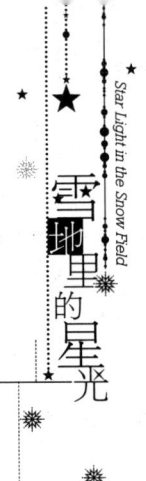

他毫不在乎的模样,让于晴的心情更加烦闷,又想起夏岚忧愁的样子,她不明白,为什么他马上就要跟夏岚订婚了,却还莫名其妙地跑到她面前来,对她那么好!

一股热流沿着鼻子涌上来。

她撇过头,忍着眼里的酸涩,突然扑向饭桌,端起那些菜冲到厨房里,想也不想就全都倒进了垃圾桶,最后,像还不解气似的,连碗也一起扔进了垃圾桶。

然后站在那里剧烈地喘息着。

萧若宇目瞪口呆地看着她的举动,笑意渐渐褪去,他有些难过地看着垃圾桶,声音低低地说:"你知道我有多辛苦,才做好这些饭菜……"

"住在这种简陋的地方,你就不觉得苦吗?"于晴转过头,冷冷地对他说。

萧若宇没有再说话,默默地将桌子收拾干净,转过身走回自己的房间。

窗外隐隐地又有雪花开始飘落。

雪落在客厅外的窗沿上,积了薄薄的一层,纯洁的雪,就像记忆里他毫无城府的笑容。

于晴看着他的背影,心中的异样感渐深,她不知道那种感觉到底是为什么,只知道那种感觉让她很不舒服,甚至看到萧若宇就会莫名地想要发火。本想说出夏岚的事,在他合上门时,心里变得堵堵的,她转身也回到自己的房间,将门重重地关上。

甚至,她都忘记了,早上的时候,她还在为了简帆的回归而伤痛。

屋外,白雪轻轻地飘洒。

屋内,两人各自怀着心事,谁也不愿意先迈出一步。

怪异的气息流动在这间小屋子里,呼啸的寒风阴阴地透过大门钻进屋子里。于晴坐在书桌前，飞快地写着，却完全不知道自己在写些什么，脑海中乱成一团。良久，她扔掉手中的笔，靠在椅子上，突然才发现，自己竟然在纸上写下了——

"讨厌的萧若宇，既然你和夏岚有着这样的关系，为什么要对我这么好？"

她冷冷地看着自己的笔迹，有些不敢相信，这句话竟然是她写出来的，她心里的那个人是简帆，不是吗？那么她为什么会因为萧若宇和夏岚的关系而耿耿于怀……

脑子里乱糟糟的，萧若宇带着笑意的脸庞不断在脑海中闪现。

她连作业也不想写了，直接上了床，却翻来覆去怎么也睡不着。到了半夜，才感觉到肚子咕咕地叫个不停，最后她猛地揭开被子，心浮气躁地下床，走到厨房里去寻找可以吃的东西。

一进厨房，她就愣住了——

橱柜上贴满了图片，上面是一些菜肴的图片及做菜的步骤，而灶台上贴着的几张，正是今天餐桌上的几道菜。她的嗓子好像被什么堵着一般说不出话来，看着脚旁的垃圾桶，心情十分复杂……

"我原本还在想，第一次亲自做菜，你吃了之后，是会惊喜，还是会吐出来痛骂我从哪儿买回来这么难吃的食物，可我就是没想到，最后它们都喂了垃圾桶。"

身后，萧若宇有些无奈的声音响起。

于晴回过头，两个人的目光交织在一起。她突然明白，他是因为简帆的出现，知道她心情不佳，所以想要让她开心。

淡淡的暖意从心底蔓延到身体的每一个角落。

莫名的、复杂的情绪，如乱麻般在她的心底交织成网。她突然觉得很悲

伤，就像这还未化净的雪又被新降的雪花覆盖，铺天盖地，除了白茫茫一片，看不到任何的东西。

她看着灯光下的萧若宇，第一次觉得他浑身好像散发着炫目的光芒。

那么忧伤，又那么帅气，迷人得令人移不开视线……

就像，雪地里最明亮的那束星光……

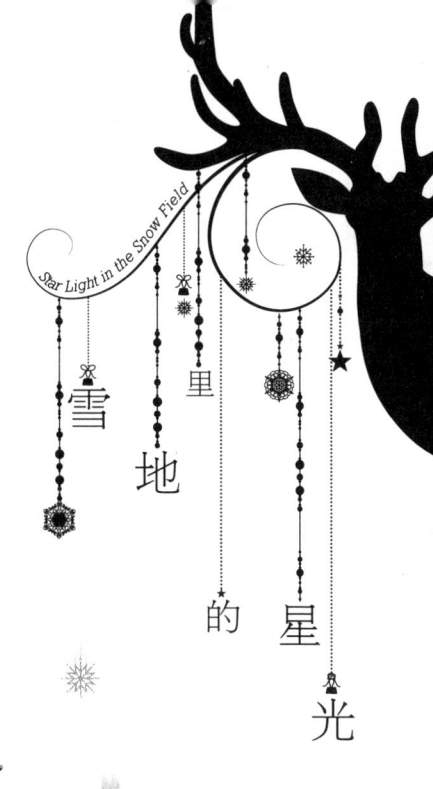

雪地里的星光

第六章

CHAPTER 06

此情·迷离

【一】

窗外的雪渐渐变大。

这一段时间，他们已经可以相互开着玩笑，像是熟识的好朋友一般，习惯而自然地相处着。他们已经习惯了对方的存在，习惯了等待另一个人来到自己身边；习惯了回家时，那泛黄的路灯下，有一个温暖的身影在守候。

一种异样的情感在两人的沉默中悄悄酝酿……

于晴觉得自己好像看到了萧若宇在电脑前搜索菜谱时认真的模样，看到他快乐地飞奔出门时和他擦肩而过的路人诧异的眼神，看到他在超市里挑选着食材时的喜悦，甚至在厨房里手忙脚乱忙碌的情景，然后，他安静地等待在巷口的路灯下，傻笑着，想象着她吃着他亲手做的饭菜时惊讶的表情。

她的脑海中，画面不停地闪过，酸楚、愤怒和淡淡的温暖在她的心底纷乱错杂，仿佛窗外纷飞的大雪。

可是……

"你想过夏岚的感受吗？"

她的声音低低的，夹杂的悲伤和失落连她自己都吓了一跳。

听到夏岚的名字，萧若宇凝视着她的眼眸瞬间暗淡，一时间，复杂的思绪让他的眉头皱了起来。

从那天演唱会看到她和夏岚时，他就应该知道，她们是十分要好的朋友，终有一天于晴会知道他和夏岚之间的关系。

可是，该怎么解释清楚呢？

他甚至发现，自己无法解释，因为没有立场。

他们之间，什么都不是，甚至他都不知道在于晴的心里，他算不算是一个朋友。

看着他复杂的神色，于晴眼底的光芒也渐渐暗淡，她没有再说什么，直接转身向自己的房间走去。经过他身旁时，她的脚步顿了顿，低低地说："夏岚很担心你，因为你，她很长时间都没有来上学。她一直都是那么开朗，我从来没有看到过她那么难过的表情，所以，早点回去吧，别让她难过。"

没有等他回答，她就直接走了。他站在原地，双脚如同灌了铅似的无法动弹。

他发现，在遇到于晴之后，自己就好像变了一个人似的。也许于晴无法感受，他自己却十分清楚。他想要照顾于晴，想要保护她，在意她的一举一动，他……喜欢上她了。

可是，现在他连一句"我喜欢你"，都无法说出口。

因为他们之间隔着的，不仅仅是简帆和夏岚，还有许许多多看不见却真实存在的障碍。

萧若宇觉得很悲伤，感觉自己就像被丢弃在垃圾桶里的饭菜一样，静静地待在那里，沉默着，却带着无法诉说的伤感。

窗外，昏暗的天空中，压着低低的云朵。

在纷飞的大雪中，云朵早已失去了纯白的色彩，显得灰暗，在夜空中哀伤地浮动着。窗帘上泛着明黄的灯光，淡淡的光晕从屋里投在窗外的地上，将他朦胧的身影映在积雪上。

【二】

周末，天气很好，阳光暖暖地洒在地面上。

地面上的积雪厚厚地堆了一层，尽管阳光照耀着大地，但是积雪依然没

有融化的迹象,只有窗沿上的积雪微微开始融化,玻璃窗上布满了细密的水珠,阳光一照,顿时绽放出炫目晶莹的光彩。

于晴穿上羽绒服,拿起红色的围巾正要围上,看了一眼,又默默地放进了衣柜里,只把羽绒服的拉链拉到顶,将头缩进领子里。她站在门口看了看天色,打算去给小安东补课。

正要关门,却接到安东母亲的电话。

"于晴啊,安东的外婆生病了,今天我要带安东去他外婆家,这周你就不用来给他补课了,真是不好意思,临时通知你。你还没出门吧?"安东的妈妈一开口就告诉于晴,这个周末的补课暂时取消了。于晴怔了怔,看向萧若宇的房门。

萧若宇房间的门还紧闭着。

不去补课的话,今天就要一整天都待在家里了,可是……

她发现自己有些不知道该怎么面对萧若宇,特别是当萧若宇用灼热的眼神看她的时候,她总会情不自禁地想起夏岚,好像在做背叛自己好友的事一般。

"哦,还没有,正打算出门。"

于晴淡淡地笑了一下,对着电话说道。

"那就好,这么冷的天,真担心让你白跑一趟。一个女孩子,这么辛苦,真是难为你了。我们家安东顽皮,平时也没少麻烦你,你这个周末就好好在家里休息休息,或者跟朋友出去好好玩一下。"安东的妈妈一听,顿时松了一口气,怜惜的语气让于晴的心里有微微的暖意。

那种语气,跟妈妈很像。

"不是的。小安东很听话,也很聪明,我一点儿都不辛苦。"于晴微微勾起嘴角。

每次补课的时候,只要听到小安东黏在她身边甜甜地喊她"于晴小老师"或者"姐姐",她心里的寂寞就会减少几分。

"是吗?呵呵,那就好。于晴啊,那可真不好意思了,先这样吧,我回头再联系你。"

安东的妈妈挂了电话,临了还特别不好意思地向于晴道歉。于晴挂断电话之后,呆呆地坐在客厅的沙发上,将羽绒服的拉链拉下来一些。

客厅很安静,上回跟萧若宇一起救回来的小猫喵呜一声往沙发上窜过来。

于晴望着那只小猫,小猫蹲在沙发背上,圆溜溜的大眼睛盯着于晴,娇憨地舔着自己的小爪子,喵喵地欢快地叫着,然后轻轻跳跃到桌面上,抓着桌子上的一张白纸玩。

白纸被小猫抓出"沙沙"的声音。

她再一次看向萧若宇紧闭的房门,不知道他起床了没有。

正在这时,小猫爪子下的白纸飘落到于晴的脚下,小猫刷地一下扑向白纸。

于晴的视线落在纸面的一排字上,眼神闪烁,弯腰从小猫爪子下拿出白纸,上面龙飞凤舞的笔迹正是萧若宇的——

"我上街了,就算要让我离开,也希望能在我离开以前的这段时间里,好好相处。"

于晴的指尖从字迹上划过,空荡荡的客厅只有小猫偶尔弄出的声响。

她看着萧若宇紧闭的房门,突然就有些难过起来,现在,事情已经捅破了,萧若宇的离开已成为必然。她不愿意面对,甚至不明白自己为什么会有这么难过的心情。

或许,只是一个人太久了,才会这么渴望有另外一个人能够住在这里,哪怕不说话,只是听到客厅里有脚步声,心也就不会那么空荡得好像流落到了孤岛。

但是，在心中，她暗暗决定了。

就像萧若宇说的那样，在他离开之前，好好相处吧，不去想太多，就当他是一个再普通不过的朋友。

萧若宇回来的时候，很意外地看到于晴脸上带着浅浅的笑容迎着他走了过来。她接过他手中的菜，拿到厨房里去，回头，见萧若宇依然站在门口发呆。

"其实这些菜，做起来不用像网上写的那么麻烦。"

她看着萧若宇目瞪口呆的表情，淡淡地笑了笑，然后把他刚买的菜从塑料袋里拿出来。

萧若宇恍若从梦中惊醒！

他的眼睛顿时亮了，笑容在他漂亮的脸上绽开。

"是吗？"他急忙转身关上门，一路小跑着进厨房跟在于晴身后，像一个好学的学生似的，"那应该怎么做？"

于晴看着他俊美的容颜，将所有烦恼都抛到脑后，仔细地给他讲解起来。

萧若宇认真地听着，一会儿询问这个，一会儿询问那个，等到全都弄明白之后，就笑着将于晴推出了厨房。

合上门前，还探出头来，漂亮的大眼睛对她顽皮地眨了眨，笑道："上次的成果都喂了垃圾桶，它们说味道还有些不够好，所以这一次，我相信会比上一次好！"

于晴听着他的话，脸上的笑意更浓了。

有时候，萧若宇就像一个无忧无虑的大孩子，脸上的笑容始终那么纯粹、阳光，可是她现在才知道，萧若宇的心底也藏了很多烦恼，而这些，他却从没在她面前表现出来过。不管是伪装，还是出于别的原因，他单纯的笑都让她觉得轻松向往。

看着他在厨房忙碌的身影，一抹明亮的光芒在她眼睛里悄悄溢出。这一刻，她的心竟然莫名地宁静、温暖起来，就像窗外暖暖的太阳一样。

如果，时间可以永远停在这一刻，似乎也很不错……

只是，她知道，这样的快乐不久之后也会失去，她终将回到一个人的世界里，过着这三年来已经习惯了的生活。

她轻轻地叹息，心里更加珍惜这最后的相处时光。

厨房里传来淡淡的香味，她笑了笑，也不管他到底会做成什么样，自顾自地拿了课本，坐在客厅里开始温习功课。

只是……

这几天，简帆都没有再来过。

她一直不去想，是他太忙了，还是上一次她的话让他死心了，真的不再来找她了。她有些惆怅地望向窗外，其实她很想念简帆，只是一时还放不下当初他不声不响离自己而去的伤感。

或者说，是害怕了。

【三】

厨房里萧若宇快乐地哼着歌，时不时还对于晴大声说话，不停地夸赞着自己有做大厨的潜力。于晴只是浅浅地笑着，没有接他的话。

萧若宇不满地拉开门，探出头来！

"于晴！"他挥舞着手中的锅铲委屈地说："我在为你忙碌，你连话也不和我说吗？"

借着从厨房窗户照射进来的阳光，可以看到他戴着她可爱的小熊围裙，金色的阳光洒在他的脸上，漆黑的眼睛明亮而温暖人心，那可怜巴巴的表情使他看起来有些滑稽可爱。

于晴一下子就笑出声来。

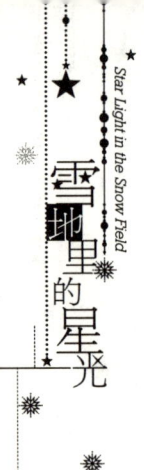

萧若宇怔怔地看着她的笑容，也开心地笑了起来。

突然，原本平静而快乐的气氛被一阵急促的敲门声打断了。就像正播放着幸福的画面，突然被剪断了。

于晴听着那急切的敲门声，心情顿时有些失落。没有人会来找她除了简帆。她看向厨房，房门关着，里面传来锅铲炒菜的声音。她犹豫着，分明想起身去开门，却迟迟没有动。

她还是不知道该怎么面对那么陌生的简帆……

"少爷，请您开门，我知道您在里面。"一个陌生的声音在门外响起。

于晴皱了皱眉，心里却猛地松了一口气——不是简帆。

她想着也许是谁找错门了，于是起身走了过去，拉开门，门外的阳光一下子照进屋里。她抬起头，看到外面的人时，一下子愣住了！

居然，是那晚和她交过手的那些黑西装大叔！

那些黑西装大叔看到她的时候，明显也愣住了，他们不停地往里面张望。这时，萧若宇挥舞着锅铲就跑了出来，看到那些人时，他也愣住了。

"少爷！"

"黑西装"们齐齐地站成一排，恭敬地弯着腰，冲着萧若宇喊道。

于晴吃惊地看着萧若宇，微微往旁边退了一些。

她想过萧若宇会是有钱人家的孩子，但绝想不到会是这样的场面，心里的惊讶还没有退去，突然从"黑西装"里钻出来一个熟悉的身影，让她打了一个冷战！

"若宇！"清脆的叫喊声夹杂着激动和欣喜，夏岚从人群里钻出来，笑眯眯地盯着他。

但下一秒，她愣住了——

萧若宇的手中竟然拿着锅铲！从来都不懂得照顾自己的萧若宇，竟然亲自下厨了吗？

她的眼中闪过一丝心疼，上前擦掉他鼻子上的脏东西后，说："若宇，伯父伯母让我过来接你回家，你怎么回事，把自己弄得这么狼狈？这段时间吃了不少苦吧？看你以后还敢不敢离家出走，这次差点把大家急死了！"

萧若宇也没有想到夏岚居然会找到这里，夏岚难道不知道这里是于晴的家吗？想着，缓缓地看向了于晴，夏岚觉得他的眼神有些奇怪，也顺着他的目光看了过去……

一瞬间，她整个人都惊呆了！

"于晴？"

半晌，她才说出于晴的名字。

像是确认一般，有些难以置信地看着她："你……怎么会在这里？"

"这是我家。"

于晴低低地说，有种无地自容的感觉，如果夏岚从未提起过萧若宇，那么她还可以理直气壮，可是现在，她有一种说不清楚的感觉。

果然，夏岚的眼神由吃惊变得复杂，最后变成了愤怒和受伤。阳光洒在夏岚精致可爱的脸上，将她的皮肤映得白皙晶莹，那双聪慧的大眼睛愤怒地看向于晴，早已没有了平日里的热情。

愤怒夹杂着受伤……

她缓缓地转头，再一次看向萧若宇。

他手里还拿着锅铲愣在那里，灿烂的阳光从头顶洒下，俊美的身影依旧那么熟悉，却带着一种陌生的气息。以前的萧若宇总是冷漠倨傲，深邃的瞳孔中仿佛永远带着让人看不透的目光，可是此刻，他看向于晴的目光却有一丝温柔！

夏岚眼底的担忧清晰可见，那种微妙的感觉让她的心一阵阵紧缩疼痛。

夏岚的表情一瞬间变得复杂极了。

她发现，自己好像从不了解于晴，她甚至不知道这就是于晴的家！

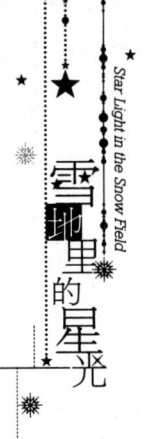

"夏岚,你听我解释,并不是你想的那样,我……"

于晴抓着夏岚的手,却发现自己连开口都有些艰难,那些解释的话语说出来就好像说谎一般,脸也莫名地涨得通红。

"我不想听。"夏岚看了她一眼,冷冷地甩开她的手,视线转向萧若宇,"若宇,回家吧,伯父很担心你。"

一直都是热情如火的夏岚突然变得这么冷漠,冰冷的声音让周围的气温都随之降至零度。

于晴神情复杂地看着她,心中好像有什么东西正在破碎。

她知道,夏岚完完全全误会了,而她又解释不清楚,就算现在自己说好几次想要告诉她萧若宇就在自己家里,恐怕夏岚也不会相信。

"我不走。夏岚,我不知道你是怎么找到这里的,但是麻烦你回去跟我爸说一声,我已经长大了,我不需要他来安排我的人生,我受够了!他从小就把我当成傀儡一样摆布着,难道还要摆布我一生吗?"萧若宇有些愤怒,回头看向夏岚,微眯的眼睛里亮光闪动,似乎比天空的太阳更加明亮,一股无形的霸气和愤怒从他的眼底流露出来。

一想到回家,他就忍不住躁动起来。

那个家,对他而言,就像一个囚牢!

"若宇!"夏岚也有些生气了,"就算你不想被摆布,也应该回去面对,而不是逃避!"

"反正我不走,至少现在我还不想走……"萧若宇用余光瞄了一眼于晴,而她只是盯着夏岚。

夏岚捕捉到他的目光,心猛然一沉,更加愤怒地瞪着于晴,拳头紧紧地握起来,指尖掐着掌心,努力压抑着心底的愤怒和酸楚。

那样憎恨的目光,让于晴狠狠地颤了一下。

于晴猛地看向萧若宇,冷冷地说道:"你走吧,我们的租赁关系到此结束，正好我也没有收你的租金，算不上是我违约。"

"租赁关系？"萧若宇苦笑着反问她。

眼底颤动的水光在那一瞬间绽放出璀璨的光芒，那么深刻的伤害和落寞，让人的心都被狠狠揪住，于晴扭过头，不忍再看。

"是。"她面无表情地点点头，不再去看萧若宇，或者说，她不敢去看……

"只是租赁关系……"萧若宇冷笑着，觉得自己在那一刻像个滑稽的小丑，他难以置信地看着于晴，轻轻地摇头，眼里的光芒逐渐暗淡。

"难道我们还有什么关系吗？你这样的语气很容易让人误会的！你还是快走吧。"于晴低着头，虽然没有再看萧若宇的表情，但是听着他那么悲伤的声音，就知道他这次真的被自己狠狠地伤害了。

于晴的冷漠，她那么着急撇清他们之间的关系、想要让他离开的样子，让萧若宇的心十分难受。

"你……就那么想让我走？就那么讨厌我吗？"

他悲凉的声音，仿佛泥土中已经融化的冰雪。悲哀如蚁蚀骨般侵入她的五脏六腑，让她也克制不了心里突如其来的刺痛和哀伤，终于忍不住抬起头看他。

那句"不是"就在嘴边，却说不出来……

最终，她只能将头转向一旁。

她深吸一口气之后说："是啊，你不知道你住在这里给我造成了多大的麻烦。要不是因为我需要钱，而你需要地方住，我是不会让你住进来的。"

她想，就让他把自己想得更加不堪一些吧，让他以为她只是为了钱。

他们之间，除了利益关系，什么也没有……

"好，我走。"萧若宇点点头，连东西也没有收拾，将锅铲放到桌上，一言不发地迈开脚步，在经过她身旁时，他微微停了一下，画面定格在两人

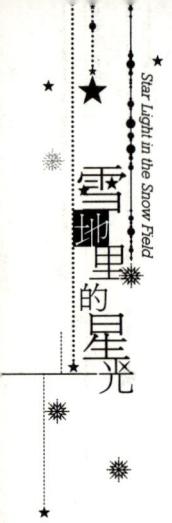

擦肩而过的一刻。

悲伤,像是化不开的大雪,漫山遍野。

他没有想到,这一段时间他所做的一切,在她的眼中,只是麻烦。他更没有想到,在她的眼中,他们之间只是利益关系。当他亲耳听到这些的时候,多希望自己的双耳突然失聪,至少这样,还能留有幻想。

终于,他迈开脚步,很快地从她身边走过,头也不回。

擦肩而过时,一道冷空气突然就侵入了她的心脏,赶走了她身体中的暖,甚至,那一瞬间,她想要伸手拉住他,对他说:"不是这样的。这一段时间谢谢你。"

可是她没有。

她只是静静地站着,听着他离去的脚步声……

【四】

门外的阳光被乌云挡住,整个天空也在那一刻变得暗淡。寒风毫无预兆地吹落了枯枝上的冰锥,从枝头垂落到地面上,顿时发出了破碎声,晶莹剔透的冰锥摔得支离破碎,只剩细碎的冰碴儿在地面上泛着淡淡的光泽。

夏岚冷眼看着他们两个,最终也没有说话,转身就要跟着萧若宇离开。

可是,却被一只冰冰的手拉住,夏岚回过头,看到于晴受伤的眼神,却冷漠地甩掉了她的手。

"对不起。"于晴的眼里涌出一股热气,她拼命地压抑,鼻尖却更加酸涩难受。除了这三个字之外,她不知道还能说些什么……

"真是好朋友啊,我一心一意想着要怎么让你多一点儿快乐,你就是这样对我的。"夏岚冷笑,眼里泪光涌动,她悲伤地看了于晴一眼,笑容讽刺,最终,头也不回地离开了。

一场闹剧,到了最后,只剩下她一个人。

人群散去后的小屋里，寒风呼呼地刮进来，将仅存的温暖驱离。天空阴暗不明，太阳躲进了云层里。空荡荡的小屋摆满了温馨的家具，桌上那杯子上的笑脸还带着甜蜜的暖意，可这间屋子，却显得较之前更加冷清。

于晴怔怔地站在原地，看着门口凌乱的脚印，凄凉地笑了起来。她知道他会离开，可是没有想到会这么快。

更没有想到，会是以这样的方式……

厨房里传来一阵糊味，于晴拿起桌上的锅铲走到厨房里，泪水突然就流了下来。

要是，能一起吃完这餐饭，该多好……

寂寞并不可怕，可怕的是当习惯了寂寞后突然多了一个人，而那个人又消失之后的寂寞，如万蚁噬骨。

看着没有变样的房子，甚至比原来还要拥挤，于晴觉得，她从来没有像现在这样害怕独自一个人待着，就好像整个世界都空了。

萧若宇的东西，一样也没有带走。

他来的时候，是一个人；走的时候，却留下了这么多的东西……

还有回忆。

她独自一人吃完萧若宇做了一半的饭菜，安静地整理着房间。电脑前放着他打印的食谱，橱柜里放着他买的餐具，角落里放着他吃力地搬进来的旧家具……突然就想起第一天晚上，他将她的那些旧家具搬回来时，冻得浑身发抖、却站在风雪中傻笑的模样。

鼻子里涌上一股酸意，她却微微地笑了起来。

那种感觉，不像简帆离开时那么悲痛，而是一种很细微的甜蜜，在心脏的某一个角落里，捕捉不到，却真实地存在着。

寂寞的房间，回荡着她一个人的脚步声。

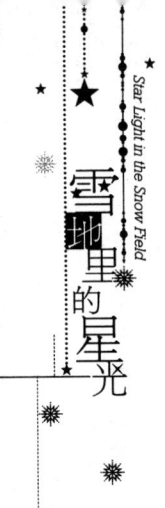

客厅的窗台上，放着一盆他买回来的兰花。兰花碧绿的叶子在室内丝毫不受寒冬的影响，旺盛地生长着。

碧绿的叶子给这个小屋带来唯一一缕生气。

屋门突然被打开。

随之涌入的寒风让兰花细长的叶子微微晃动。

仿佛一道炫目的白光在门口闪过！

简帆的身影出现在门口，他穿了一件白色的羽绒服，精致的脸上带着沉沉的疲惫，眼窝深陷，却显得更加俊逸迷人。美丽的眼睛中仿佛绽放着妖艳的曼珠沙华。

他一进屋，就急切地搜寻于晴的身影。

却在厨房门口的角落里，发现于晴手中拿着抹布，蹲在地上，愣愣地看向客厅窗前的那盆兰花，目光有些迷离。

她甚至没有听到他走近的脚步声。

"晴……"低低的呢喃传入耳中，夹杂着那么深的思念和疲惫。

于晴突然被拥入一个温暖的怀抱，顿时愣了一下，抬起头看到是简帆时，整个人都清醒了过来。她挣扎着，用力地推着他，可是简帆死死地抱着她，不论她怎么打怎么推，就是不肯松手。

最后，于晴对着他的肩膀，狠狠地咬了下去……

所有的委屈、所有的难过，在那一瞬间，全在齿间化为了力道。于晴在简帆的肩膀上留下一排牙印，她松口时，才发现自己早已泪流满面。

到底，还是不够坚强。

那些强忍住的泪水、掩饰的心伤，从未离开过；坚强、不在乎，只是表面，只是伪装。

她终于软化，不想再强撑着，扑在简帆的怀中，痛哭失声。

简帆默默地拍着她的背，心疼地摩挲着她的头发，就像过去一样，好像他从未曾离开。

"我真的好恨你，好恨你！"于晴哭喊着，泪水像断了线的珍珠似的，将这三年来对他所有的思念，全都流了出来。她抬起头，看着这张依旧俊美的脸，"可是，我真的好想你……"

"我知道，我都知道，我也是。听我解释好不好？"简帆柔声地哄道，就像从前那样，每次她发脾气，他都是这样轻柔地哄着她，可是后来，连他的声音也哽咽了起来。

再一次感受到她的体温，简帆心口的那个洞仿佛在一瞬间被填满了，所有的疲惫、挣扎和努力，在这一刻都值得了……

为了她，他穿越了千山万水。

他克服了所有困难，终于跋山涉水来到了她的面前……

【五】

简帆将她扶到沙发上，简单地描述了自己三年前离开的原因。

三年前，简帆的母亲突发急病，被送到医院里抢救。当时的情况很危急，医生也没有办法，但是他们说，国外的设备比国内的先进，而且还有这方面的专家，或许还会有一丝机会。简帆是单亲家庭，妈妈是他唯一的亲人，所以当医生这么说时，他想也没想，立刻托人低价卖了房子筹到钱，连夜买了机票，带着母亲到国外治病。

"当时，母亲的病已经很严重了，分分秒秒对母亲来说，都是很重要的，我根本来不及通知你。我原想，等母亲的病好了，我就第一时间回来跟你解释，我相信你一定不会怪我。可是，我没有想到的是，母亲的病一拖就拖了半年……"

简帆说着就想起了当时的情景。那时的他那么无助，治疗母亲的病花光了他所有的积蓄，卖房子的钱也快用完了，他更加不能联系于晴，不想让她

替他担心，只能独自承受所有的压力。

那时候，每当夜晚来临，他都会发疯一般地思念于晴。

那时候，于晴是他坚持下去的唯一动力。

那半年，他为了母亲的病奔波，连一点儿空余的时间都没有。直到最后，钱都花光了，母亲的病却恶化了。医生劝他放弃治疗，让病人少受一点儿折磨。他看着自己空空的口袋，抱着母亲孱弱的身躯痛哭流涕，最终，他默许了。

"母亲去世的那晚，我的身上不足一百元……站在异国的街头，我觉得自己从来没有那么迷茫过，完全看不到生活的希望。但是，你就像亮在我心里唯一的一盏明灯，要不是想着你，当时，我很有可能就那么跟随着母亲一起离开了……"

简帆淡淡地说着，嘴角含着浅浅的笑。

可是，于晴早已经泪流满面。

她抱着简帆修长单薄的身躯，不停地颤抖着，她无法想象，那样的日子他是如何熬过来的。

而那些时候，她却没有陪在他身边。

简帆怜惜地抚摸着她的发丝，将她拥抱得更紧。

那时候，他真的很无助，所幸的是，他在那几天遇到了异国的华人。他们在那里开了一家影视公司，看中了他外表的优势，决定要包装他、培养他。这就像是黑夜中透出来一丝的曙光，让他看到了希望！

他们不仅为简帆的母亲办了葬礼，还给他提供了很好的条件。

"你知道吗？那时候每天的训练真的很辛苦，也没有人身自由，甚至不能跟外界接触，因为他们要把我训练成他们的'秘密武器'，让我一炮而红。他们不满的时候，就会说一些很难听的话。每次受了委屈、受了刺激，我就想到你。我告诉自己，就算是再苦也要坚持下去，因为我一定要回来。

在这里，还有一个人等着我，我一定要回来陪着你、回来照顾你……"

简帆轻轻地在她额头落下一个吻，诉说着自己在国外的遭遇，他的眼眶红红的，脸上却满是笑容。而此刻的于晴，只是紧紧拥着简帆，泣不成声。

她想过那么多种可能，却从没有想过，他过得这么辛苦！

"当公司说，可以带我回国发展的时候，你知道我有多开心吗？我恨不得一下飞机就来找你，可是我没有。我想，你应该已经看到我了，知道我了。我要站在舞台上，对着所有人说，我回来了，然后把你带上舞台，告诉他们，你就是那个一直支撑着我一路走过来的女孩。可是……那天，你没来。"

他狭长的眼睛里，无数亮光像天空的星辰般明亮，然后慢慢陨落。

他有些失落地回忆着那晚上空空的位子。

"我去了。"

于晴开口，抹干脸上的泪水。

简帆疑惑地看向她。

她仰起头："当时我看着你，觉得离你好远，觉得你不再是我的简帆了。对不起，我不知道你经历了这么多事，真的……"

"那你怎么没坐到我给你特意留的座位上？我不是派人给你送票了吗？因为公司看得太严，连手机都被拿走了，一下飞机就不让我露面，第二天又马上要办演唱会，所以……"

"门票？"

"嗯，我让助理给你送的。"

"我没有收到。"

于晴想了想，突然就明白了——一定是萧若宇。但是，这一切都不重要了，所有的误会都解开了，她的简帆回来了……

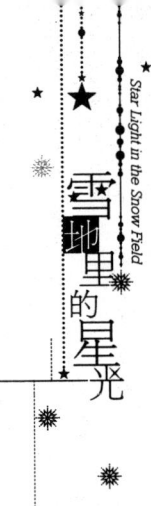

【六】

雪后初霁,夕阳温暖而明亮。

柔和的橙色光芒浅浅地从窗口洒了进来。

碧绿的兰花叶子被映得晶莹剔透。

俊美绝伦的少年温柔地拥抱着面容清丽的女孩。

两个人的眼角都闪着泪光,窝在米白色的沙发上,诉说着彼此分开后的生活,脸上却洋溢着温暖而甜蜜的笑容,浅浅的光芒荡漾在两人的眼睛里,一切都像童话般美丽而温馨……

"晴,以后,我再也不会离开了,永远都不会离开你的身旁。"简帆的声音低沉而魅惑,暖暖的热气呵在于晴的耳畔。她的身体微微颤抖了一下,像掉进了一个甜美的梦中一样,所有的一切都美得令人着迷,却又遥远而不真实。

"以后,我们再也不分开了好不好?"简帆握着她的手,轻轻地吻着她头顶的发丝。

于晴仰起头,心里是满满的感动。

她正想点头,可是突然,她的心却不着痕迹地颤抖了一下,分明应该幸福满足,但是于晴突然觉得,那一瞬间,有什么东西变得不一样了。

而那种异样,连她自己都说不出来。

简帆回来确实令她很惊喜,但没有想象中那么开心。

她的脑海中,慢慢浮现出另一张脸,明亮的眼眸,傻傻的面庞上永远带着灿烂的笑容……

简帆没有发觉她的异样,继续沉醉在那种失而复得的幸福里,继续说道:"晴,你知道吗?当时,我觉得我一无所有的时候,那种感觉真的很可怕。当时我就想到你了,我想我离开你了,你一定也是这样的感觉。所以,无论如何，我都一定要回来，就算是拼命，也要回来。因为，即使一无所有，我也不害怕，只要有你就够了，你就是我的所有。"

他幸福地拥抱着朝思暮想了三年的于晴，从未觉得这么满足过。

于晴也觉得，好像找回了从前的简帆，但是又好像不是从前的简帆！

也许——

三年来，他们都变了……

第二天，简帆推掉了所有的工作，带着于晴四处游玩。

可是，因为他身份的关系，没有办法去一些公共场所，但于晴也没有介意。爸妈走后，简帆对她来说，就是唯一的亲人。如今简帆的母亲也不在了，他们就只有彼此了，在哪里又有什么关系？

但是，心底却有一些小小的遗憾。

曾经，他许诺过要带她去游乐园，现在，恐怕也去不成了……

坐在高级餐厅里，于晴显得有些不自在。这样高级的餐厅她很少来，但是现在的简帆却和这样高档的场所显得极其相称。绅士的笑容、自在的谈笑、优雅的举止，都让他的身上散发出一种贵族气息。可是，于晴却很怀念，以前放学的时候穿着一身干净的休闲服的简帆，骑着单车载着她吃路边摊的情景。

那时候的他，还是一个大男孩。

坐在单车后座上抱着他的腰，总会闻到他身上散发出来的香皂清香。穿梭在绿荫中，简帆回过头看她，阳光总会从他明亮干净的眼睛里绽放出来。

简帆去完洗手间，远远地朝她走来，优雅绝美的身影，就像梦幻一般不真实。

如今的他太耀眼了，浑身都带着一种高高在上的气息，无论站在什么地方，总能让所有人的视线一瞬间被他吸引，可是，这样的简帆却让她感觉有些淡淡的疏离和陌生。

　　她转过头看向窗外，今天的天气依然晴朗，没有落雪的天空，难得地明媚，阳光淡淡地照着，枝头的积雪已经融尽，只有路边还堆积着一层厚厚的雪。

　　餐桌上的精美菜肴散发出诱人的香气。

　　可是，她却突然很想知道，那晚被她倒掉的饭菜，到底是什么滋味……

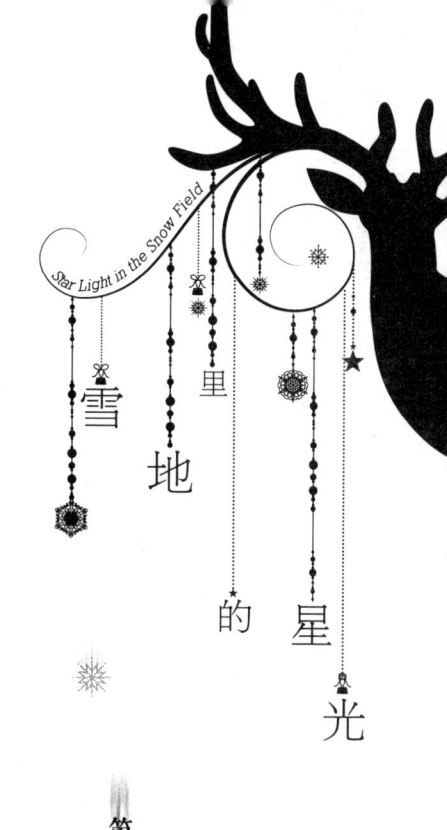

雪地里的星光

Star Light in the Snow Field

第七章

CHAPTER 07

此情·如缚

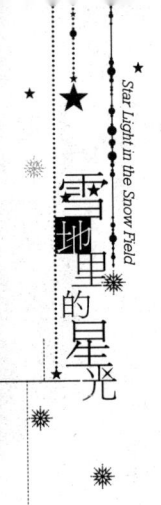

【一】

"在想什么？"

简帆在她对面坐下，看着她若有所思的样子，笑着问道。

于晴摇摇头，没有说话。

"这家餐厅的菜味道都很不错，还有几样招牌菜，我吃过几次确实别有滋味，要不要尝尝？"简帆挥挥手，服务员彬彬有礼地递上菜单，他指着菜单上价格不菲的几道菜肴，笑着向她介绍了这里的一些招牌菜。

"你们看，那是不是Eternal？"

有几桌宾客偷偷地朝这边张望着，在旁边低低的议论着。于晴朝旁边看了一眼，又低下头。

"怎么会？据说最近Eternal的档期很满，有几场演唱会要举办，哪有时间来这里？"

"对啊，更何况，Eternal不是回国来找他的神秘女友吗？怎么会跟别的女生一起出来吃饭？不过，他看起来真的有点像……"

"或许那个女生只是他的普通朋友啊，你看那女生长得那么平凡，Eternal怎么可能看得上她？"

"说得也是，不过，你们说那个人到底是不是Eternal？"

议论声渐渐低下去，那些张望的女生却离开了座位，悄悄地往他们这边走来，目光却纷纷打量着简帆。越来越多的人朝这边看过来，简帆不由得皱起了好看的眉头。

"好像真的是他！错不了，他就是Eternal！"

一声确定的低呼响起！

所有的女生纷纷快步往这边跑来。

"Eternal，我好崇拜你啊！给我签个名吧。"

"我也要，我也要……"

安静的餐厅顿时喧闹起来，几乎餐厅里所有的女孩子都涌了过来，挤在他门的桌边，请他签名合照。

于晴一直静静地坐在那里，看着他热情地回应着他的歌迷。

他就在身旁，一切是那么真实，却又感觉那么虚无缥缈，就像在梦境里一般。

当简帆终于应付完餐厅里的歌迷，坐回到座位上时，看到于晴的眼神有些迷离，便伸手在她的眼前晃了晃说："怎么，在想什么？"

"没有。"于晴轻轻摇头，低着头没有看他。

"不开心了吗？"

"怎么会。"

"我知道你可能会有些不习惯。其实刚开始，我也很不习惯，慢慢就好了。"

他笑了笑，将面前的牛排切成小块，递到她的面前。

她也跟着微笑，没有再说话。

周围的议论声依旧没有停止，所有人的视线都悄悄地望向这一桌。

餐厅里的灯光明亮炫目，高档的设计和装饰让这家餐厅极具格调。白色的方格地板光可鉴人，角落里摆着绿色的盆栽，中央的维纳斯雕像泛出柔和的白光。墙面的玻璃上泛着微微的光芒，将两人安静的影子映在上面。

所有的菜都上齐了，于晴埋头吃着他递过来的食物。

简帆想说些什么,可是张了张口,却不知从何说起。正在这时,他放在桌上的手机突然就震动起来,悠扬的铃声将两人之间的沉寂打破。

简帆盯着手机屏幕,眉头皱得很紧。

"接吧,说不定有重要的事找你呢!"从来电显示上,于晴得知是他的公司来的电话。

简帆犹豫了一下,最终还是接了起来。

还没来得及说话,手机里就传来很大声的质问:"你在哪里?你知不知道你现在的身份是不可以随便出入公共场所的!多少狗仔在等着你的绯闻啊!我告诉过你多少次,你那个童话一样的故事,只能是故事。那个你等的女孩可以死了、走了、移情别恋了,但就是不能出现,否则你怎么取得正面的形象,怎么让你的粉丝继续疯狂地爱你!"

手机里噼里啪啦的话还没有说完,简帆就已经挂断了电话。

他担心地抬起头看了一眼于晴,见她正面无表情地进食,好像没有听到那段话一般。

气氛变得有些尴尬。

他从来没有和于晴说起过自己的工作,更没有让她知道自己的无奈。看上去他很风光,可实际上他完全没有自主权。那些人,捧他很容易,毁他也只是朝夕之间的事情。

"晴……"他想说些什么,却不知道该怎么说。

"我们回去吧。"于晴放下手中的刀叉,抬起头微笑着对他说。

"可是,我……"

"明天我还要上课,该回去准备一下了。"她擦擦嘴,在他抬头的那一刻,微微垂下头。

她始终无法直视他的目光,她知道,现在的简帆不仅仅是她的,他还是大家的Eternal。她也不想因为自己毁了他好不容易取得的成就。

"你在生气吗？我并没有做什么啊，我没有将你藏着、也没有隐瞒什么，不是吗？"他抓住她的手，目光闪烁，声音中带着淡淡的愤怒和委屈，有些生气地说。

"我没有。我只是想回去了。"

她垂着头，声音低低的，隔着玻璃看着街上来来往往的人，就像手机里那个人说的，谁知道这人群中有没有藏着等他绯闻的记者。

更何况，她只想过安安静静的生活……

红色的跑车在路上疾驰而过，天色微微有些阴沉。

马路两边的枯树上裹着朦胧而潮湿的寒霜，整个世界天寒地冻，偶尔一股凛冽的寒风从枝杈间吹过，将枝头最后一片枯叶刮落，枯叶飘飘悠悠地落在车前。

天空中翻涌着厚厚的乌云，看起来，今夜又会有一场大雪。

车厢里开着空调，简帆的双唇抿得紧紧的，握着方向盘的手关节突出。送她到巷口时，他没有说一句话，面无表情地看着她下车之后，迅速地掉头离开。

于晴站在巷口，看着消失在迷雾中的红色跑车，微微叹了一口气。

她知道，他也觉得委屈，这并不是他的错！

小巷里，阳光始终照不进来，只有昏暗的光线从围墙两边洒下来，淡淡地映在地上。

阴暗破败的巷子里，有种她熟悉的亲切感，离开豪华的餐厅，她就好像回归到自己的世界里一般。安静的巷子两边堆积着破烂的砖瓦，偶尔有小摊的水渍，却也凝结了厚厚的冰霜。巷子里一个人都没有，远远地可以看到那盏孤零零的路灯立在那里。

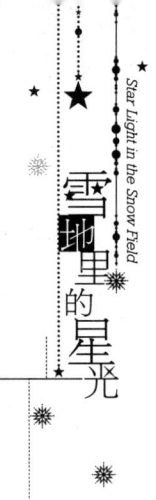

路灯下,仿佛永远都不会消失的身影,现在也已经不见了。

心突然就疼了一下。

她移开目光,像是刻意回避一般,低着头直接走向家。

紧闭的门前,她停住脚步,竟有些不想走进去的感觉,寂静的屋里和屋外的世界一样冰冷,甚至比外面的世界更多了一种黑沉沉的寂寞感。

明明知道不会再有一个人在里面为她准备好饭菜,但是心口还是微微地发酸。她一直告诉自己,这只是一种习惯,过一段时间,这种感觉就会消失了。

她努力地让自己忽略掉那一丝寂寥的感觉。

打开门,直接走进卧室,躺在床上,用被子把自己完完全全地包裹起来。小手紧紧攥着被子,合着眼,心却无法平静,只有一种想大声哭喊的冲动压抑在心头,沉得喘不过气来。

简帆、夏岚,还有……萧若宇……

他们的面孔在她的脑海中不停地变换着。始终无法睡去,似乎做了很多的梦,又似乎所有的梦境都只是她的幻想,直到天空微明,于晴才困难地睁开眼,分不清那些究竟是梦还是现实。

【二】

窗外。

东方的天空呈现出鱼肚白。

外面堆积着一层新雪,昨夜的露珠凝结成白霜,晨光温润地笼罩着于晴的身躯,洒向她沉寂憔悴的脸庞。

于晴起床洗了把脸,努力让自己忘记所有的不愉快。

天气,好像又冷了一些。

她背上书包走到门口时,似乎都听到自己拉开门时呼啸而来的风声。

校园里,很多四季青依旧那么碧绿青翠,给这个漫长的冬季带来许多生机。

许多像她一样早起上学的学生们,都紧紧地将自己裹在衣服里,谈笑之间,不停地呵出白气。于晴背着书包,独自一人走在校园里。远远地看了他们一眼,头埋得更低了。

有时候她会觉得自己很无力,就像分明不想失去夏岚这个朋友,却不知道该怎么去向她解释、请她原谅。

因为个性孤僻,所以在班上她总是那么不合群。很多同学在身后对她指指点点,每次都是夏岚跳出来为她鸣不平,甚至比她还要生气。

她好像很了解于晴心中的郁结,和她成为好朋友之后,从来没有在物质上帮过她什么,小心周全地保护着她脆弱的自尊心,但是夏岚总是把自己的欢笑、快乐带到她的生活里。有时候于晴觉得,哪怕不说话,看着夏岚的快乐,自己也会很开心。

"夏岚。"

于晴一到教室,就来到夏岚的座位旁边。

可是夏岚看都没看她一眼,一直盯着自己面前的书本,就好像她根本不存在。

上课铃声适时响起,老师抱着书本走进教室,于晴没有办法,只好回到自己的座位上。

整整一个上午,她都没有听进去老师的讲课。

时不时地回过头,看着坐在自己身后的夏岚,第一次见她这么认真地听讲,严肃的面孔就像是无声的指责,令于晴如坐针毡。

终于熬到了放学。

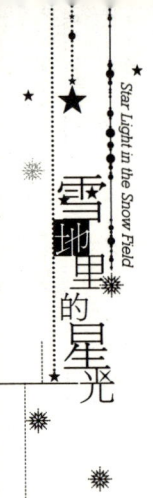

于晴看着夏岚冷漠的面孔,终于忍不住抓住她的手,将她拉到没人的地方。

"你听我说,夏岚。"没有任何客套的开场白,于晴着急地拉住要走的夏岚,"好几次我想要告诉你萧若宇租我的房子,可是都错过了。因为……"

"因为你内心也不想让我知道,事实上你也喜欢上萧若宇了,你对他动心了,所以你不想让我知道是不是?"夏岚一开口,便咄咄逼人。

于晴的脸一红,脑子轰地一响,更加着急地扯住她,摇头说:"夏岚,事情不是你想的那样!最初,我真的不知道你们之间是这样的关系……但是请你相信我,我和他之间什么都没有,真的!"

她将怎么遇到萧若宇的过程,用最简单的方式说给夏岚听,原本以为她听完之后会释怀,可是没有想到,夏岚的神情从愤怒到忧伤,眼眶红红的,却忍住没让泪水流下来。

她挣开于晴的手,很悲哀地说:"你了解萧若宇吗?"

于晴怔住。

"他是一个不折不扣的少爷!从来没受过一点儿委屈,更不知道怎么关心别人。可是,那天我看到他的时候,他好像变了一个人似的,我看得出他对你的紧张和在乎,甚至他的手机里,全是给你发的短信。一个对任何人都很冷漠的萧若宇,竟然对你付出了这么多,你觉得我真的该相信你所说的'没什么'吗?"

她苦涩地笑着,一直以为萧若宇是那种冷漠的男生,可是直到看到他手机里给于晴发的短信,她才猛然明白,他是热情的,只不过这份热情,只给了于晴……

"一个从来不肯答理别人,冷漠得连对自己的父亲都不肯说句话的人,却会像你说的那样固执地跟着你回家，甚至会亲自下厨做饭菜给你吃……"

夏岚苦笑着，眼泪终于掉落下来。

她的脑海中浮现出那天看到的萧若宇，他眼中的快乐和阳光是她从来都没看到过的。

从小到大，她见到的萧若宇都是一副严肃的表情，可是那天的他，却笑得那么开心……

眼底洋溢的幸福，那么暖！

于晴呆呆地看向夏岚。

确实没有想到，夏岚口中所描述的萧若宇和她所认识的萧若宇判若两人。看着夏岚难过的神情，她觉得这一切都是她造成的，不禁又自责、又难过。

可是她对萧若宇的感觉却更加复杂了起来。

"可是……我喜欢的是简帆。"

她缓缓地开口，说出这句话时自己都吓了一跳。

她原以为自己和简帆也称得上是青梅竹马，虽然这层感情一直没有说破，但他对她来说曾是那么重要，喜欢他是理所当然的事，可是真的说出来时，于晴却觉得，是自己在骗自己。

那份依赖，那份思念，曾经是那么强烈，可是现在她好像突然明白，有时候对一个人的依赖和思念并不一定是爱情，哪怕你为了他痛哭过那么多次。

"简帆？简帆是谁？"

夏岚愣住了，但是看于晴迷离的眼神，她觉得这不像是在敷衍。

"就是Eternal。你还记得，他说他回国就是为了寻找一个女孩吗？我就是他要找的那个女孩，我们从小就认识，感情很好。三年前，他出国了，

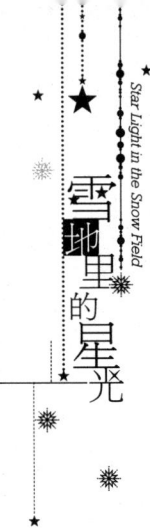

没有给我留下一句话。我等了三年,他才回来。"

"Eternal!"夏岚瞪圆了眼睛,震惊地抬起头。

淡淡的阳光从云层后钻出来,轻盈地洒在于晴的身上,她单薄的身影在这一刻恍若透明,泛着明橙色的光芒。她静静地站立在白雪之上,清丽得像童话中的天使一般,有种梦幻的感觉。

夏岚深吸了一口气。

怎么也没有想到那个高高在上的明星,回来要找的竟然是她的好朋友,之前她一直以为Eternal说的只是一个故事而已。

"是的,就是他。"于晴苦笑着。

现在,她提起简帆或是Eternal时,可以这么平静,平静得就像在介绍自己的一个朋友、一个家人。

家人!

她的脑海中闪过一道亮光,像是穿过了迷雾,豁然清晰。

"我不信。"夏岚摇头,她还是没有办法将这么平凡的于晴和Eternal这样的大明星联系到一起。

于晴点点头,其实她也知道,不仅是夏岚,说出来其他人也不会信的。

于是她掏出手机,直接给简帆打过去——

"简帆,是我……嗯,晚上一起吃饭……好,我还带了一个同学……呵呵,是你的粉丝。嗯,在我家。好,拜拜!"她挂断电话,松了一口气,还好简帆晚上没有什么安排,转过头看着目瞪口呆的夏岚,推了推她说,"这下相信了吧?走,去我家等他。"

于晴安静地看向夏岚。

"你说的,都是真的吗?"这下,夏岚不得不相信于晴刚才的话了。

她也不知道该说什么好,只希望晚上真的可以见到简帆,因为在她的心里，也不愿意失去于晴这个朋友。虽然于晴总是沉默寡言，可是她对自己的关心却是真实的，比她任何的朋友都来得纯粹。

结果……

墙上的钟显示着已经十点半了。

夏岚终于冷着面孔起身，窗外的黑暗浓浓地压了进来，空荡荡的屋里有一桌简单的饭菜，却一筷子都没动过。

于晴再一次觉得无奈，心底的希望，也一点一点地沉了下去。

"于晴，你的演技真好，连最好的朋友耍起来都这么自然，你还想对我解释也许他是有事所以没办法来吗？"夏岚僵着脸，冷笑着倒退到门口，摔上门前只留了这一句话。

门被摔出巨大的声响，于晴呆呆地坐在椅子上，一句话也说不出来。

她不怪简帆，她已经了解到他的身不由己，更没有办法责怪夏岚不相信自己。

换成是任何人，都不会相信吧……

她默默地收拾着没有动过的晚餐，一点一点地将它们都倒进垃圾桶里。

窗外的天空依然黑暗，不知什么时候，竟有几颗星星冒了出来，微弱的光芒在空中闪烁。她仰起头，呆呆地望向天空，一眨眼，滚烫的泪珠就从眼眶里滚了出来。她发现自己居然在想念萧若宇，想念那晚他做的饭菜。

【三】

那晚失约之后，简帆一直没有再出现，他的电话也处于无法接通的状态。

于晴独自走在操场上，灰色的影子投在地上，一种说不出的寂寥围绕在她身旁，怎么都挥散不开。太阳很大，可是地上的冰却没有融化。走在外

面,大大的太阳就好像被什么隔着一样,感觉不到温度,只觉得很冷。

她伸出手掌,阳光洒在手心里,正好三寸长,可是,竟然连阳光都是冰冷的。

夏岚自从那天生气地离开之后,就再也不肯理她了。

现在的她真正地变成了一个人,没有简帆,没有萧若宇,甚至连她唯一的朋友夏岚也离开了。

突然,一个人影挡在她面前。

于晴抬头——

仿佛一团燃烧的火焰从天而降!

眼前的少年,浑身都迸射出令人无法移开视线的魅力,耀眼的光芒笼罩着他,玉树临风的身影在她面前安静地站立,俊逸的脸庞上含着若有若无的笑意。他的眼神似乎充满了敌意,可是眼里闪动的光芒却异常明亮。

"萧若宇……"怔怔地,她开口喊出了他的名字。

萧若宇的出现,让校园里顿时沸腾了起来,所有的学生像发现了新大陆一样喧哗了起来。周围的学生奔走相告,打扮漂亮的女孩子们惊呼着萧若宇的名字。

那一刻,仿佛比明星到来还令人激动!

于晴有些错愕地看向四周激动的同学,没想到他的出现竟然会引起这么大的轰动。

顺着她的视线,萧若宇往旁边瞅了一眼,那些女生对上他的视线,尖叫声更加刺耳,萧若宇冷下面容不耐烦地皱起眉头。

冷若冰霜的表情,让于晴微微发愣。在她的记忆里,萧若宇一直都是一个笑容明媚的大男孩,浑身都带着阳光的味道,甚至有时候还会有些顽皮,像个孩子一样做出一些令人哭笑不得的事。

"你跟我来!"

萧若宇抓起于晴的胳膊,不等她挣扎,就已经拉着她往边上走去。

角落里,四季青的叶子碧绿青翠。

阳光明亮耀眼,淡淡的寒气扑面而来。

"你怎么会来这里?"于晴甩开他的手,分明想冷下声音,可是脸有些涨红,这些天对他的思念,竟然让她无法对他冷下脸来。

"你忘了,我们是同一所学校的。从今天起,我会来上学。"萧若宇看着她挑起眉毛,挑衅地笑道,"怎么样?这里可不是你家,你别想赶我走。"

于晴的呼吸险些停滞,纤长的睫毛微微扬起,仿佛黑色的蝴蝶张开了翅膀。

她看着他脸上淡淡的笑意,有种说不出的感觉。本以为那天自己那么绝情地跟他撇清关系,他会生自己的气,还会伤心,说不定,再也不会理她了,可是没想到,竟然会在学校里看到他。

"喂!干吗不说话?"

萧若宇看着她愣住了,有些紧张地瞪了她一眼,然后又立刻抬高了下巴,气冲冲地哼哼:"就算你不把我当朋友,那你违约的事怎么算?虽然你没收我租金,但是我们的合约上说清楚了,你违约总是你的不对!你别想否认!"

于晴看着他眼里一闪而逝的紧张和脆弱,再也说不出别的话来伤害他。

淡淡的阳光下,萧若宇的身影修长而优雅,俊美的脸庞仿佛王子般迷人。他的眼睛深邃而明亮,看向她的时候,总是充满了温柔和渴望,让她有种温暖的感觉。

他的出现,竟然让她的心再一次有了温度。虽然不知道怎么面对他,更

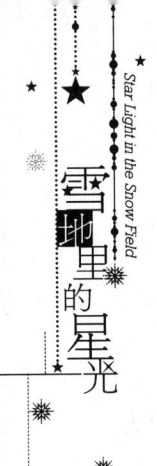

不知道怎么面对夏岚,可是她太累了,太需要有一个人在这个时候陪在她身边。哪怕,这样做会万劫不复,但那种深深的渴望依然充满了诱惑。

她看了他一眼,冷冷地开口:"这里是学校,我们之间没有任何关系,你喜欢怎么说怎么做,都随便你,跟我无关!"

说完,她转身离开。

萧若宇静静地站在那里,看着她离开。本来,他来学校只是想看她一眼就好,可是,刚才看到她一个人走在操场上,仰望着天空,单薄的身影那么孤单、那么落寞,他的心就狠狠地疼了起来,让他无法忍受!

哪怕她的话再伤人,他也无法就那样丢下,让她孤零零的一个人。

【四】

自从那天之后,萧若宇就开始上学了。

每天早上,他都会准时给她送来早餐。每天在学校里,他总是找借口到于晴的班上去找她。夏岚的脸色变得越来越难看,而萧若宇从不在乎,他的眼中除了于晴,就再也看不到其他人。

于晴也终于见识到夏岚口中的萧若宇。面对其他同学对他的崇拜和爱慕,他是那么骄傲与冷漠。接到情书时,当着人家的面,就以抛物线扔进了垃圾桶里,面若冰霜。但是他总会在看到她的那一瞬间,笑颜逐开,漂亮的眼睛里仿佛盛满了全世界的温柔和宠溺。

而她,只能逃避。

不止一次,她在夏岚愤怒的目光中,口不择言地伤害着萧若宇。她眼睁睁地看着萧若宇眼睛里的伤痛一天比一天深沉,心狠狠地刺痛着,却依然不受控制地说出伤害他的话。

而他,每一次都是带着伤害离开,又带着笑容回来。

他为她送的早餐，永远都被扔进了垃圾桶……

面对夏岚越来越冰冷的态度和充满恨意的眼神，于晴觉得好累。

只能不断地拒绝萧若宇对她的好，本来以为，这样的冷漠和伤害，骄傲自大的萧若宇一定无法承受，可是每一次，不管是面对其他人的嘲笑或是看好戏的目光，还是面对她冷言冷语的伤害，萧若宇都置若罔闻，只是坚持对她好。

可是她知道，这样的好，她要不起。

之后，她就想尽办法躲避萧若宇，在他到她的班里之前，就先他一步离开；远远地看见他的时候，也飞快地躲开。一直到了周末，他们都没有再说过一句话。

周末放学之后，她走进巷子，一抬头，整个人就愣住了。

因为是白天，没有浓厚的大雾，她一眼就看到帅气的萧若宇斜靠在路灯旁。看到她时他露出了笑容，朝她跑了过来。

"为什么躲我？"他已经两天没有看到她了，有时候刚看到她，她就朝另外一个方向飞速地跑开。

"为什么一直烦我？"她不答反问。

"烦你？"萧若宇眯起双眼，"你觉得我在烦你？"

"不然呢？我们两个连朋友都算不上，你觉得你没有烦我吗？"她的目光越过萧若宇，看向远方，"不要再来找我了，也不要再让夏岚难过了。"

"我是我，她是她。如果没有夏岚……"

"如果没有夏岚，我和你也只不过是陌生人，就算相识了，也只是认识的陌生人。"

"你的心里，真的就没有一点点我的位置吗？你看着我的眼睛，回答我！"他不相信。

于晴躲避着他的目光。

正当她不知所措的时候,突然,简帆的身影出现在巷子里。

俊美的身影仿佛一瞬间将整条巷子点亮,优雅的步伐虽然疲惫,却带着不可忽视的贵气。

他从萧若宇的身后远远地走来,就好像在梦中一样。

她一见到他,立刻扬起了笑脸,撇开萧若宇,整个人扑到简帆的身上。

"你来了!"她窝在他的怀中说。

"是,我来了。"简帆吓了一跳,不等他回神,就看到于晴扑进了他的怀里,这是他回来之后于晴第一次这么热情,就连上一次分开的时候,她还是那么冷漠。

但是,一抬头,他就看到了脸色难看的萧若宇。

他好像明白了什么。

不过——

如果是为了让萧若宇死心,他愿意配合于晴演这场戏,或者这对他们来说,原本就不是一场戏。

"对不起,我心中只有简帆,你也看到了,我们和好了。请你以后不要再来打扰我。"她的目光,依旧没有正视他。

萧若宇看着他们亲密的样子,凄凉地笑了笑,没有说话,落寞地从他们的身旁走过,天空变得阴沉沉的。

简帆看着萧若宇离开,直到他的身影消失后,他才回过头。

看到于晴迷离的目光时,他的心狠狠地抽痛了一下!

她的眼里满是伤痛与不舍,萧若宇的身影都已经消失不见了,她却还在凝望着……

他猛然推开她抱着自己的手臂,愤怒地将双手搭在她的肩膀上,疲惫充满了双眼。

他的眉头深深地皱着，厉声问道："你是不是对他动心了？"

于晴淡淡地看了他一眼，只觉得累，她不想解释，转身要离开。

"你说啊，你不敢说吗？你刚才的目光是什么意思？难道你真的喜欢上他了？"简帆愤怒地扳过她的肩膀。

她瘦弱的身体有些颤抖，原本就已经很低落的心情，在看着简帆发怒的模样时，心中如同一阵寒风扫过般冰凉。

于晴抬起头，静静地看着他。

"对……对不起……对不起，晴。"对上于晴冷漠的目光，简帆心中一颤。

他察觉到自己的失态，语气立刻软化，颤抖着将她拥入怀中，下巴抵着她的头顶，轻轻地摩挲着。

"我不是故意凶你的，只是我真的好累。这段时间，公司把我的电话都收走了。为了你，我都快和他们翻脸了，我好不容易才争取到机会出来看你，我们不要吵架好不好？"

"嗯。"

她点点头，平静地回答，却再一次扭过头，目光始终停留在萧若宇离开的方向。

她知道，这一次，他的心一定很痛。

连她都不知道，这是第几次让萧若宇露出那样的神情……

那么深沉的悲伤，连她的心都跟着痛了起来，那么痛，那么痛！

这次，他真的该对她死心了吧？

明明是她要的结果，可是真的这样了，却这么难过。

"晴，如果我再失去你的话，我真的不知道要怎么活了……"

头顶上,是简帆悲凉的声音。

她突然发现,这个冬天,变得这么漫长,而她身旁的每个人,都变得这么悲伤,就连最快乐的夏岚,也染上了这种悲伤……

天空涌动着灰色的云朵,阳光被遮住,刺骨的寒风一阵阵地刮来,刮起了地上的枯叶,呼啸着将枯叶卷上了半空中,久久都落不下来……

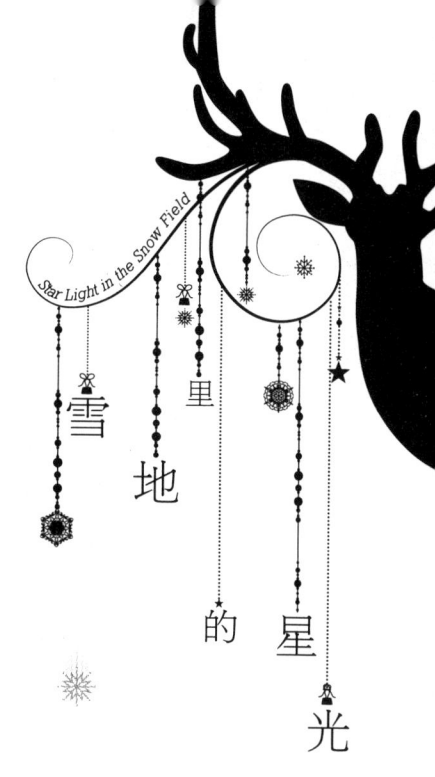

雪地里的星光

Star Light in the Snow Field

第八章

CHAPTER 08

此情·渐晰

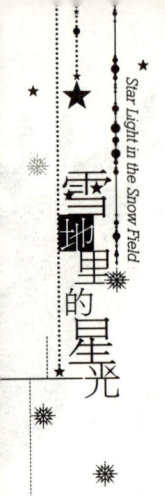

【一】

第二天,天气很好。

太阳在天空中散发出耀眼的光芒。

站在屋里可以感觉到阳光的温暖,热烘烘的感觉让人想睡觉,可是一到门外,那温暖的阳光顿时变得冰冷,仿佛被什么阻挡了它的热度一般。外面的大雪已经融化了大半,洁白的积雪和冰夹杂在一起,此刻早已辨认不出最初的模样。

一大早,简帆就买了很多菜来到于晴家里。

听着厨房传来的声音,于晴感觉时光好像回到了三年前,恍惚中,又好像回到了萧若宇还在的日子,一种说不出的感觉在她心中涌现。

十几分钟前,于晴给夏岚打了电话,告诉她现在Eternal就在自己的家里,让她现在过来。

夏岚一听到她的声音,立刻生气地嘲讽道:"你还要骗我多久?"

"夏岚,我没有骗你,你不信的话,现在就过来看看。"

于晴无奈,没想到夏岚根本就不相信她的话,不过想起上次简帆失约没来,夏岚的态度也情有可原。

"没有骗我吗?"

夏岚冷笑,悲凉的笑意中有种说不出的哀伤,"没有骗我的话,我在学校里看到的那些都是我在做梦吗?若宇对你的好,全校的同学都知道了,你还敢说没骗我?你不是告诉我,你们之间没有任何关系吗?"

于晴听着她愤怒的质问，只觉得无话可答。

因为，夏岚说的都是事实。

萧若宇对她的感情，除了瞎子，没有人看不出来，无论她如何否认，都改变不了那个事实。甚至，她都有些不敢去弄清楚自己的心意，只能一再地告诉自己，她已经有简帆了。

唯一能挽留的，只有夏岚这个朋友。

"夏岚，再相信我一次好不好？简帆现在就在我家里，你来了就知道了，我……"

"你以为我还会相信你？"

于晴再一次试图说服夏岚，可是不等她说完话，夏岚就已经生气地挂断了电话，听着那边传来"嘟嘟"的忙音，于晴脸上显现出深深的无奈。

她想了想，只好让简帆亲自打给夏岚，可是电话刚一接通，夏岚就问她到底想怎么样，听到电话里传来的男声，夏岚更加愤怒，对着电话咆哮了一通，根本不相信那就是Eternal。

最后两个人都没有办法，简帆打了通电话给助理。

不到三分钟，于晴的手机里就收到了夏岚的短信：我半小时后到。

于晴看着短信，有些哭笑不得——不相信她也不相信简帆，最后却相信了他的助理。夏岚的逻辑还真是奇怪，她和简帆对视一眼，两人都笑了起来。

不到半小时，门口就传来一阵敲门声，于晴立刻跑去开门。

门一打开——

一个浑身雪白的女孩子出现在眼前。

于晴顿时吓了一跳，眨了眨眼睛，这才确定自己没有眼花，眼前这个可

爱得仿佛从漫画书中走出来的美丽少女真的是夏岚。

没想到，从来不在意自己外表的夏岚，居然精心打扮了一番！

白皙的脸上化了精致的妆，黑亮的睫毛又密又长，弯弯地翘起来，本来就很大的眼睛更显得明亮动人，唇上涂着亮晶晶的唇彩，看上去青春洋溢、灵气逼人。她穿了一件白色的毛毛马甲，里面是白色的羊毛衣，及膝短裙上有粉色的晶莹饰品，脚上踩着毛茸茸的靴子，整个人看上去可爱极了！

看着于晴惊艳的目光，夏岚理所当然地笑起来："我这是见大明星，当然要打扮一下啦！"

听着她调侃的语气，于晴知道，夏岚已经不生气了，她现在终于相信自己之前所说的话了。

于晴不由得暗暗地松了一口气，心情却轻松不起来。

进到屋里，夏岚四处打量，看到于晴居住的环境真的很简陋，心里微微发酸。

想着之前她对于晴的态度，顿时觉得抱歉。其实，她心里也明白，可能只是萧若宇一相情愿地爱慕着于晴，可是那种酸涩和难过，让她没有办法去原谅她，她甚至把所有的过错都推到了于晴的身上。她不明白，为什么萧若宇喜欢的是她最好的朋友？

夏岚转过身，心疼地抱着于晴："对不起，我从来都没好好地了解过你。以前，一直都知道你的生活状态，但是，没想到比我想象中的还要……"

她没有往下说，眼眶却有些泛红。

于晴只是笑一笑，抬手反抱住她。夏岚的原谅，让她的心里轻松了很多。

【二】

简帆端着菜从厨房里走出来时,夏岚顿时吃惊地瞪大了双眼,没想到高高在上的Eternal竟然会下厨做饭。不知怎么的,那一瞬间,夏岚的脑海中浮现出萧若宇挥舞着锅铲满脸笑容的样子,她脸上的笑意顿时淡了几分。

她看向于晴。

于晴安静地站在餐桌旁接过Eternal端来的菜盘子,脸上似乎有淡淡的笑意。那么素净的脸,低调而平凡,却让两个如此优秀的少年为她倾心。

别人不懂,她夏岚又怎么会不知道,于晴的魅力在哪里。

或许,是因为她总是安静得令人心疼。

或许,是因为她坚强得令人心酸,让人不由自主地想要去保护她。

转头,夏岚看着简帆,再次释然地笑了起来。

以后,有Eternal照顾,于晴应该会很幸福吧!而她,也会继续为自己的幸福而努力,哪怕,那个人的心根本不在她的身上,她也绝对不会放弃。

她走过去,轻轻地将于晴撞了一下,于晴站立不稳,立刻向着简帆的方向倒去。简帆马上伸手将她抱住。夏岚哈哈一笑,冲着于晴和简帆挤眉弄眼,两人顿时羞红了脸,气氛也轻松了起来。

简帆将所有的菜肴都端了出来。

屋里的灯光明亮耀眼,每个人的脸上都带着笑容,可是于晴却觉得,心中好像少了些什么……

"Eternal,哦,我还是和于晴一样叫你简帆好了!"餐桌上,夏岚微笑着对简帆说,"我当初真的以为你只是在编故事,我完全没有想到,这故事中的女主角,竟然是我最好的朋友。你可要好好对于晴哦,否则,就算你是大明星,我也不会放过你的!"

简帆看着于晴,幸福的笑容在他俊美的脸上绽开,闪亮的目光仿佛能融化全世界的冰雪。他对着夏岚很郑重地点头说:"我一定会,否则我也不会千辛万苦地回国,这一切都是为了她。我听于晴提起过你,我不在的这些年,谢谢你照顾她,让她不是孤孤单单一个人。"

两个人的杯子在灯光下碰在一起,清脆的笑声充满了屋子,却让于晴的心更加寂寥。

看着他们的笑容,不知道为什么,于晴的视线却移向了这张餐桌。她突然想,这张餐桌还是萧若宇买的,她原本那张破旧的桌子此刻还在杂物间里待着呢……

"于晴,之前我真的很生气,知道为什么吗?"夏岚转向于晴,目光有些伤感,"不是因为若宇,是因为你。"

于晴抬头看向她,眼里闪烁着微微的疑惑。

夏岚抿起嘴唇,真挚的笑意从她的脸上溢出来,继续说道:"虽然我看上去真的有好多的朋友,但实际上我真正的好朋友,只有你一个。你是那么了解我,那么关心我,虽然你从来没有说过,但是我都知道。可是,你伤害了我,所以我很生气,更多的是……是难过。现在好了,看到简帆对你这么好,我也终于相信了你说的话,我们还会像从前那样,是好朋友,对不对?"

于晴迎上她的目光,淡淡地笑了起来,点头说:"当然是。"

简帆夹了菜放进于晴的碗中,温柔地凝视着她,眼中满是怜惜:"晴,你多吃一点,你看看你,越来越瘦了。"

于晴微不可觉地勾了勾嘴角,笑容却没有浮现在脸上,只是埋头吃着他夹的菜。

"是啊,简帆不说还不觉得,于晴,你怎么越来越瘦了?不要总是忙工作、忙学习，要好好照顾自己！"夏岚说着，也夹了菜放进于晴的碗中。

于晴听到他们这么说，突然也感觉到自己最近的饭量似乎小了很多。平时总会没有食欲，有时候明明很饿，可是看见一些油腻的食物就会恶心，但是饿极了，她会逼着自己吃一点，但总会消化不良。她想，自己的压力或许真的太大了，她的心情一直压抑得太久了。

看着他们夹到她碗里的菜，一股暖暖的感觉在心底流淌着。她想，如果能够一直这样相处下去，该多好……

夏岚知道她的话一直都不多，也不介意，转过头和简帆聊了起来。她还拿出了本子，非要简帆为她签名，还拍了合照……

欢声笑语在于晴的耳边不停地响起，她却还是觉得好孤单，转过头看向窗外。

窗外的天空已经暗沉了，凛冽的寒风在窗外的枯枝间穿梭，发出阵阵呜呜。暗沉的天空没有一丝光亮，黑得令人发慌。

现在，有一个人也应该和她一样，心情沉重吧……

这个冬天，什么时候才能过去呢？

【三】

她深深地呼出一口气，却看到夏岚猛地站了起来！

"我决定了！"她站在那里很大声地嚷嚷着，"我要主动追求若宇，虽然我爸妈和伯父都觉得我们在一起了，但是我知道，若宇的心并没有在我的身上，所以我决定要主动追求他！于晴，你会帮我吧？"

她目光闪烁地看着于晴。

于晴顿了一下，扯动嘴角，半晌之后才说："嗯，当然。"

听到她的回答，夏岚像得到什么保证一样顿时眉开眼笑，扭头看向简

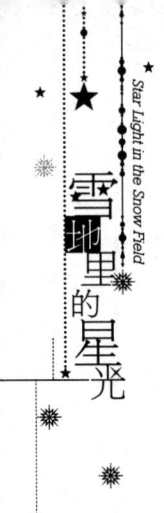

帆："简帆，下午可不可以借用一下你的于晴？"

"嗯？"

"我要她陪我去挑生日礼物！"

"当然。晴，我不用去公司，在这里等你回来，晚上想吃什么告诉我。"简帆知道夏岚和萧若宇的关系后，自然十分同意她们一起外出，说不定这样能让于晴清醒一些。

生日礼物……

于晴有些出神，是萧若宇的生日吗？

她发现，和他相处这么久，她竟然连他的生日都不知道。

夏岚催促着问她到底答不答应，她点点头。看着夏岚开心欢呼的样子，心里却觉得有些难过。

吃完饭，于晴和夏岚穿得像两个可爱的洋娃娃，一起走出门。

"你们俩路上注意点，过马路要小心，早点回来啊！"简帆站在门口，看着走进风雪中的于晴再三交代，眼睛里满是不舍和眷恋，惹得夏岚又是一阵羡慕。

"好啦好啦，我们又不是小孩子了！放心吧，我会把你的于晴安全带回家！"夏岚笑着回了他一句，戏谑地冲他眨眨眼睛。

简帆绝美的脸蛋顿时泛起红晕，尴尬地避开夏岚的视线，惹得夏岚又是一阵大笑。

礼品店的礼物琳琅满目。

各种各样的礼物在柜台内泛着璀璨的光芒。

夏岚看得眼睛都花了，总是拿起这个问于晴好不好、又拿起那个问于晴怎么样，于晴不知道该怎么回答，只好摇摇头，抱歉地说道："我不了解萧若宇，不知道他喜欢什么样的礼物，还是你自己做主好了。"

"说的也是。"

夏岚听过之后,也觉得有理,毕竟她是从小和萧若宇一起长大的,于是蹦蹦跳跳自己一个人去挑选了。

于晴随意地看着柜台里的东西,当她的视线落在一个造型特别的深蓝色吊坠上时,心里仿佛有什么东西轻轻揪了一下。这个吊坠看起来似乎并不是很精致,却有种朴实的奢华。吊坠中心泛出隐隐的光芒,就像一双光芒内敛的眼睛,所有的底蕴都藏在它的内部。

她停在那个饰品前,不知道怎么的,她的脑海中就浮现出一双熟悉的眼睛。

回过头看了看夏岚,她似乎还在左右摇摆,不知道究竟是送香水好还是送毛衣好。

于晴拿起吊坠,走到收银台时,老板娘微微惊诧地看了她一眼,笑了起来说:"你还真有眼光,这一款是最新的男生饰品的吊坠,它虽然看起来一般,但是造价不菲。制作它的工厂因为一场大火导致工期延误,所以这款吊坠没能如期上市,错过了最佳销售时段。因为它造型特别,一般人欣赏不了,现在特价处理,真的很划得来哦!而且只剩下这么一个了,算是独一无二的呢!"

"是吗?"

于晴淡淡地笑着,看到上面的价格,还是微微吃了一惊。

她不由得对老板娘那句"特价处理"有些怀疑,虽然对这么高的价格有些难以接受,但还是下定决心将它买了下来。

夏岚终于挑出了满意的礼物。

看到于晴手里拿的吊坠,立刻靠了过来,笑嘻嘻地问道:"呀,你也买了礼物哦,是不是要送给简帆?"

于晴支支吾吾地不知道怎么回答,看向她的眼神也有些慌乱。不知怎么的,她的心里对夏岚竟有种罪恶感,让她不知如何面对,却又无法阻止自己的心。

她想,只是一份礼物而已,一个对普通朋友的祝福。

"不说就算了,不过这个礼物看起来很特别哦!"夏岚挑剔的目光在吊坠上停留了片刻,似乎并不中意,很快就转移到她自己挑选的礼物上去了。让老板娘给她用精美的包装纸包好后,付了钱和于晴一起走出店铺。

和夏岚分别之后,于晴站在街头。

深蓝的吊坠在空气中轻轻摇晃,她将它拿高一点,对着阳光,顿时有无数暗蓝的光芒从吊坠中透出来。那样的光芒仿佛带着一种沉沉的忧伤,连她心里都悲伤了起来。

她觉得自己真的很可笑,一份送不出去的礼物,花掉了自己近一个月的生活费。

她将它塞进了口袋,没有再多想。

第二天,吃完晚饭之后,简帆带着于晴出去散步。

因为很冷,所以街头的人并不多,加上简帆穿得严实,并不用担心会被人认出来。他想去牵于晴的手,但是她逃开了,面对他质疑的目光,于晴的眼神微微闪烁了一下,抬手挽住了他的胳膊。就像从前那样,她也总是挽着他的胳膊,简帆的脸色这才柔和了一些。

经过游乐园的时候,于晴的脚步停了下来。

高高的摩天轮耸立在游乐园中,但上面一个人都没有。傍晚的天空下,空荡荡的摩天轮显得有些孤寂。

冬天的游乐园很冷清,有些地方干脆连灯也不开了。除了像圣诞这样的节日，基本上没有人愿意在这样天寒地冻的日子里大晚上的出门游玩。

她抬头看着远远的摩天轮，感觉那就像一个已经破败的梦，晦暗不明。可是这个梦却深深地埋藏在她心底的某个地方，无法连根拔去。每次经过这里的时候她都会抬头仰望，小时候爸爸总是抱着她，告诉她等她再大一点，就带她去玩。

可惜，这一切都没来得及实现，她的家就破碎了……

她暗淡下来的目光令简帆有些心烦气躁。

他用力地扳过她的肩膀，皱着眉不悦地问："你是不是在怪我？"

"怪你？"于晴一愣，不明白他在说什么。

"我曾经答应过你，带你来这里玩，可是我没有做到。现在，我也没有办法带你去玩，所以你怪我，是不是？"

于晴失笑地看着简帆莫名其妙地发起了脾气，转过头不想和他争吵。她知道，他最近的工作压力很大，回国之后很多事情和国外的并不一样，而且国内的竞争更大，而他为了她还和公司起了争执，所以脾气坏一些，她都可以理解。

只是，这样莫名地发脾气，会让她越来越害怕和他相处。

每次面对着相同的脸，总是完全不同的表情，于晴会有一种错觉：曾经的简帆，在三年前，真的已经消失不见了……

"你为什么不说话？我知道你是在怨我，你直接说出来好了！"

面对于晴的沉默，简帆更加暴躁。他也清楚，也许只是自己太敏感了。因为他做不到，所以内心更加自责，除了自责他没有其他的办法。无法给予的无力感让他很累……

就像在公司里，总是会听到一些"你以为你是谁，当初若不是我在街头捡了你"之类的话……

"简帆,你不要这样好不好?我真的没有怪你,我只是……"

"你只是觉得和我在一起累了是不是?你没发现吗?现在你和我在一起,再也不像从前那样黏着我,有了心事也不和我说,甚至话也变得越来越少,你不觉得你变了吗,于晴?"

看着有些蛮不讲理的简帆,于晴真的觉得好累。也许,过去终究是过去,那些美好的只能是回忆,三年的时间,他们都经历了不少的事情,再也找不回从前的那段时光了。

于晴沉默着,风扬起她的长发,这个冬天似乎比任何一个都要漫长寒冷,光秃秃的大树依旧没有发芽的迹象。她看向昏暗的天空,有一瞬间,似乎再也想不起那年阳光下的大树有多绿,单车上的那个少年笑声有多么爽朗……

很久之后,她回过头,悲凉地看向简帆:"也许,我们都变了。"

简帆一愣!

愤怒的表情立刻变得悲伤起来,眼睛里充满了慌乱和不安。

他拉起于晴的手用力地将她扯进自己的怀中,轻微地哽咽着:"对不起,我不是故意对你发脾气的,你不要生气,不要和我说分手,好不好?"

他真的好怕,他总有一种危机感,害怕于晴会离开他。

他不知道如果于晴真的离开他了,他要怎么办,他没有办法接受……

"你不要沉默好不好?我真的好讨厌你沉默的时候!我不知道你在想什么,我猜得好累,可是晴,我不能失去你,哪怕失去全世界,我也不能失去你!"

他哭了,泪水掉在她的脖子上,风一吹,冰凉的感觉似乎侵入了心里,让她有种想抱着自己缩在角落里颤抖的感觉。她无法面对他的哀伤,可是她好累。

她用力地从他的怀中挣脱出来，看着他通红的双眼，心里仿佛被刀割一般，可是这样的相处真的好累，她讨厌这种感觉，让她拼命地想逃离。

【四】

街边的路灯陆续亮了起来。

简帆和于晴的身影重叠在一起，隐隐约约地映在地面上。

于晴抬起头，眼里泪光闪烁，吃力地呼吸着："简帆，你不觉得我们总是在吵架吗？我不是从前的于晴，你也不是从前的简帆，我现在只想像从前那样，把你当成很好很好的朋友，轻松地相处，你现在弄得我好累、好累……"

不仅仅是争吵，简帆还总是怀疑她会离开，甚至有时候会查看她的电话，愤怒地质问她为什么还存着萧若宇的号码。

"我不要！"简帆大声地吼着，"你是不是变心了？晴，无论如何，我都不会同意分手，绝对不会！"

"可是，我什么时候说过要做你的女朋友呢？简帆，我们一直都只是朋友，或许不是朋友，我把你当成我的亲人，我在这个世界上唯一的亲人，你在我心中还是那么重要！"她无力地说着，现在的简帆，根本无法沟通，而这三年的时光，也让她变得不爱解释。

慢慢地，就变得不会解释。

就像她的沉默，不是因为对着简帆没有话说，而是这三年来，她习惯了沉默而已……

"亲人？朋友？"简帆突然笑了起来，脸上还挂着未干的泪水，他摇着头，"这段时间我们在一起，难道不是恋爱的关系吗？不是你拉着我对萧若宇说，你的心里只有我吗？我和你一样，我的心里也只有你，一直都没有变

过,我喜欢你,不是亲情也不是友情,是爱情,是爱情!"

话音刚落,他突然将于晴扯进怀中,低下头吻上她冰凉的唇。

于晴睁着双眼,脑中一片空白!

路灯昏黄的光芒在那一瞬间似乎变得格外明亮,刺目的光射进她的眼睛里,她什么都看不到,看不到简帆在她眼中突然放大的俊颜,看不到周边的景物。

直到他的气息钻进口中时,她才一下子惊醒了!

"放……"他的唇齿堵住了她的嘴,抗拒的话无法说出口,只能用力地推着他。可是有些疯狂的简帆,根本不理会她的反抗,用力地按着她的后脑不允许她离开。

泪水无助地流了下来……

两颊的泪,瞬间变得冰寒刺骨,如同万根银针同时刺向心脏深处!于晴从未觉得简帆这么陌生过,她用力地拍打着他、推他,却逃不开……

"该死的,你在做什么!"

突然,一个愤怒的声音从身后响起!

于晴只觉得好像一阵风从脸边刮过,紧接着简帆就松开了手。她被拉到了一旁,简帆捂着半边脸,眼睛里燃烧着怒火。

"你没事吧?"萧若宇低沉着急的声音传到耳朵里。

仿佛寻找到一个安全的港湾,于晴的心情顿时平静了下来,暖暖的感觉涌进心里,让她的泪水更加不受控制地不断滑落。

于晴抬起头。

萧若宇穿着白色的羽绒服,高大的身体修长俊逸,熟悉的面容上泛着淡淡的光泽,依旧那么俊美好看,黑亮的眼眸中,无数星光闪闪发亮,担忧和心疼夹杂在一起,却被深深地敛藏在瞳孔深处!

在看到他眼睛的那一瞬间，委屈的感觉顿时涌上心头。

她努力地忍着泪水，摇摇头。

夏岚面无表情地站在阴影里，看着他们两个。

萧若宇庆幸自己没有拒绝夏岚提出来游乐场的要求，否则他就不会看到这一幕，当他看到于晴奋力反抗无效时流下的泪水，他的大脑如同炸开了一般，他恨不得将简帆置于死地。

"我和于晴的事，不需要你来插手！"简帆抹掉嘴角的血渍，目光挑衅地朝他身后说："你的女朋友就在你身后呢！"

萧若宇不理会简帆的话，他现在只想带着于晴离开，不论身后站着的是谁也无法阻止他。事实上，夏岚并没有阻止他，当他愤怒地冲向前的那一刻，夏岚看到他的眼中一瞬间迸发而出的光芒，危险得令人心惊。在那一刻，她的心里就彻底清楚了。

他喜欢于晴，喜欢到她无法预料的地步……

"我们走！"萧若宇拉起于晴的手，将还在发呆的于晴一把拖走。

凛冽的寒风中，他们很用力地奔跑着，刺骨的寒意刺进肌肤，却涌出一股淡淡的温暖。这一刻，于晴什么也不去想，她闭上眼睛，扑鼻而来的气息让她感觉到，春天似乎已经不远了。她只想这样让他牵着，一直跑一直跑，永远都不要停下来……

【五】

天空中的星星，一闪一闪地放着光芒。

不知道跑了多久，萧若宇和于晴停靠在一棵大树下，仰头看着满天繁星，大口地喘着粗气。萧若宇回头看了于晴一眼，眯着眼睛笑了起来。

"你不该留下夏岚一个人。"于晴瞪他，心里却泛着甜甜的滋味。

"我没有办法思考,一遇到你,我就没有办法思考。"他抬起头,看着天空,尽管是冬天,可是天空中的星星却依然亮得惊人,他深深地呼吸着,说,"你把话说得那么绝,连我都觉得应该死心了,可是看到他欺负你的时候,我真的没有办法忍受,更没有办法去想其他人。"

他转过头,目光明亮,如同头顶那满天的星辰,美丽而迷人。

于晴沉默。

除了沉默,她不知道还能说些什么。

夏岚是她最好的朋友,她不应该和萧若宇有什么牵扯,可是事情却越来越没有办法控制,最终,她还是伤害了夏岚。

"今天,是我的生日。"他低声说,声音中的落寞让于晴不由得转过头去看他。

他微微垂着头,眼眸中的光芒不知何时已经变得暗淡,俊美的身影在寒风中有种孤单的感觉,她不理解像他这种有钱人家的少爷,在生日的时候,脸上怎么会有这么落寞的神情。

她把双手放进口袋,触碰到一个盒子时,有些犹豫。

踌躇了一会儿,还是将它拿了出来,递到他的面前,微微转过头说:"给你。"

萧若宇看着这个没有任何包装的小礼盒,眼睛一瞬间明亮起来,惊喜地看着她,立刻接了过来。打开一看,里面是一个深蓝的小吊坠,奇特的造型让他的视线不由得在上面流转着,脸上,一抹掩饰不住的笑意悄悄蔓延着……

"不是刻意买的……"于晴的表情有些尴尬,胡乱地理了理垂到额前的发丝说,"那天陪夏岚挑礼物时看到的,因为你是她的男朋友……"

"陪我去一个地方。"他笑着,看着她脸上悄悄浮起的红晕,打断她的解释，不论她是因为什么送的，这都是他最珍贵的礼物！

"我得回去了，太晚了。"她转过头，拒绝。

"今天是我生日，陪我去好不好？就这一次，我保证！"萧若宇看着她，满脸的哀求让她有些不忍心。

于晴轻轻叹了一口气！

她知道自己无法拒绝他的要求，于是轻轻地点了点头。

萧若宇立刻雀跃起来，漂亮的脸上笑意满满，看起来似乎很高兴。

"跟我来！"他说着，抓着她的手再一次奔跑在寒风里。两个人的身影从一盏盏路灯下飞驰而过。冬天的风，似乎在他们的奔跑中，带走了所有的烦恼和悲伤，淡淡的暖意在两人交握的掌心悄悄地弥漫开，温暖的笑容在他们的脸上悄然绽放！

那一刻，他们的心里只有彼此，哪怕，只有很短暂的时间，却依然轻松得令人眷恋。

萧若宇的脚步停在一个已经关了门的小公园前，他神秘地冲她眨了眨眼，指着一段比较矮的栅栏说："从这里可以进去。"

"这里……"于晴愣了一下，不会被人发现吗？

"怎么，你爬不过去？"萧若宇看着一人高的栅栏，自己先爬了上去，刚想往下伸手拉于晴时，就听到栅栏里传来低低的笑声，回过头一看，于晴竟然已经稳稳地站在里面了……

"喂，你这样会让我一个男生很没面子的！"

"你忘记我们最初见面的那天了？"于晴的脸上泛着笑意，她虽然很久没有练习了，可是这点高度还难不到她。

萧若宇想了想，不满地皱皱鼻子，可爱的模样逗得于晴又笑了起来。

月光下，两人猫着腰，萧若宇紧紧地拉着于晴的手，小心地寻找着他要

去的地方。其实，这么晚公园里根本没有人，但是萧若宇舍不得松开她的手，只好一直假装害怕会被人发现。于晴紧张地跟着他，丝毫没有发觉，自己的手一直握在他的手中。

"到了！"萧若宇直起身子，指着面前的一个秋千说道。

于晴无奈地看着他，她怎么也没有想到，萧若宇这么神秘兮兮地带她到这个公园，竟然只是为了荡秋千？

他拉着她来到秋千前，像是回味一般摸着这个有些老旧的秋千，在那一刻有淡淡的伤感浮现在脸上，他的指尖划过秋千的铁链，有些发怔。

"好久都没有来了，没有想到它还在。"

"这里是……"于晴刚说完，就惊觉自己的手还和他手的牵在一起，立刻松开，脸色绯红。

萧若宇却没有发现，眼中满是思念地说："这是我妈妈还在世的时候，常常带我来的地方。"

于晴怔怔地抬头，看着陷入回忆里的萧若宇，眼中布满沉沉的哀伤，那样的思念是她早已经熟悉的，就像她对爸妈的思念。可是那段日子，他却一直用最灿烂的笑容面对和她相处的每一天。

她曾经以为，他是幸福的……

今晚的月光格外皎洁，天空中星光点点，点缀得夜空格外深邃悠远。公园的假山上还有一层白白的积雪，银白的月光洒在雪上，泛出朦胧的白光，美得如幻似梦。

这个冬季，难得看到这么好的夜空。

【六】

于晴看向萧若宇。

萧若宇走过去坐在秋千上，修长的身躯优雅地荡在空中，幽深的瞳孔迷离而朦胧，月色洒在他的眼睛里，他俊美的脸上漾起了纯真的笑意，就好像回到了童年一般。

"从小到大，爸爸对我都很严格。不，是严厉，不可思议的严厉。"他突然开口，目光悠远，"因为他的事业越做越大，患了所有有钱人的毛病，害怕自己的儿子不争气，没有接班人，所以他对我的管教简直就是苛刻。凡是他说的事，我都得去做，不论是对还是错、不论我喜欢还是不喜欢。小时候我不懂反抗，妈妈说这是为了我好，所以我就乖乖地去做。他从来都没有陪我玩过，更没有带我出去吃过一餐饭，印象中，只有妈妈陪着我，有时候我甚至会记不起来我爸到底长什么样子。"

寒风一阵阵吹来。

公园里的梅树下顿时落英缤纷，白色的花瓣仿佛雪花一样轻轻舞动着，飞到了半空，绕着他们回旋片刻，飘零落地，鼻翼间香气怡人。

秋千上的萧若宇，仿佛精灵般俊美得令人侧目！

他低沉的声音在这个寂静的夜里格外清晰悦耳，仿佛一曲低低吟唱的歌般让人陶醉。

"一直到了我中考的那一年，妈妈去世了。你知道这世界上最可笑的父亲是什么样的吗？"他转过头，看向于晴，脸上的笑容悲伤得令人心疼，"他害怕会影响我的学习、影响我考进重点高中，所以专门为我买了一套别墅，不允许任何事情打扰我，我甚至连妈妈的最后一面也没有见到。直到我考完之后才知道，妈妈在两周前就去世了。可笑吗？我竟然连自己的妈妈去世了，都不知道……"

他笑着笑着，眨了眨眼睛，黑亮纤长的睫毛上挂着泪珠，如同一串璀璨的水晶般晶莹炫目，那样的萧若宇看起来脆弱而寂寞，仿佛那一地凋零的白

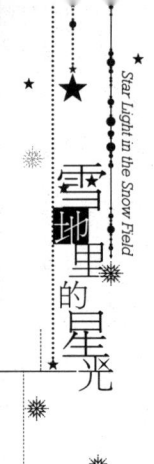

花。

于晴很想过去抱抱他,但她没有动。

她只能这样坐着,听着他说,连一句安慰的话也无从说起。

"我真的很恨他,恨他的独断、恨他的霸道,更恨他的自以为是。可是,我能怎么样,他是我的爸爸啊!所以我不想再听他的话,虽然一直想要反抗他,可是没有行动,直到这一次我终于无法忍受了。我一直把夏岚当成我的亲人、我的好朋友,可是他却要我们订婚,太可笑了!所以,我离家出走了。"

他回过头,看着安静地站在他身边的于晴。

希望他的解释,她能够懂。

可是,她却置若罔闻,眼神像他刚才一样,有些迷离,也不知道在想些什么。过了半晌,她低低的声音才响了起来:"其实,见到最后一面,未必就是一件好事。"

就像她一样,看到妈妈冰冷的尸体躺在床上,世界上仿佛只剩下她一个人,那种死亡的气息,冰冷、死寂,令人窒息。

那样的噩梦,永远都无法忘记……

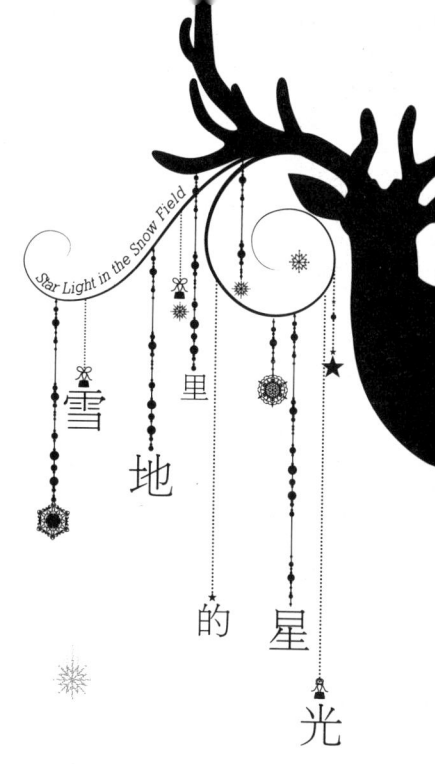

雪地里的星光

Star Light in the Snow Field

第九章

CHAPTER 09

此情·不移

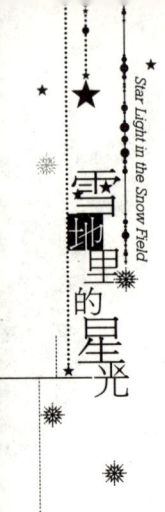

【一】

静谧的公园里。

微风轻轻地吹着，梅花的香气缭绕在寒冷的空气中，可是这样的寒气让人头脑更加清醒，却不会觉得太冷。

今晚，是一个难得的不寒冷的夜晚。

秋千上，两个人影一前一后轻轻地晃动着，没有言语，好像有了彼此在身旁，不需要多余的话，就会很安心。

于晴偷偷转头去看萧若宇时，他也正好看向她。

目光交汇！

仿佛有电流瞬间穿过全身！

于晴猛然收回目光，低着头跳下秋千，声音淡淡的："该回去了。"

"嗯，快十二点了。"萧若宇拿出手机看了看说。

"那个……"

"嗯？"

"生日快乐……"

萧若宇的目光深深地凝视着她，深邃的眸中亮光闪动，脸上带着笑。

只是于晴不知道，自从他的母亲去世之后，他就很少过生日了。就像今天一样，爸爸还是像往年一样不在家，要不是夏岚跑去找他，恐怕他连自己的生日都忘记了。

于晴低着头，不敢去看他，一整晚，她都想对他说这一句话，却始终没有说出来。可是说出口时才发现，在心里挣扎了这么久的话，说出来竟是这么容易。

"于晴！"他看着她，温柔的笑意浮现在脸上，"这是我这几年来，最开心的一个生日。"

于晴抬起头，对他抿唇一笑。

"回去吧。"她说。

"我送你。"

"好。"

一路步行回家。

不知道什么时候起了大雾。

两人穿梭在浓雾之间，看不清前方的路。于晴突然觉得手一暖，已经被萧若宇握住了。她轻轻地挣了一下，最终安心地将手放在他的手中，哪怕看不到前方的路，他的手依旧让她觉得心安。她跟着他的脚步，一步一步走向前方。

时间很快就过去了，原本漫长的路途，似乎突然间变得很短。

好像刚刚离开公园，就到了于晴家门外的小巷，巷口的路灯隐没在大雾中，只剩淡淡的光芒透过浓雾射出来。

"你刚才说，有时候没见到最后一面，未必不是一件好事？"路灯下，他突然开口。

"嗯。"她微微叹息。

"可以说吗？"他转过头，分明近在咫尺，却看不清楚她的模样。

"没什么。"她的语气又变得淡淡的，手也从他的手中抽离。于晴看着自己的小屋，转过头对他说，"我到家了。"

"哦，这么快……"他有些不舍，看着黑暗中的小屋，心里涌起暖暖的

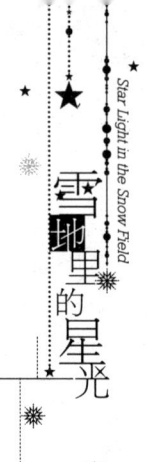

感觉。之前住在这里的那段日子,似乎是他记忆中最快乐最轻松的日子。可惜,他知道,不论他现在说什么,于晴也不会再让他回去住在那里了。

"再见。"她微笑,冲他挥挥手。

"晚安。"他点头。

两个人同时转身离开。

萧若宇刚迈了一步,就转过头看着她,她单薄的背影在大雾中更加朦胧。那样的凝望,让他觉得好像在他们之间,有什么东西正在发生变化。

可是他搞不清,那究竟是什么……

"于晴……"他喊她。

她回过头看看他,目光清澈。

"我们……算是朋友了吧?"他有些不确定地问。

她总是用"连朋友都不算"来打击他,那么现在,算了吗?

她一愣,微笑起来。雾气中,她的笑容清丽朦胧,却像盛开在白雾中的梅花一样,干净好看。可以感觉到,这一刻,她的笑容是从心底发出来的。

于晴朝他挥挥手,没有回答,直接走向了小屋。

萧若宇摸了摸脑袋,终于,咧开嘴也笑了起来。他将手插进裤兜,把白色羽绒服的拉链高高地拉起来,满脸笑容,迈着欢快的步伐离开。

门口,正要开门的于晴停住了动作。

她回头向他离开的方向看去!

见他欢快得仿佛一个得到表扬的孩子,不由得轻轻笑了起来,淡淡的暖意也从心底涌出。看到他那么高兴的样子,她竟然也觉得很快乐。

她也解释不清楚,那到底是一种什么样的感觉。

和萧若宇在一起的时候,她不会想到过去,也不会想太多烦心的事,总会有一种很轻松的感觉,这种轻松的快乐让她很贪恋,虽然每次提醒自己应该保持距离，可是在看到他时，总会不自觉地靠近。

打开门。

她一边换鞋子一边拧开灯，刚抬头就被沙发上的人吓了一大跳！

"简帆？"她惊呼。

灯光下，简帆冷冷地坐在沙发上，浑身仿佛被寒冰笼罩，俊美的脸冷如冰霜，眼睛深邃而憔悴，甚至透出一抹暗红的光芒，令人不安。他的眼眶红红的，似乎还有水光在眼里涌动，阴郁的脸上没有丝毫的表情，正一动不动地盯着她！

"你……你怎么进来的？"她呼出一口气，拍拍胸口，叹道，"而且你在里面，为什么不开灯？"

"钥匙在花盆下，你忘记了？"简帆勾起一边嘴角，笑容妖冶而怪异。

"哦。"她点点头。

于晴一直有一个习惯，因为总是会忘记将钥匙带出来，所以在门外的花盆下，永远都会藏着一把钥匙，万一哪天把自己关在门外，还有一把备用的。

这个习惯，从他认识她起，就有了。

那是两个人共有的记忆。

曾经有一次于晴将自己锁在了门外，爸妈那晚都不回来，她很着急，于是找到了简帆。最后简帆花了很大的力气从窗户爬进去后，于晴却从外面开门走了进来。那时候的她，眼睛亮晶晶的，可爱地吐着舌头冲他顽皮地笑，原来连她自己都忘记了门外有备用的钥匙！

气得简帆满屋子追着她要呵她的痒。

两人的笑声似乎还回荡在耳畔，那些往事，就像昨天刚刚发生的一般，画面鲜活。

可是如今，却已经物是人非……

【二】

"这么晚了，你不用回去吗？"她脱下外套，走进客厅。

"你还知道这么晚了！"他突然愤怒地站起来快步走向她，怒吼道，"你知不知道我等了你多久！你回来第一件事居然是赶我走，一整晚和萧若宇那个小子混在一起，你就没有发觉晚了吗？"

他愤怒的咆哮已经不是第一次了，但于晴依旧愣了一下。

心里的悲凉扩散开来。

她觉得，现在就连和简帆做朋友，都是那么困难……

"不说话？沉默？你和他在一起的时候，也是这样吗？恐怕不是吧？"他几乎失去了理智，冲到于晴的面前，大声地喊着。

于晴只觉得脑子被都震疼了。

她真的不想争吵，她讨厌争吵，微微地叹了一口气后，对他说道："你该回去了！"

黑白分明的眼睛中没有丝毫的情绪，语气平静得就像讨论今天的天气一般。

简帆的心一沉，抓住她的手，声音低了下来："为什么要变成这样？为什么会变成这样？晴，以前的你，不是这样的。"

以前……

以前的你，也不是这样的。

于晴难过地想。

那时候他们天天都在一起，他像大哥哥一样保护着她、宠爱着她，却从来不会像现在这样，蛮不讲理，冲着她咆哮。

"你还记得吗？从前不论发生什么事，你总是第一个来找我，可是那个只会依赖我、会无助地向我哭诉的于晴，去哪里了？"

"去哪里了？"于晴甩开他的手，眼中泛出泪花，冷笑着质问，"三年前我是那么依赖你，爸妈走了之后，你就是我的全部，可是你也走了，我能怎么办呢？我找不到你，我也联系不到你，我还能依赖谁？这个世界上，我除了自己还能相信谁？我努力让自己忘记你的存在，忘记对你的依赖。我告诉自己，不管什么难题我都可以自己解决，就算没有你我也可以活得很好！我做到了，简帆，我做到了！可是，你回来了，回来问我那个只会依赖你的小女孩去哪里了，你告诉我，她去哪里了！"

她蹲下身子，抱着自己痛哭了起来。

她不是不会痛、不是不会累，只是找不到可以依赖的肩膀。

可是她不喜欢那样的自己，她只想要快乐一点儿、轻松一点儿，哪怕失去了所有，也是一个积极的女孩。为什么他总是要揭开她的伤疤，总是要不停地提示着过去在她身上发生过的一切！

简帆愣在原地！

回来之后，他第一次看到这么激动悲伤的于晴，三年来的委屈在这一刻仿佛全部都发泄了出来，看着她痛哭的模样，他的心狠狠地痛着。

他缓缓地蹲下身子，抱着她一起痛哭失声。

也许他真的错了，他不是三年前的简帆，三年前的简帆是阳光的、没有烦恼的。而现在的他，经历了太多，总是因为害怕失去而变得有些神经质地紧张，他都知道。

只是，他也无能为力。

他很害怕……

那么害怕失去她，他甚至无法控制自己的情绪。

"我学会不哭了,学会怎么去面对所有的事情,学会不再去期待你会突然出现……我真的好累,可不可以不要这样,我好想念从前的简帆……"

"我没变,一直都没有变,我还是你的简帆,一直都是……"

寂静的夜里,两个人悲泣的声音穿透夜色。

窗外涌动着的阵阵寒气,仿佛也感受到了他们的哀伤,在玻璃上凝结成了厚厚的白雾。窗外的世界一片漆黑,星光和月光都无法穿透那么厚的白雾,只有隐约的光芒将雾气渲染得梦幻般迷离。

他们就像两个无助的孩子!

在深夜里抱在一起,却给予不了彼此温暖……

终于,于晴止住了哭泣,她用力将他推开,抬起头,看着他的眼睛哽咽道:"简帆,我们长大了,我们都变了!"

"你……不要我了吗?"他的喉结剧烈地滑动着,很用力地压抑着悲伤的情绪问,"你是准备不要我了吗?是不是?因为现在的我让你很累,所以你不要我了吗?"

他在国外的生活突然浮现在于晴的脑海中。

其实,他也只是一个还没有长大的孩子,却面对了那么多的事。他无助的泪水让于晴有些心软,她摇摇头,把他从地上扶起来。

"不是不要,简帆,我们都是彼此生活中的一部分,就像亲人一样。只是,你不要再这么偏激了好不好?"

"好……"他点点头,像害怕被遗弃的孩子。

"我们身上都发生了太多的事,我知道你也很难过很辛苦,可是,让我们轻松一点儿好不好?给彼此多一点儿空间,像从前那样相处。我不会再躲着你,好不好?"

"嗯……"

这一夜，他没有离开，在沙发上睡了一晚。

于晴陪着他，一直到他睡着，才回到房间。她发现，睡着的简帆连在梦中也充满了不安，他的心里似乎有着很深很深的恐惧感。她知道在国外时他经历了那么多难熬的日子，可是这样的不安，却像一块沉沉的石头压在她的心头。

她轻轻地抚摸他的前额，待他睡安稳之后，才静静地离开。

【三】

清晨，于晴背着书包走在通往学校的林荫道上。

常青树的枝叶繁茂旺盛，这几天没有下雪，天气却依然没有回暖的迹象。阳光较昨天有了微微的热度，晒得久了，浑身都暖洋洋的。

于晴的白球鞋被太阳光映得雪白明亮，单薄的身影映在地面上，点点金色的光芒透过常青树的绿叶照在地上，恍惚间，有种分不清季节的感觉。

到了学校，于晴突然感觉有些不对劲。从走进校园开始，似乎有很多同学的视线都落在她的身上，还有不少同学对她指指点点。等她回头看的时候，所有人又立刻恢复了平静，就好像什么都没有发生一样。

她满心疑惑，越接近她的班级，那样的感觉就越明显。到了班上刚坐下来，就听到周围议论纷纷，而所有的视线最终都落在她的身上。

"连最好的朋友都背叛，真是不要脸！"

"可不是吗？看她平常高傲的样子，还以为她有多清高呢！"

"知人知面不知心啊，想想夏岚对她多好，像亲姐妹似的……"

"可不是吗？没爸妈的孩子，总是缺少教养的！"

于晴的脑中轰然一响，正要拿书的手顿时僵在那里，那些议论仿佛无数毒针向她刺来，让她无处可逃。

"那种人，就是阴险狡诈，谁知道她平时接近夏岚有什么目的，说不定早就有阴谋了，真不要脸！"尽管低低的议论声已经可以听得很清楚，但有几个女生仍然刻意提高了声音。

她心中一紧，朝声音传来的方向瞪去！

那些女生立刻噤声，装做若无其事的样子散去，大家都知道她要是出手的话，谁也占不到便宜。

于晴深深地吸了一口气，拿出课本，努力让自己不去听那些声音，但是书上的字却一个也看不进去。

夏岚来的时候，将书包摔在桌上，发出一声巨响！

所有人的视线立刻朝她们看过去。

于晴没有抬头，继续看着书本，虽然知道夏岚一定会生气，可是没有想到，现在竟然连全班同学都开始排斥她。

而且，昨天的事，只有夏岚知道……

"是你说的吗？"她终于忍不住抬头看向夏岚。

"我说的不是事实吗？"夏岚冷笑，高高地昂着头，声音里透着不屑。

她无言以对。

夏岚说得这么直接，直接到她连反驳的话都说不出来。就连她自己都不敢肯定地说，她和萧若宇之间没有什么……

"骗子！"

夏岚见她不说话了，越想越生气，今天看到萧若宇脖子上的那个吊坠，她才知道原来于晴一直都在说谎，她愤怒地瞪着于晴，"那个独一无二的吊坠，你不是要送给简帆吗？骗子！"

于晴心中一震！

这才明白夏岚生气的原因不仅仅是昨晚萧若宇带她离开。

而这时，她转过头，正好看到萧若宇带着满脸灿烂的笑容，趴在窗外冲她挥手。脖子上用黑绳挂着她昨晚送的深蓝吊坠，点点深蓝的流光在他的脖子间流转。

她顿时明白了夏岚的愤怒……

"夏岚，我……"她立刻紧张地看向夏岚，可是一接触到她愤恨的目光，她的话直接堵在了喉咙里。

"你对我说的那些话，全都是骗我的！我到今天才看清楚你的真面目，于晴，你竟然这么虚伪！一边抓着简帆不放，一边又勾引若宇，我真的没有想到你会是这样的人！"夏岚的声音不大不小，刚好全班都能听得到。

于是，又是一片哗然。

每一双眼睛都透着不屑和鄙夷——平时看她不声不响，原来这个貌似老实低调的于晴竟然是这种人，太让人生气了，而且，竟然抢的还是自己最好的朋友的男友。

"我警告你！"夏岚指着于晴，"不要再介入我和若宇之间。我们的感情是双方父母认可的，我不管你和简帆是真的还是假的，但是你如果再敢打若宇的主意，我一定会让你付出代价！"

她一字一句说得清清楚楚，如同一把把刀狠狠地刺进了于晴的心脏里。

于晴咬着牙不让自己的泪水掉出来，她没有想到，最好的朋友和她反目成仇后，竟把她当成那种想在萧若宇身上得到什么的人。

她一直以为，夏岚是那么了解她……

"代价？"于晴看着她的双眼，淡淡的笑意在脸上浮现，可是那样的笑容却悲伤得让人不忍直视，"我并不在乎会付出什么代价，你相信吗？"

于晴的眼神悲哀得令人心痛，夏岚张了张嘴，终究没说出更加狠毒的话，她只是狠狠地瞪着她，一声不吭。

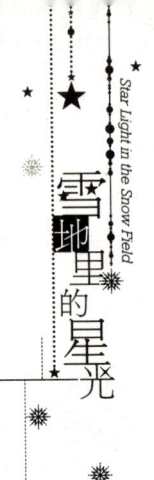

窗外，萧若宇脸上的笑容变得越来越牵强。

其实他一进学校就听到了各种流言，他担心于晴，立刻来到她的班里，却看到她跟夏岚之间的争吵。他本想进去，可是又怕把于晴置于更尴尬的境地。他知道，于晴很在乎她唯一的朋友，只希望等事情缓和一些的时候，他能找个机会跟夏岚说清楚。

见夏岚还没看见他，他想了想，最后看了于晴一眼，转身默默地离去。

阳光淡淡地洒进教室里，将两个好姐妹的身影映在一起，却又被突然从天际飘来的乌云挡住，隐隐约约的身影顿时变得模糊起来，晦暗不明。

于晴从座位上站了起来，深深地望着夏岚的眼睛，泪光从眼里溢出来，她对夏岚轻笑："夏岚，我在乎的是和你之间的友谊。我真的想不到，有一天我们会对着彼此说出这么刺耳的话，你真的觉得，我是那种人吗？"

她的悲伤，让夏岚也有些不忍心。

夏岚深吸了一口气，不再像刚才那样强硬，而是伤心地问："那为什么你还要这样？如果你真的还在乎我们的友谊，还在乎我这个朋友，你就答应我，从此以后，不要再见若宇，不要再和他有任何联系。"

"好，我答应你。"

即使知道，她们的友情已经出现了裂痕；

即使知道，自己心中已经刻下了萧若宇的影子；

即使知道，这样做真的会让自己很难过；

还是答应了……

因为，夏岚曾经对她的好。

也因为，她不敢相信。

她也害怕，有一天，萧若宇会离她而去，因为她觉得自己是那么平凡……

【四】

生活，好像突然回到了原点。

于晴又开始了一个人的日子，白天在学校里逃避着萧若宇，不论他怎么找她，她一句话也不肯说，手机的收件箱里全是他发的短信，她一条也没有回过。

简帆似乎也好了一些，两个人不再争吵，只是相处的时候，总感觉少了些什么。

于晴知道，是她变了，变得不再是从前那个单纯的小丫头，可以赖在他的身旁。而简帆，也不再是当年那个阳光的大男孩，他是有着许多人喜欢的歌星，身上笼罩着光环和荣耀。

他们的心里都有了压力，再也不能像以前那样轻松地肆意欢笑。

她变得越来越沉默，和夏岚似乎也还像从前那样，但是彼此都生分了，谈的话题也有了禁区，有些事情，一旦触及就一发不可收拾。关于萧若宇的话题，两个人总是避而不谈。

其实，她很想知道，萧若宇过得好不好……

天气似乎到了一年中最冷的时候，接连几天都是漫天大雪。一出门，似乎连呼出的热气都瞬间凝成了冰碴儿。街道上、树枝上、房顶上……目之所及，全部都是白茫茫的一片。学校也到了放寒假的时候，给小安东的补习课程也告一段落，他们全家要去欧洲旅行，小安东离别时依依不舍，抱着她哭了好久。

她觉得，没有长大，真好。

假期，她给自己找了一份工作，虽然简帆说要帮她，但她还是不想依靠他。

昨晚的大雪下了整整一夜。

早上,于晴刚一醒来,就看到窗外一片雪白,她抬起头,透过玻璃望出去,那远处的房舍高楼,都披上了银装,隐隐约约的宛如屹立在云雾深处。原本荒凉的冬天,铺满了洁白柔软的雪,仿佛飞舞的柳絮般纷纷扬扬。

简帆很早就来到她工作的地方,不由分说地为她请了假。

店里的顾客和服务生纷纷猜测那个俊美得令人心惊的男生是不是Eternal。不等大家得出结论,简帆已经在所有人惊讶的目光下,拉着于晴往外面走去。

"你要带我去哪里?"

于晴对简帆自作主张就替她请了假有些不满,不过她想,简帆很了解她的脾气,如果不是有事,他肯定不会那么做,只好不解地看着他,等他解释。而且,自从上次公司对简帆下了命令之后,他就很少在公共场所和她这么亲密了。

"回家啊!"简帆笑了起来,眼里的阳光让他看上去似乎是三年前那个阳光满面的纯真少年,他宠溺地看着她,伸手刮了一下她的鼻子,轻笑,"自己的生日都忘记了?"

"啊,是吗——"

她错愕地抬头,想了想,今天真的是她的生日。其实,她已经有三年都没过过生日了,总是在第二天或是第三天才突然想起来,可是那时候,生日已经过了。

"可是,你公司那边……"

"不用理会!"

简帆将她塞到车子里,为她系好安全带之后,开车送她回家。路上的大雪已经被清理干净，车子飞快地在路上驰骋，天空中的雪花晶莹剔透，却带着冰寒的温度跟雨水夹杂在一起。车里开了空调，于晴安静地坐在简帆身边，简帆的脸上一直带着笑容，时不时会悄悄地转头看她。

突然，她的手机响了起来。

她打开一看，是萧若宇发来的短信，简帆立刻戒备地盯着她的手机，于晴看了他一眼，然后打开了收件箱："生日快乐，让我为你过生日，好吗？"

她想按下删除键，想了想，又退了回去，按了回复：

"我和简帆在一起，他会为我过生日。"

发送出去之后，看到简帆的表情缓和了许多，她想，也许这样也好，至少不会再争吵。

"上次的公园里，我等你，等到你来。"

手机再次发出响声，看到这条信息之后，于晴默默地删除了它，然后关机。

她靠在座位上，想起上次在公园里，萧若宇牵着她的手，大雪纷飞的冬天，他的手却很暖和，那样的暖一直传达到她的心里，令人贪恋，那样的温度，她真的好想再感受一次……

刚下车，突然就刮起了大风。

简帆停好车朝她走来时，大雪夹杂着冰冷的雨丝疯狂地席卷而来，那冰寒的温度，比大雪漫天更加令人难以忍受。于晴站在原地搓着手，小小地踱着步子取暖，刚从空调车里出来，即使加了外套，依然抵挡不住突如其来的冰寒。

简帆看到她的发丝上沾满了雪珠，立刻脱下外套挡在她的头上，两个人一起奔跑回家。进了家门，他快步走进卫生间拿了毛巾，细细地擦干她的头

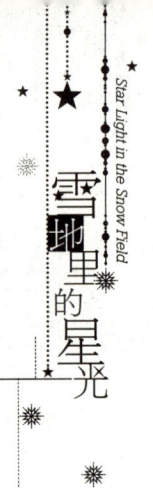

发。

于晴看着窗外的雨夹雪,脸上有些担忧的神色,心情一直很低落。

"看来,安排好的活动要取消了。"简帆看了她一眼,无奈地冲她耸耸肩,俊逸的身影优雅迷人。

"活动?"于晴不解地看向他。

"原本安排好和你一起去游乐园的,看来,只能下次去了。"

"没事,反正生日年年都有,而且,这么冷的天,游乐园肯定不会开门。"于晴没有很在意,她的心,牵挂着那个公园。

就像她自己说的,这么冷的天……

那个傻瓜,会不会真的跑到公园里去等她?

可是她的心里很快就有了答案,她已经不止一次地见识过萧若宇的固执,她知道,他肯定会去的。

一想到这里,她的心就像被什么紧紧地揪住,连呼吸都感到困难。

她忍不住再一次朝窗外看去。

外面的天空已经被纷乱的大雪和雨丝遮蔽,整个世界茫茫无际,漫天都是晶光闪耀,令人眼花目眩!

"家里什么也没有啊……"简帆在厨房里寻找着,可是除了方便面,就没有其他的食物了,他有些生气地回过头说,"你太不懂得照顾自己了!"

接着,他拿出手机,对着电话里说了一通之后,才满意地挂断。

不一会儿,敲门声就响起了,简帆年轻的助理几乎浑身都湿透了,冻得直发抖,发丝上还沾着雨珠和雪粒,但是他送来的蛋糕和玫瑰花,却没有湿。

于晴感激地看了他一眼,他立刻报以微笑,然后离开。

吹了蜡烛，点的餐也到了。

艳红的玫瑰花在餐桌的正中间怒放，花瓣鲜艳欲滴，流转着淡淡的暗红色光泽。于晴抬起头，越过花丛看向如同这花一样俊美的简帆，只觉得他就像只存在于梦幻中的王子一样，让她无法把握，她努力让自己收敛心绪，凝神看向他，微笑着问道："生日礼物呢？"

"礼物……"简帆一愣，有些尴尬地说，"我不就是你最好的礼物吗？"

"呵呵……"她淡淡一笑，将蛋糕切开。

外面的雨夹雪还在持续着，甚至有越来越猛烈的趋势。

外面的世界天寒地冻，可是屋里却其乐融融。和简帆吃完晚餐，就坐在客厅里看电视，很多频道都有简帆的身影，看到时，两个人对视一眼，很少说话。

一直到九点多，简帆接到公司的电话，才无奈地离开。

"路上小心。"送他到门口，于晴交代着。

"好想陪你，但是你知道……"

"嗯，没事，我没关系。"

挥挥手，看着他的身影消失在雨雪中，于晴合上门，坐回到沙发上。电视画面不停地跳动，于晴却像看了一场哑剧。

【五】

起身收拾东西时，于晴又看了一眼窗外。

整个世界几乎都被雨雪覆盖，风雪猛烈得让人看不清周围的景物，噼啪的冰雨砸在窗户上，发出刺耳的声音，一声一声都仿佛敲击在她的心上。

这么猛烈的风雪真的很少见，她突然想，萧若宇会不会还傻傻地等在那

第九章　此情·不移

里?

拿出手机,一开机就显示有好多条短信,全是他的——

"我会一直等你的!"

"下雨了,好冷,你会来吗?"

"你可能不会来了……"

……

一条接一条,于晴突然想起了他们相遇的那一次,他说没有地方可去,坐在门外被冻坏的模样。她心中一震,立刻拿了把伞,冲出门去。

门外的风雪几乎瞬间将她的伞吹翻,大雨凝结着雪珠劈头盖脸地砸下。她好不容易才拦到一辆车,报了公园的名字,一路上不停地催促着司机快一点。

她从来没有这么担心过,那个固执得像傻瓜一样的萧若宇,会不会还等在公园里……

下了车,就又被迎面吹来的冷风将她手中的雨伞吹翻到另一边。

冰寒的雨雪砸到脸上,生疼!

她打了个冷战,收起伞,轻松地越过栅栏,凭借着记忆,一路寻找过去。

雨雪疯狂翻涌,视线被挡住,周围影影绰绰,什么都看不清楚。

她着急地四处张望,好不容易,才找到上次的秋千。

秋千在风中晃动着,上面没有人……

周围也没有萧若宇的身影,她暗暗松了一口气,有些放心却又有些失落,这么大的风雪、这么冷的天,他怎么可能还在呢……

低着头转身。

一双颤抖的脚出现在眼前——

她猛地抬头。

此刻的萧若宇仿佛一个湿透的雪人，脸已经青紫得吓人，身上沾满了雪花和冰碴儿，漆黑的发丝还滴着水，肩膀上、身上全都是落雪，正一点一点在化开。他呼出的气息已经变得冰冷，整个人颤抖得厉害。

"你还是来了……"

他的牙齿咯咯作响，咧开嘴一笑，整个人就朝后倒去……

"萧若宇！"于晴惊呼！

那一刻，泪水疯狂地涌出眼眶。

她飞快地伸手，将他扶了起来，从他衣服上传来刺骨的冰冷，可是手背刚触到他的肌肤，就立刻惊恐地缩了回来。

她迟疑了片刻，再次伸出手，探向他的额头，滚烫的温度让她心中一惊，慌乱地哭喊着他的名字。

可是萧若宇已经沉沉地晕了过去，躺在她的怀里，一动不动。

她的脑海中立刻浮现出妈妈躺在床上的情景，极度的惊恐让她无法思考，她只记得当时她触碰到妈妈身体的那一刻，那冰冷死寂的感觉，就像现在的他一样……

"你这个大傻瓜！这么冷的天，你等在这里干什么？你不要死，千万不要，我这不是来了吗？你醒来，你醒醒啊，萧若宇，我这就带你回去。"她的泪水不断地流出来，不断地说着连她自己都听不懂的话。

她以为他走了，可是没有想到，一转过头就看到他如此狼狈的模样！

他是令那么多女生着迷的萧若宇，他像一个高高在上的王子，让人仰望，令人着迷！

可是他现在为了她，在公园里淋了那么久的雨，即使发了高烧还不肯离去，坚持到她来了，才肯倒下……

雨雪中,她紧紧地抱着他,吃力地将他扶起来,找到公园的出口,奋力地敲打着看门老爷爷的房门。

她在老爷爷的帮助下拦了车,将他放进车中,靠在自己的身上。

一路上,她紧紧地抱着他,想要将自己身上的体温传递给他。

泪水,始终没有停过……

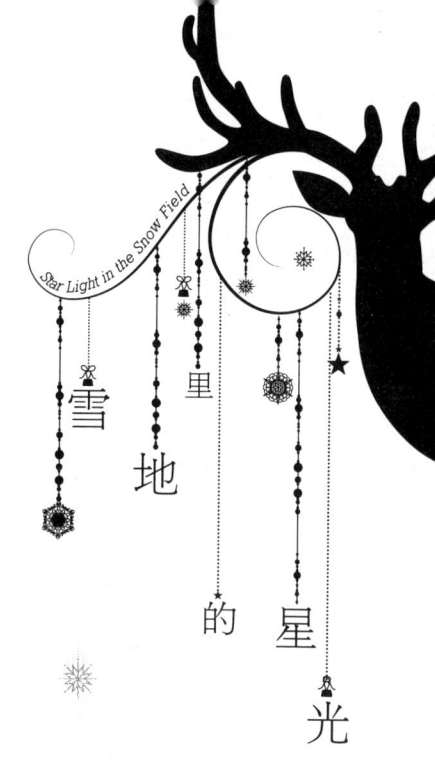

雪地里的星光
Star Light in the Snow Field

第十章

此情·至字

CHAPTER 10

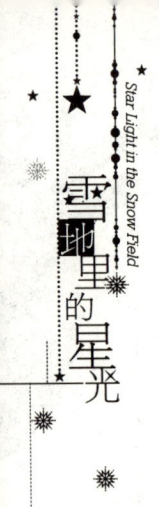

【一】

屋里开着小台灯。

白色的光芒淡淡地充满了小屋。

窗外,雨丝也已经凝成了冰珠,天空被白色的鹅毛大雪充满。大雪像春天的柳絮般纷纷扬扬,一片一片,洁白如玉,轻悠悠地落在目之所及之处,那些快乐的白色精灵,将世界点缀得仿若仙境一般。

于晴的床上,俊美逼人的男生嘴唇干裂,眉头紧紧地皱起来,连睡着都很不安稳。

他时尔喊热、时尔又冷得整个人缩成一团瑟瑟发抖,可是那样的病态,让他的俊美更加魅惑,令人心疼不已,明亮的眼睛时不时会睁开,嘴中喃喃自语,可是瞳孔却无法聚焦,说出的话也模糊不清。

因为下雪,时间又已经很晚,医院只剩下几个值班的小护士,于晴觉得将他交给那几个看起来刚毕业不久的小护士,还不如自己照顾他,便将他带回家来。

她在家里翻出了退烧药,这些还是萧若宇在的时候准备的。那时候他总是责备她不会照顾自己,于是上街买了很多常用的药,说万一生病了可以先应急。

喂他吃完药,用被子将他捂得紧紧的,她坐在他的身旁,不时地量量他的体温。

"我等你……我一定会等你来的……"睡梦中,他的声音低沉颤抖地传入于晴的耳朵里。

于晴心头一热，小声地说了句："傻瓜！"

"傻瓜……于晴……"

梦中的萧若宇仿佛听到了于晴的话，竟然跟着她呢喃了几句，安静了几分钟之后，他又开始喃喃自语："我喜欢你……知道吗？好喜欢你……于晴……我真的好喜欢你……"

听到他的告白，于晴羞红了脸。

她的视线悄悄地落在他的脸上。

台灯下，萧若宇细腻的肌肤被灯光映得仿若透明，俊美的容颜精致漂亮得无可挑剔，乌黑的短发散至额间，整个人散发出如美玉一般温润的气质，长长的睫毛如风中柔软的花瓣般轻轻颤动着，闪烁着淡淡的光泽，唇有些干裂。

第一次这么近距离地看他，于晴才发现，自己的心跳得那么厉害！

"你还是来了……晴，喜欢你……"

于晴看到他微微地笑了，无比柔和的微笑，就仿佛是天使的微笑，有着金色的光芒在静静地流动着……

她的指尖一颤，等反应过来，白皙的指尖已经落在他的眉宇间，缓缓地抚摸着他滚烫的肌肤，一种说不出来的感觉在心里涌动着，无法克制。

原来，她已经喜欢上了他，只是自己还不敢面对，不敢承认。

"我想给你过生日……想让你笑，好喜欢看你笑……"他不停地呢喃着，双手不安分地伸出被子，挥舞间，一只手就握住了于晴的手。

于晴反握住他的手，才发现他的另一只手紧紧地攥着，掌心似乎还有东西。她用力地掰开他的手，拿出来一看——

是一卷底片！

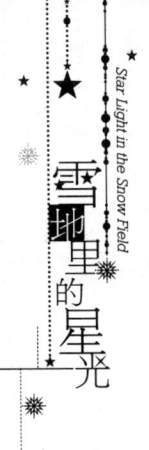

对着灯光，于晴好奇地将底片小心地展开，上面竟然全是她的身影，每一张都是带着笑容的，最后一张，是他写的字：

"你无意的笑，扎进我的心底，怎么也忘不掉……"

你无意的笑，扎进我的心底，怎么也忘不掉……

她长翘的睫毛猛地扬起，眼眸中刹那间出现感动和震惊，眼眶微微湿润。

小心地卷起底片，放进盒子里，于晴坐回到床边。她紧紧握住他的手，她从来没有收过这么特别的礼物、这么用心的礼物……

她抬起头，看着萧若宇，眼里含着泪光，脸上微微的笑意在扩大，灿若春花，轻似柳絮，如同倒映在泉水里的月光，朦胧而美丽。慢慢地，她俯下身子，对着他的额头，轻轻地吻了一下。

这一次，她决定不再逃避自己的心。

不论将来会怎么样，她都想和他在一起，很简单、很快乐地在一起……

她守在他的身旁，默默地看着他，看着他因为迎着灯光而有些泛红的面孔，勾起嘴角，和他十指相扣。他渐渐地睡得安稳了，浅笑如同魅惑的精灵一般爬满了他俊美的容颜，像是梦中也甜蜜起来……

【二】

这一觉似乎睡了很久很久……

萧若宇睁开眼时，只觉得脑袋昏沉沉的，记忆有些混乱。一下子有些不适应突然的亮光，眼睛微微地眯了一下，才打量起四周的环境，洁白的床单、柔软的被子散发着淡淡的清香，干净的书桌上摆着一张照片，窗帘在微风中飘扬着，窗台上的一盆兰花轻轻颤动。

他的视线，回到那张照片上。

素净的小脸，阳光下恬静的笑容，那么干净、明亮，仿若春日里最灿烂的阳光。那时候的她应该还很小，才会有那么明媚的笑容吧，不像现在，那双清泉般清澈的眼睛里，却总是盛着漠然。

这是……

这是于晴的房间！

萧若宇猛地坐起来，一阵猛烈的晕眩让他又重重地倒了下去，可是他却抑制不住心中的喜悦，嘴角勾起，原来昨晚最后那一刻看到的身影真的是她，不是在做梦。

他微笑着，昨夜的记忆慢慢地清晰起来。

雨雪下得那么急，他很想跑到公园里其他的地方去避避雨雪，又很害怕于晴来了看不到他，于是一边张望着，一边缩在墙角。那窄窄的屋檐根本挡不住突来的暴风雪，夹杂着冰雨的大雪将他浑身都浇透了，刺骨的冷让他觉得身体好像坠入了冰窖一般。好几次，他都想找个地方去避雨，可是心底总有一个声音在说：“再等一会儿，再等一会儿她就来了。”

直到天完全黑了，暴风雪却丝毫没有减小的趋势。大雨降到半空，就化成雪花大片大片地从天空降下来，飘落在他的肩膀，湿透的衣服硬邦邦地贴在身上，几乎已经凝结成冰。

他的希望也随着身上的温度，一点一点地冷却了……

孤单的秋千，在风中寂寞地摇晃着，脚下柔软的白雪化成了冰，踩上去如同走在北极冰川之上，好几次他都经不住身体传来的冰冷疲乏，无力地摔在上面，又吃力地站起来，脑袋渐渐昏沉，却还是看不到于晴的身影。

后来……

后来他只觉得自己越来越冷，嘴巴都合不上了，浑身不停地打冷战。他蹲在花丛边上，当意识越来越模糊时，于晴在脑海中的幻影成了他能看到的

唯一光亮。

终于,他看到急匆匆的身影在暴风雪中从远处跑来,是她来了。

昏迷前的那一刻,他笑了。

最终,还是等到她了……

这一切现在都变得不那么重要了,因为他现在躺在于晴的床上,她没有将他送到他原本住的小房间,而是于晴自己的卧室,这,算不算是一种希望?

正想着,门"吱呀"一声开了。

他有些紧张地闭上眼睛,不知道是不是应该继续装睡,犹豫的瞬间,又忍不住睁开眼睛,思绪还没有理清楚,就看到于晴捧着一个碗小心翼翼地踱步到他面前。

那一刻,床上的萧若宇,眼睛仿佛在发光,就像是琉璃一般晶莹的光芒。

袅袅的热气从碗里升起来,隔着朦胧的雾气,于晴的脸美丽得仿若怒放的白色海棠……

抬起头看到他时,于晴微微顿了一下,接着加快了步伐走过来将碗放到桌上,关切地走到他的身旁,将手放在他的额头上问:"醒了?感觉怎么样?还好,烧退了,有没有觉得不舒服?"

看着她急切的目光,萧若宇只觉得心好像被填得满满的,只是笑着看她,连问题都忘记回答了。他想要伸手握住她的手,可是又害怕会破坏现在的温馨。

于晴见他只是笑,却不说话,以为他把脑子烧坏了,吓了一跳,紧张地问:"没有感觉不舒服吗?怎么不说话?"

"你……"萧若宇一开口,就发现喉咙干得厉害,声音嘶哑,他皱了皱眉，清了一下嗓子才继续说，"你是在关心我吗？"

习惯了她的冷漠，乍换了一种方式，他还有点不习惯，或者说怕下一秒，她又变得像从前那样冷漠。

她微微愣了一下，心里觉得甜甜的，但是表面上还是很冷漠的样子，淡淡地说："关心你？你少臭美了，我只是不想你……"

"哎呀……头好疼，好像要炸开了一样！"

于晴的话还没有说完，萧若宇就突然痛苦地叫了起来，抱着脑袋整个人缩成一团。吓得于晴立刻紧张地站了起来，拉住他的手问："怎么了？怎么会突然疼？是不是昨晚冻得太厉害了，不然上医院吧！"

"好像，好点了……"萧若宇轻声地说，手却紧紧地握着她的手，怎么也不肯松开。

"松手！"

"不要！"

"松手！"

"不……"

"不松手，怎么喝粥？"于晴有些无奈，心里知道他刚才多半是假装的，但是无法再像以前那样，再去伤他的心。

萧若宇的眼睛亮亮的，心中，有一股柔情无声地涌动着。他看着桌上依旧冒着热气的粥，虚弱地说："我好像没有什么力气……"

"那就饿着吧！"

于晴起身就要走，萧若宇立刻乖乖地坐起来，自己拿过碗，狼吞虎咽地吃了起来，末了还舔了舔嘴唇，赞叹于晴煮的粥是最香的！

于晴无奈地看着他笑了笑，过去收拾碗筷。

"你感觉怎么样了？有没有好一点？"于晴一边收拾，一边抬头问道。

萧若宇生怕她会赶自己走，于是急忙装出难受的样子在床上躺下，皱眉道："还是很不舒服，你该不是要赶我走吧？"

于晴白了他一眼，看他的样子，就知道他是故意的！

不过她却没有揭穿，看着他耍赖的样子，脸上浮现出淡淡的笑意，又很快地掩饰过去，为他盖好被子，冷声道："不舒服就好好休息吧。"

说完，拿着碗筷退出了房间。

【三】

收拾好屋子之后，她拿出课本和习题写起了作业。做了没多久，就感觉到身后有人，一回头就看到萧若宇皱着眉头站在她的身后，视线落在她正在演算的一道题上。

她还没来得及说话，萧若宇就指着她刚刚写出的答案摇头："错得很离谱啊！"

"是吗？"于晴愣了愣，目光落在他指尖指的地方。

"你看，你这里……"萧若宇挤到她的身旁，一边讲解着，一边轻轻敲她的脑袋，叹道，"真是笨，这么简单的题都做错……"

简单？

于晴翻了一个白眼，回头瞪他。

这已经不是她高中课本里的习题了，虽然高考她已经十分有把握了，但是她还是想要提前学习大学里的课程，到时候才不会那么吃力，而且还能拿到奖学金。可是这些题目对萧若宇而言，似乎都很简单，于晴开始疑惑，这个经常不来上课的大少爷，脑子里到底装了些什么东西！

"上高一的时候，这些题目我就已经做过了，没办法，我爸对我的要求不是一个正常的优秀生，而是一个天才！"萧若宇耸耸肩，一副很理所当然的表情。

"哦……"于晴记得他生日时和自己提过。原本以为他只是夸大其辞，但是现在看来，确实如他所说，他爸爸对他要求非常严格，难怪连他妈妈去世也不告诉他。

像是看穿于晴的想法，萧若宇皱了皱鼻子，张了张嘴，又合上了，一副欲言又止的样子。

"想说什么就直说啊！"

于晴低下头，继续攻克那些让她有些吃力的习题。

"嗯……我想问，为什么你一个人生活，怎么没见你的家人，连张照片也没有……"他很犹豫要不要问，于晴从来不提起这些，就连夏岚也完全不了解。

可是，他真的很想知道。

为什么她会一个人生活，为什么她看上去，总有一种很深很深的孤独感……

她的笔尖一顿，在课本上留下一道很重的划痕，整个人如同陷进了沉思般，很久都没有说话。萧若宇心中顿时忐忑起来，虽然于晴对他的态度确实有变化，但他还是不敢保证，下一秒她不会突然翻脸，毫不留情地将他赶出去。

"我爸……患了胃癌，查出来的时候，已经是晚期了。"

她突然低低地说，声音细小得如同说给自己听一般，但是萧若宇却听得清清楚楚，整个人好像被刺骨的寒风吹了个通透。

"那……"

"我妈，自杀了。"

连她自己都没有料到，说起这一段曾经让她痛苦过几年的往事，竟会这

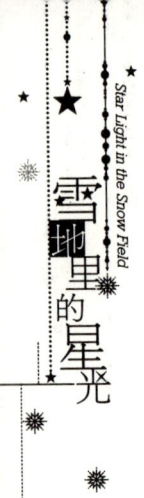

么平静,就好像在说别人的故事一般。只是,心里那抹不去的伤痛,只有自己清楚。

窗口的兰花在微微拂动着。

碧绿的叶子细长柔弱,却有种充满生命力的气息。

窗外的雪也似乎小了一些,远远看去,晶莹剔透的世界美得如梦似幻,整个世界银装素裹,房子和树木都好像冰雕成的一般,亮晶晶的光芒在天光下闪烁。

就像那一年,爸爸离开的时候一样……

哪怕过了再多年,伤口都已经愈合,那样的痛,依旧清晰。

喉间好像被什么东西堵住,萧若宇的心狠狠揪了一下,看着于晴那么平静的表情,终于知道她的冷漠从何而来,却只能心疼地看着她,说不出一句安慰的话。

他太清楚那种感觉了!

失去至亲的痛,是旁人说再多的话,也无法抚平的。

于晴回过头看了他一眼,轻轻地笑了一下,长吐了一口气,看着这个住了十几年的屋子,眼眸中闪烁着深深的情愫,亮晶晶的光芒在她的眼里流转,脸上微微的笑意悄悄地扩大,灿若春花,轻似柳絮,仿佛回到了童年一般……

她看着屋里的摆设,淡笑道:"小时候,我也过得很幸福,爸爸和妈妈十分相爱,让很多人都嫉妒呢。他们对我的疼爱,曾经让我觉得自己是这个世界上最幸福的小孩。"笑容悄然敛去,随之被沉沉的哀伤替代,"只是没有想到,幸福会那么短暂,爸爸突然晕倒被送到医院之后,就被查出是胃癌晚期了……"

她眨了眨眼,眼眶有些湿热,低头勉强地笑了一下。

"爸爸在医院里,总是对我笑,他跟我说等他好了,就带我去游乐园玩。那时候我天真地以为,爸爸一定会出院的,因为妈妈从来都没哭过。真的,从她知道爸爸是晚期开始,她一滴泪也没有掉过。她的坚强让我觉得,拥有一个这样的妈妈真是令人骄傲。

我还记得,有一次爸爸说,他很想吃我们常去那家吃的小包子,可是妈妈总是不给他买。有一次我就偷偷买了,结果爸爸刚刚递到嘴边,就被医生打掉了。医生很大声地责问我,知不知道这样会害死爸爸!那是我第一次知道,爸爸的病那么严重,严重到一个包子就可以让他死去。

不到两个月,爸爸就去了⋯⋯"

原以为时间过去了那么久,记忆会变得模糊。她从来没有向谁说过这段往事,第一次诉说,隔了这么多年,却清晰得就像是昨天刚刚发生过的一般。

她大口地深呼吸着,将眼角的泪逼了回去,可是眼前却再次浮现出爸爸最后一次被推进手术室里,所有人焦急等待的情景。

她记得当时,医生走出来说了几句话之后,妈妈就像被抽走了灵魂一般,整个人都摇摇晃晃,那时的她怎么也没有想到,几分钟前还能和她说笑的爸爸,突然一脸痛苦地被送进手术室,就再也没有出来⋯⋯

证实死亡、火化、葬礼,短短几天的时间,爸爸就成为一堆白骨,一个生命就这样消逝了,什么也没有留下。在爸爸的墓前,妈妈抱着她坐了很久,她一句话也没有说,到天黑时,她才亲了亲于晴的脸颊说,爸爸要休息了,我们回家了。

"那天晚上,妈妈为我做了很多很多好吃的。我当时甚至有些恨妈妈,平常她看起来和爸爸是那么恩爱,可是爸爸死了,她却像什么事也没有发生过一样,给我做好吃的,让我好好学习。正常得就像爸爸只是出差了,过几

天就会回来一般。

我赌气，不肯吃，哭闹着把饭菜全都打翻了。妈妈也没有生气，只是淡淡地看了我一眼，默默地收拾好，又帮我做了一桌吃的，让我饿的时候自己吃。我气呼呼地回到房间里，把门摔得震天响。可是……

可是如果我知道，第二天就再也听不到妈妈的声音，我一定不会那样做的。

我会乖乖把饭菜吃完，会对妈妈说不要害怕，爸爸不在了，还有我，我会一直陪着她，我会乖乖的，不惹她生气、不让她担心，真的……"

她无法抑制地哭了起来，过于压抑的喉间发出怪异的声响，这些话她从来没有说过，可是她多想让妈妈知道，她会像爸爸一样照顾妈妈，只要妈妈不要离开，不留下她一个人……

萧若宇伸出手，从于晴的身后将她拥入怀中，很紧很紧地抱着她。

于晴微微地笑了。

笑容中带着月光般美丽的光华！

可是，清澈的眼睛里，却有泪光在微微闪烁，她迟疑了一下，轻轻地用手覆盖在他抱着自己的手背上，泪珠再也控制不住地滴落下来，在萧若宇的拇指上绽出一朵闪亮的水花。

萧若宇的泪水掉在她的发尾，黑玉般透亮的眼眸中，迸射出炫目的光彩，美得令人窒息！

他哽咽着："你……怎么发现的？我是说，妈妈的……"妈妈的尸体，那两个字，他无法说出口。

有一股忧伤在于晴伤痛的眼里缓缓地流动！

她微微抬头，看向窗外的世界，瘦弱单薄的身体，在地面上形成美丽的剪影……

【四】

良久，于晴才开口继续说道："肚子饿了，半夜起来的时候，妈妈房间的门没关。我走进去，看到妈妈睡得很香，我替爸爸委屈，就去推醒她。可是，我怎么也推不醒。她给我留了一封信，告诉我她是爱我的，可是她没有办法度过没有爸爸的日子。甚至没有问我会不会原谅她，她就这样跟我爸走了。那一瞬间，我才恍然明白，从爸爸被宣布是晚期开始，妈妈就已经打定主意要跟着他去，所以才会那么平静。

只是，我真的好想恨她，恨她就这样把我一个人丢在这个世界上……"

仿佛有无数的花瓣托起了她的声音，悲哀的声音中带着微微的低泣，轻灵得仿佛天使的吟唱，那么悲伤，黝黑的睫毛微微颤动着，美丽得仿佛在空旷的天空扇动的天使之翼一般。

那样无助的感觉，是萧若宇不曾感受到的。

虽然妈妈离去了，可是他还有爸爸，一个强大得会为他遮住所有风雨的爸爸，相形之下，他是那么幸福。

"也许，见到了未必是一件好事……"

那一瞬间，萧若宇的脑海中闪过她曾经说过的话！

这一刻，他全都明白了！

他将她的身体转过来面对着自己，拥进他温暖的怀抱里，居高临下地凝望着怀抱中的于晴。于晴怔怔地抬起头来，她素净清丽的面孔上带着安静的神情，安静得令人心痛。

他想对她说，不要害怕，他会一直陪着她！

可是他没有。

他只想用行动证明给她看，他永远都不会走开！

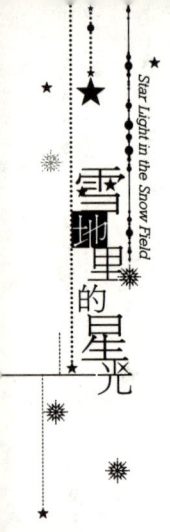

这一刻,他希望永远能和她在一起,直到天荒地老。除非是死亡,否则,这一辈子,谁也别想将他赶离她的身旁……

窗外的大雪积了厚厚的一层。

这是今年最大的一场雪,不过,她知道,这场雪之后,天气就将转暖了,开了春,会有嫩嫩的绿芽从雪被下冒出头,将希望带到这个死寂的冬天。那时,会有暖暖的太阳,会有嫩绿的小草,会有成片成片盛开的繁花,绚丽多姿,带着春的味道。

痛哭了一场,于晴竟觉得整个人好像精神了,心里似乎也充满了希望,就像生了一场很久很久的病,病好了,整个人都神清气爽!

她知道,这些心结在心底压了太久。

她始终不敢面对,如今面对了,才发现并没有想象中的那么难。毕竟,她已经一个人过了这么多年,不习惯的早已经变成了习惯。

只是,她没有想到自己会和萧若宇说这些往事。

也许是真的闷得太久了,太渴望有一个人和自己分担,而萧若宇,正巧就是那个人。

黝黑的睫毛微微扬起,她悄悄地看向萧若宇!

那一刻,站立在自己面前的萧若宇仿佛在发出光芒,就像是美玉一般柔和温润的光芒,无数的光芒从他的身上放出,烂漫炫目……

"你恨她吗?"等她稍微平静一些后,萧若宇问她。

恨?

于晴觉得这个字眼太严重了,她还没有办法做到恨自己的妈妈,于是摇摇头,苦涩地一笑说:"我太清楚她和爸爸之间的爱,就是因为明白,所以才无法恨她,我只怪那时的自己太不懂事,才没能留住她,才让她不要我……"

"不是那样的！"

萧若宇有些着急，双手扶住她的肩膀，让她看着自己的眼睛，认真地说："你妈妈她一定很爱你，像这么乖巧懂事的女儿，她怎么可能不爱！只是……只是我好像懂了，她为什么会选择这条路。"

于晴疑惑地看着他。

他一动不动地看着一步之外的那个女孩，仿佛这样就可以把她深深地刻在自己的心上，深深地刻入自己的灵魂里。那么深刻的感觉，在血液中缓缓流淌，深入骨髓，永远无法从他心头擦去……

那是一种深入骨髓的爱恋……

"因为，如果有一天你不在了，我想我也会不知道要怎么过下去吧？那种情感，是溶在血液中甚至在骨髓之中的。有很多人说，失去了爱情要死要活的人最没出息，可是我却觉得，这样的没出息，也是一种值得骄傲的勇气，不是吗？"

于晴仰着头，看着他微微地笑了，无比柔和的微笑，带着温柔的眷恋，在脸庞悄然流淌，淡淡的光芒从她的眼里发出，就仿佛是天使的微笑，晶莹剔透。

明亮柔和的光芒在彼此的眼中静静地闪动着……

萧若宇看着她，慢慢地俯下身，两人的容颜在彼此的眼睛里越来越清晰！

就在萧若宇的唇要吻上她的那一刻，于晴猛地清醒了过来，对上他炽热的目光，她的脸一红，立刻低下头，这才惊觉到自己在做什么？

她挣扎着要推开他，可是萧若宇用着蛮力，怎么也不肯松手。

"你的病早好了吧！"于晴没好气地问。

"你还想赶我出去吗？"

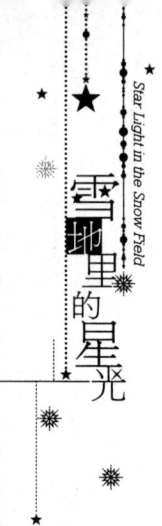

于晴正要回答，突然一阵奇怪的声音传入耳中，她皱眉，眼珠转了转，疑惑地看向他的肚子："什么声音？"

萧若宇脸一红，有些不好意思地挠挠头，说："我肚子饿了……"

【五】

街道上，白雪覆盖了两边的树木，道路两边的大树仿若两排白色的雕饰一路延伸到远方。路上的行人很少，只有偶尔一两个人裹着厚厚的衣服呵着热气从道旁经过。一连几天下大雪，道路上的积雪虽然已经被清理干净，但依旧结了一层薄薄的冰，使得车辆打滑，所以，就连来往的车辆都很少。

可是！

这时，突然一辆银白色的小车几乎是横冲直撞，从白色的尽头闯入视线！

简帆的手握着方向盘，似乎想要将它捏碎！

俊逸的脸上满是冰霜，狭长的眼睛美如妖物，瞳孔深邃漆黑，却偶尔猛地迸射出鹰一样犀利的目光！

好几次，他的车子都惊险地和别的车子相擦而过，惹来一阵阵咒骂声他都充耳不闻，反而更加用力地踩下油门。猛地，车子停在于晴家的巷子口，因为速度过快发出一阵刺耳的声响，地上划过一道深深的痕迹。因为巷子过滑，车子几乎撞到巷子的围墙，险险地在距离灰色的墙壁一寸的地方停了下来。

他有些气急败坏地推开车门，直接冲向那间小屋。快走近时，心中的怒火就已经消了一大半。他深深地吸了一口气，从花盆下拿出钥匙，直接打开门，还没迈出脚步，就听到里面传来欢快的嬉闹声。

他心中一紧，浑身猛然僵住！

200

仿佛是瞬间堕入冰窖之中，如被千年寒冰包围一般的寒冷气息突然之间袭来，深入骨髓的凉意，锁住了他的喉咙，他的目光死死地锁定在厨房那两个人身上……

客厅的兰花被门口突然侵袭而来的风吹得微微晃动。

厨房里，于晴正在打着鸡蛋。萧若宇跟在她背后，探头探脑地想要看看她究竟做了什么好吃的。于晴想要把他赶出去，他却趁着于晴双手没空的机会，不停地胳肢她腰部最怕痒的地方，于晴一边躲闪着，一边笑骂："再闹，就没吃的了！"

"小气！"

萧若宇不满地皱皱鼻子，却还是听话地松开手，但依旧不肯出去，赖在她的身旁，东看看西摸摸，皱着鼻子像小狗一样使劲嗅着："闻起来好像很香的样子，我可不可以先尝一下……"

"喂！还没有熟！"于晴急忙放下碗，一把打掉他的手。

"你们在做什么！"

一个森寒的声音响起，仿佛夹杂了火山爆发般的怒气！

于晴和萧若宇同时回过头，看到僵立在门口的简帆，他俊美的身影仿佛裹着一层厚厚的寒霜。他僵直着身体，薄唇抿得很紧，双拳握得咯吱作响，沉沉的悲伤和愤怒从他的眼睛里迸射而出！

白瓷的盘子从一只纤细的手中滑落，落在冰冷的大理石地板上，发出清脆而响亮的撞击声，然后，摔得粉碎……

"简帆……"

于晴脸上的笑容也僵住了，她没有料到简帆会在这个时间出现。

而且，他眼中那种绝望沉寂的哀伤，几乎让她无法呼吸，只能怔怔地看着他。

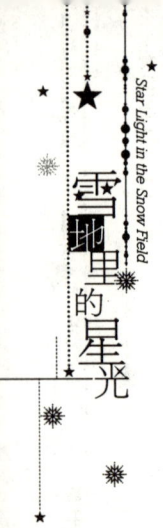

简帆的大脑一阵剧烈地疼痛,太阳穴"突突"地跳着,眼神空洞冷漠却又含着深深的绝望,他抬起头,看着萧若宇,缓慢地朝他们走来,眼睛发红,似乎看不到于晴一般。快要走近时,整个人迸射出一股可怕的力量,猛地朝萧若宇冲了过去,一拳打在他的脸上,咆哮道:"你去死吧!"

萧若宇凭空挨了一拳,心里也升起了怒火,他一直不喜欢简帆,从见到他的照片开始就有一种敌意,现在简帆先动手了,他没有理由挨打!

于是,他怒喝一声,立刻反击了一拳,两个人瞬间扭打在一起。

萧若宇毕竟是学过散打的,加上平常都有训练,所以就算是大病初愈也没受多大的影响。而简帆从来没和别人动过手,很快就处于下风。萧若宇一边灵巧地闪躲着简帆挥过来的拳头,一边趁他不注意又重重地给了他一拳。

"该死!"

简帆打红了眼!

原本想要给萧若宇教训,却没有料到自己每一拳都落了空,相反却被他打了好几拳。怒火越烧越旺,简帆如同失去了理智一般,顺手捞起一个瓶子就朝他砸过去!

厨房的地上,刚刚盘子摔落的地方有一摊明黄的油渍。

大理石地板泛着寒光,跟油渍的光泽映照在一起,将两人扭打的身影映在上面。

原本想要闪开的萧若宇,突然一脚踩到了油渍上,脚下一滑,眼看着瓶子就要从头落下,无处可避,突然看到身后的于晴猛地扑了过来——

"简帆,你疯了吗?"

她怒斥着,用力地将简帆推开。因为毫无防备,于晴又练过散打,力气自然比平常的女孩子大的多,简帆整个人摔到了厨房外,站立不稳,头磕在桌角上，殷红的鲜血沿着他的额头流了出来，泛着刺眼的红光！

于晴愣住！

"简帆——"刚想关心萧若宇的话堵在嘴边还未说出，她就立刻着急地朝简帆跑过去，扶起他问，"简帆，你……你没事吧，我……我没有想到会这样，我，我送你去医院！"

"为什么……"

他久久都没有动一下，过了一会儿，才慢慢抬起头，悲哀的眼神绝望空洞，抑制不住的哀伤从眼里流出来，眼中湿润晶莹。

"为什么要这样对我？你说你变了，你变得沉默了，为什么对着他，你却变回了从前的于晴，你知不知道，为了你我已经和公司翻脸了，我什么都没有了，我失去一切了你知不知道，为什么要这样对我！我现在只有你了，你知不知道！"

他失控地抓着于晴的肩膀，大力地晃着她，疯狂地咆哮着、质问着，泪水不停地涌出来。此时的简帆，几乎完全失去了理智，就像一只受伤的野兽。

"不……不要……晃了……"于晴只感觉眼前好像突然一片黑暗，大脑残留的意识让她断断续续发出这句话后，整个人就去了意识。

仿佛电影里的慢镜头一样，于晴的身体缓缓地朝地面倒去！

"于晴！"

萧若宇怒吼一声，从地上爬起来，连手上扎了白瓷片也没有察觉。他不顾流血的双手，飞快地奔过去将于晴接住，焦急和担忧在他脸上出现："于晴，于晴！你怎么了？"

"于晴……"

简帆的心中一慌——

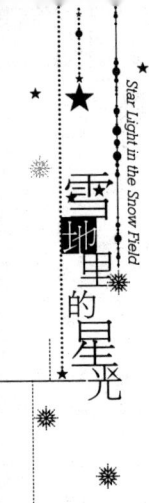

怔怔地看着于晴在他面前倒了下去。

仿佛突然清醒了过来,他立马冲到萧若宇身边,将他奋力推开,紧张地摇晃于晴的身体:"晴,你不要吓我,你怎么了?"

"住手,你这个疯子!"萧若宇立刻冲了过来,又是重重的一拳打在简帆的脸上,简帆这次才真正地清醒过来,看着怀中晕过去的于晴,吓了一跳,立刻抱着她起身。

"你要带她去哪里?"萧若宇追上前问。

"别碰她!"简帆厌恶地瞪了萧若宇一眼,飞快地抱着于晴朝外奔去……

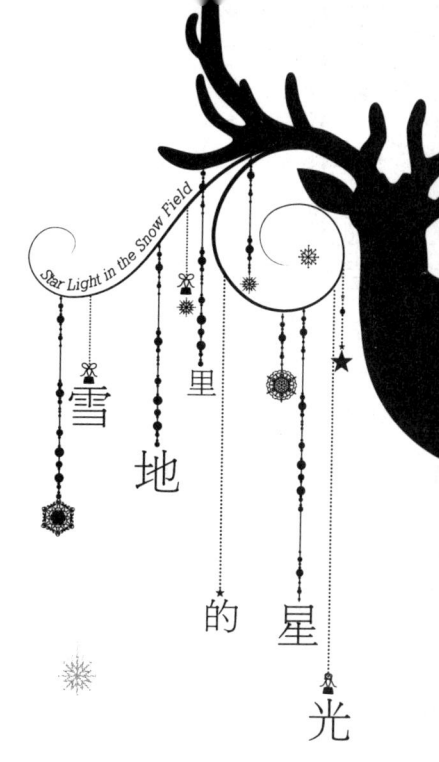

雪地里的星光
Star Light in the Snow Field

第十一章

CHAPTER 11

此情·可待

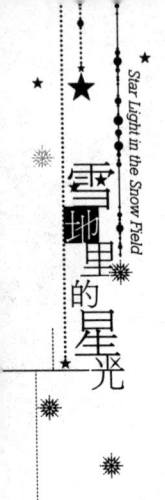

【一】

一条没有尽头的通道!

没有任何声响,脚下似乎淌着水,黑暗的空间里什么都看不到,只能看见黑暗的尽头绽着一团朦胧的浓雾,仿佛只要穿过那层层的浓雾,就可以通往光明的另一端。

于晴心惊胆战地摸索着,感觉到两边都是冰凉的石墙,有些潮湿,微弱的声音从地上的流水中传来,淙淙作响。她的心没来由地慌乱,一种从未有过的恐惧感将她包围着,越是想要走近那点朦胧不清的亮光,它似乎就离她越远……

她一直走一直走,却走不到尽头……

寂静的空间令她有一种窒息感。

"于晴,你在哪里,你在哪里……"

恍惚中耳边响起了萧若宇的叫喊声,熟悉的声音仿佛带着希望一般闯进了她的心里,她惊喜地朝四周张望,却什么都看不到!

突然,就好像电影画面的切换一般,她发现自己突然站在满是白雪的空地上,厚厚的积雪几乎将她膝盖掩埋,而四周,晶莹剔透,如梦似幻,竟然全都是怒放的昙花,一朵朵洁白剔透,高贵的光华从昙花上绽放出来,美丽得恍如仙境!

"萧若宇……"

她惶恐恐地四顾,寻找着萧若宇的身影,可是怎么也看不到,只有一朵朵怒放的昙花充满了视野，那种茫然无助的感觉让她惊慌失措。

"于晴，你在哪里……"

耳旁的叫喊声突然清晰了，一转身，竟然发现萧若宇就在自己的身后，朝着她走来，只是他的视线有些悠远朦胧，不知道落在什么地方。

"我在这里，萧若宇，我在这里啊！"她急忙喊他，可是，不知道到底发生了什么事，萧若宇竟从自己身旁走过，却看不到她，他不停地呼喊着她的名字，越走越远。

"不要走，我在这里，萧若宇，你不要走，萧若宇！"她大声地呼叫着，跟着他离开的脚步追了过去，可是萧若宇却离她越来越远，头也不回。

她分明看到他焦急的神情，可是他看不到她。

突然——

萧若宇消失不见，天空像是染了血一般通红，整个世界变得通透起来，一种恐怖的暗红色充满了她的世界，那些洁白的昙花开始凋谢，一朵朵以不可思议的速度迅速委靡，最后涌出暗红的色彩，淹没了整个世界……

"啊——"

一个激灵，于晴猛然坐了起来，惶恐的视线茫然纷乱，全身冒着冷汗，大口地喘息着，睁开眼睛，却只觉得光线刺眼，什么都看不清楚，只好惊魂未定地闭上眼睛。

"你醒了？"简帆惊喜的声音在耳边响起。

"我……我怎么了，头好痛……"她觉得头好晕，再一次睁开眼睛，看到周围都是一片白色，白色的墙壁，白色的窗帘，还有自己身上白色的病服。

这是哪里？

刺鼻的消毒水味道传入鼻中，她皱了皱眉，讨厌这种气息。

在她的记忆里,这种气息带着死亡的味道!

"你在家晕倒了,是我把你送到医院来的。"简帆低低地陈述,看向于晴的眼神微微闪烁,神色变得很复杂。刚才他幸好是开着车去于晴家的,不然,萧若宇肯定也跟着来了。

还好,把他甩掉了……

"医院?"她还没有完全清醒,眼神迷离地看着四周,然后皱起眉头,呢喃,"我讨厌医院,我要回家。"

"别动,医生给你做了检查,等检查结果出来了,我们就回家,好不好?"

简帆轻声安慰着她,他额头上的伤已经做过处理,白色的绷带缠绕在头上,却依然抵挡不住他浑身散发出来的魅力,俊美的脸庞因为额头上的伤口,更加令人心痛,狭长的眼睛中,那压抑的忧伤,让人的心都碎了……

几个小护士偷偷趴在门口张望,怜惜地望着里面的少年。

门外偶尔经过的人也都好奇地张望,有的人小声地讨论他到底是不是Eternal,最后简帆干脆把门合上,免得打扰于晴休息。

看到他额头上的白色绷带,于晴的意识还没清楚,就潜意识里自责地低下头。然后,猛地想起刚才发生的事,焦急地抓着简帆的胳膊,眼神急切而慌乱:"萧若宇呢?"

"到现在你还只关心他吗?"他眼里的哀伤更沉了一些,声音中带着怒气,冷笑着看向她,她甚至没有问他的伤势怎么样了!

"难道,我们十几年的感情,比不上你和他认识这几个月的吗?"他悲伤地问。

她垂下头,将发丝拢到耳后,声音淡淡地说道:"对不起。"

对不起,也许最初她也以为,自己对他的感情是爱情,可是当萧若宇出现之后,她才明白,爱情有那么一瞬间,总是可以让你的心跳加速,而对于简帆,她只有一种很深的依赖感,就像对爸妈的情感一样。

她只把他当成哥哥。

是这个世界上,她最后也是唯一的亲人……

虽然无法取代,但那不是爱情。

【二】

"'对不起'是什么意思?"他又有些愤怒起来,刚刚和公司闹翻了,他又开始迷茫了,他将来的路、他以后的日子会是什么样,他完全没有头绪,现在他只觉得,全世界他只有于晴了。

他不能再失去她了!

她抬起头,正视他的目光,坦然地说:"我喜欢的是萧……"

"不要说!"

简帆一把捂住她的嘴,紧紧地将她拥进怀中,手不自觉地加重了力量,目光惊慌迷茫。她的体温顺着他的指尖传过来,感觉到简帆身体的颤抖,于晴静静地没有挣扎。

看着她颤抖的嘴唇逐渐地失去血色,简帆却依然不肯放开自己的手。

他害怕,他一放开,就要永远地失去她了……

"打扰一下。"

门突然被推开!

医生拿着病历走了进来,目光复杂地看了于晴一眼,似乎还有些可惜的味道,但声音却很平静地问:"于晴?"

"是。"她点头,轻轻从简帆怀里挣开。

"刚才你昏迷的时候,我们为你做了一个检查,现在有几个问题想问你

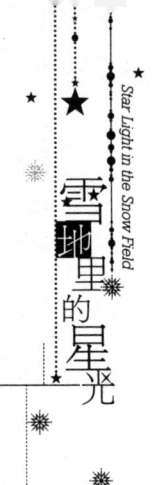

一下。"

医生坐了下来，看向简帆，示意他离开。

简帆担忧地看了于晴一眼，可是于晴却移开视线，不去看他，他犹豫了片刻，慢慢退出病房，并且将门关好，靠着门用力地喘息。

刚刚，她在梦中，一直喊着萧若宇的名字……

想到这里，他几乎忍受不了心里传来的剧痛，猛地一拳击到墙上，淡淡的血渍在墙上印了出来，他压抑着即将出口的怒吼，飞快地奔跑起来。在晦暗不明的走廊里，他凌乱的脚步声就像他此刻的心境……

病房里，医生看了看病历，再次将视线转向于晴："现在我问你几个问题，请你仔细回答我。"

于晴点头，眉头微微皱起，看上去她似乎并不仅仅是因为太累了而晕倒这么简单……

"你的生活作息，规律吗？"

"嗯，有时候会有些乱。"

"饮食习惯？"

"很差……但最近好多了。"

"有感觉到胃部不舒服吗？"

"嗯，有时候会不想吃东西，吃油腻的食物会想吐，感觉好像不能消化。"

她很好奇，医生干吗问她这些，像她这样作息不是很规律、饮食习惯更差的人，有胃病不是很正常的吗？

"家族里有什么人，曾经患过……胃癌之类的病吗？"医生又问了几个问题之后，眉头皱得更深，然后，迟疑了片刻，突然转移到这个问题上。

于晴怔了一下，呆呆地点头说："我爸。"

210

"好的，我建议你做一个详细的检查之后，再出院。"

医生收起病历，站起来，打量了她片刻，再一次露出同情的目光，有些遗憾地微微摇头。

"你是说……我有可能也得了胃癌吗？"于晴看着他的样子，顿时慌乱了起来，她有些无法接受，紧张地看着医生，"可是，这和我们家有没有什么人患过这种病，有什么关系吗？"

"现在并不是很确定，你不用这么紧张。胃癌的发病有家族遗传的倾向，而你的症状有些类似，一般来说，有过胃癌病患的家庭，其他成员患病率会比一般人高出两到四倍，所以我们需要了解一下这方面的情况。"医生很详细地说着。

"那，如果真的是的话，会不会是晚期……"于晴的脸色变得苍白。

"按理说不会，初期没有什么明显的症状，但晚期的话症状就明显了。你不用太过紧张和担心，做一个详细的检查，如果不幸真的是的话，提早治疗，还是有治愈的希望的……"

"谢谢。"

她无力地躺回到床上，脑子里乱成一团，突然觉得，命运好像在和她开玩笑，每当她平稳的时候，总是要让她重重地摔上一跤。

医生走了出去。

于晴躺在病床上，看着窗外的天空。

这个冬天，很少看到这么明媚的蓝天，阳光暖暖地洒进来，将白色的墙壁照得雪亮。

窗台上放着一盆绿色的盆景，碧绿的颜色让她想起家里的那盆小小的兰花。一整个冬天，那盆碧绿的兰花就像一抹希望，一直在灰暗的冬季陪着她，等待春季来临。

【三】

一直联系不上于晴,萧若宇都快要急疯了。

上次她被简帆带走之后,他找了很多家医院都找不到于晴的影子,一连好几天都没有她的消息,所以,当于晴的短信出现在手机里时,萧若宇才觉得自己又活过来了。

几乎是第一时间赶到她说的地点——

公园的千秋。

昨夜的一场大雪,几乎将整个城市覆盖。

雪,像是从遥远的白色圣域闯入尘世的精灵,顽皮地在风中跳跃、嬉笑,银白的流光偶尔从小小的、又轻又柔的白色花瓣上一闪而逝,映出漫天流光溢彩的光芒。

秋千上积了一层厚厚的白雪。

远远地,他就看到于晴安静地站立在秋千旁边的一棵大树下。

白色的雪花仿佛精灵般,飘飘悠悠在她身旁飞舞,她微微晃动的身影,在薄薄的雾气中有些模糊,身体好像有光芒发出,流转的光芒让她仿佛迷路的天使,懵懂而美丽。才几天没有见到,她好像又瘦了一些,宽松的衣服在风雪中飘逸如云。

他快步跑过去,围着白色围巾的脸庞显得俊逸优雅,他拍拍她的肩膀,绽开笑容。

她似乎轻轻颤抖了一下。

回过头,满脸的疲惫,苍白的脸色就像这覆盖着大地的白雪,可是脸上却露出浅浅的笑意,明媚的笑容亮得有些让人心惊!

他吓了一跳,立刻伸手去摸她的额头。

于晴退了一步，站在那里微微垂下头，转向一边，视线落在远方。

他的手顿在半空，最后尴尬地收了回来："你去哪儿了？知不知道我好担心你，怎么会晕倒的？是不是又没有好好休息、没有好好吃饭？我都说了，你总是这么不懂得照顾自己，让人怎么……"

"我要走了。"

平平淡淡的四个字，打断了他的话。

公园的大树下，于晴安静地站立。他张着嘴一愣，眼神瞬间暗淡。几天没有见她，思念的心情让他没有注意到，于晴脸上的冷漠，比第一次见她的时候，还要漠然。

"哦，去哪儿？"他的声音也降了，一种很不安的感觉在心头萦绕着，他分明感觉到发生了什么事，可是就是猜不出来。

"简帆向公司辞职了，我们都觉得，还是国外适合他发展，所以我要和他一起出国了。"她微笑着，目光随着一片被风吹起的枯叶，望向远方。

"是吗？"他怎么也不相信，几天前他分明感觉到她对自己的喜欢，可是这一刻，她却像什么事也没有发生一般。他很认真地观察着她的表情，想要在那里找到一丝端倪，可是，没有……

她的神情看上去那么认真，就像是专程来向他道别的一般，提起简帆时，脸上还有浅浅的笑意，他猛然打了一个寒战。

"是不是不论我做什么，都比不上他在你心中的位置？是不是不论我怎么努力，也无法赢得你的心？"颤抖的声音在寒风中绝望得如同濒临死亡的小兽。

这几天，他几乎没怎么睡。出门前，害怕她担心，还很幼稚地想着，要不要往有些发青的眼角上抹一点粉……

寒风袭来，她的长发飘扬，发梢逸出的清香，是他最熟悉的味道。

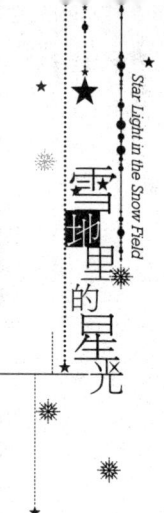

于晴脸上的笑容渐渐敛去,她背过身去,沉默地点头。寒风扬起她纷乱的长发,冷若冰霜的神情就像这寒冷的天气一般,让他的心渐渐冰凉。

"是啊,"她点点头,微笑,"我们从小就在一起,三年前他离开了,我痛苦地把自己关了起来,现在他回来了,我怎么会舍得离开他呢?你还记得,我和你说过我妈妈留下的一封信吧?信的最后,她说,让简帆照顾我。你看,连我妈都知道我们的感情呢,虽然那时候,我们都不大……"

他的身体震了一下,慌乱得有些不知所措,大力地扳过她的身体,他想确认她是不是在骗人,所以不敢看着他说这番话,可是当她面对他的时候,他松手了……

她冷漠的脸,比这天气还要寒冷。

心脏似乎被冻结了,那些期待一点一点被浇熄,他凄凉一笑,一步一步地后退,哽咽的声音如同从树梢碎裂的冰碴儿,一字一句,冰寒彻骨:"这真的就是你想要的生活,想要的幸福吗?"

他多希望她说不是,多希望下一秒,她又露出笑容说:萧若宇,我在骗你!

声音在寒风中颤抖。

萧若宇紧握双拳,这一刻,他那么害怕得到最后的答案,却又不死心地期待最后的一线转机。

"回答我,是不是?离开我,真的会让你幸福吗?"

可是——

他眨也不眨的双眼,看到的是她沉默地点头。

仿佛过了一个世纪的时间,于晴才转过身来,她的眼神中流露出的渴望,就像是一把锋利的匕首,明晃晃地插进他的心脏。

下一秒,于晴高高地仰起头,笑靥如花,颤抖的睫毛下,那双黑白分明的大眼睛直视他的双眼,坚定地点头:"是,我想要的,自始至终你都无法给予。所以,请不要再来破坏我的幸福。"

无尽的哀伤笼罩了少年的全身。

如果,我无法给予你幸福,除了放手,还能怎么样……

他轻笑着,不可思议地摇头,漆黑的睫毛在飞舞的白雪中颤抖着,一滴泪珠沿着少年俊美的脸庞滑落,转瞬,俊美的脸庞上却泛起了一抹妖冶的笑。

他苦笑着一步步后退,看着女孩子的眼睛中白雾弥漫,再也看不清楚任何情绪。

最终——

他没有再说一句话,转身离开。

【四】

于晴看着他离开的背影,泪水终于涌了出来,到最后,她还是伤害了他,那么直接、那么深地伤害了他。连一句对不起,她都说不出来……

会有来生吗?

她抬起头,看着漫天飞舞的大雪,没有人可以回答她。

"对不起,是我无法给予。为你,我相信有来生。"

泪水终于无法控制地流下,她缓缓地跌坐在雪地里,任自己冰冷的心脏和苍茫的世界融为一体。雪越下越大,这无法诉说的爱情,与他离去的脚步,一同被这场大雪掩埋……

但,这是第一次,她这么渴望会有来生!

若是有来生,一定不再让他这么辛苦,她会在遇到他的时候,就先对他微笑,一定会!

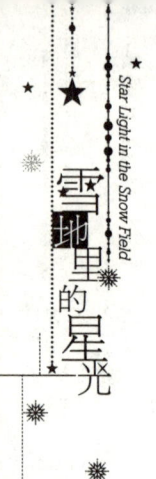

"这算什么?欲擒故纵吗?你又在上演什么戏码?你这个虚伪的骗子!"

突然,夏岚从秋千背后愤怒地走了出来。她的双眼燃烧着怒火,刚走到于晴的跟前,就扬起手,重重地甩了她一记耳光。

"啪!"

苍白的脸颊,立刻浮起红肿。

"对不起。"于晴低低地说道,她躲都没有躲,那一记耳光,分明是可以躲过的。

"对不起?你就只会对我说这句话吗?你答应过我的事呢?为什么要一再地伤害我,我真的已经相信你了,为什么还要让我失望?"夏岚失控地喊了起来,眼泪顺着脸庞流下,她失望地看着于晴,握紧的双拳不断地颤抖着。

"不管怎么样,夏岚,这一辈子能有你这个好朋友,是我最幸运的事。"她淡淡地微笑,诚恳地看着她,不管她信不信。

果然,夏岚不屑地笑了起来,目光满含恨意,看着她咬牙切齿!

"这,却是我最大的不幸!"

她知道,所以无言以对。

"不是说喜欢简帆吗?看你刚才的样子,分明是喜欢若宇的,你还要骗我吗?"

于晴低着头,脑海中闪过和萧若宇相识的过程,脸上始终含着淡淡的笑意:"感情总是来得太突然,等到发现的时候,才知道,原来的否认只是害怕承认而已。"

"那你现在,是承认了?"夏岚的脸色顿变。

于晴没有说话，遥遥地看向萧若宇离开的方向，一股柔情在心底涌动着，脸上泛出淡淡的笑容，忧伤而绝望，那样的神情，早已经流露出答案。

"啪！"

又是一记耳光重重地甩在于晴的脸上！

于晴的头被打得歪向一边，她还没开口，夏岚却慢慢地蹲在地上呜呜地哭了起来。

"我为他所做的改变、我为他所付出的一切，都是你无法想象的。你什么也没有做，就轻而易举地就抢走了对我来说最重要的人，而你，却是我最好的朋友！"

看着夏岚悲伤的样子，于晴心如刀绞，疼得厉害。她一直都觉得对不起夏岚，只是现在，她已经不能再为她做些什么了。

"好好陪他、有时候不要太让着他，也许他就是被你宠坏了，才会喜欢我这个总是不领情的人吧。有一天，他一定会知道你的好的。"

"除非你消失！"

"我会消失的……"

她轻轻点头，苍白如雪的脸颊脆弱得仿佛即将融化的飘雪，凄美的模样，让原本恶狠狠的夏岚，突然有一瞬间的心软。

她狐疑地抬起头，盯着于晴看了半天，突然变得紧张起来，抓着她问："你……你是不是出了什么事？"

看到夏岚眼里的担忧和着急，于晴笑了。

美丽的笑容像春天的阳光一样温暖和煦，平静得不带一丝波澜。这样，就够了，不是吗，夏岚的心里依旧是关心她的，这样就够了。

"夏岚，你永远都是我心中最好最好的朋友，所以，你一定要幸福，否则我会不安的。"这是她的真心话，欠夏岚的，她知道已经没有办法还了。

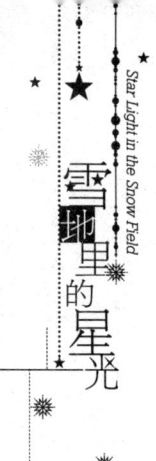

【五】

一周后——

于晴整整一周都没有来上课。

教室里,夏岚一直盯着于晴空荡荡的座位失神,她一直想不明白,于晴走之前和她说的话,到底是什么意思?

她记得那时于晴的笑容和眼神,那么坦然澄澈,好像终于从什么烦恼和挣扎中解脱了出来,看起来有种安心和超脱的意味,可是那样的眼神却让她不安。

放学之后,她心不在焉地走着,想着于晴跟她说过的话。想着想着,莫名地就走到了于晴家的门口,一抬头,竟然看到萧若宇靠在巷口的路灯下,满脸的疲惫和冷漠。最近,她很少看到萧若宇,他似乎变得更加冷漠,几乎连话都不说。

她走上前,站到他面前。

"你还是舍不得她……"

夏岚开口,已经没有了愤怒,她似乎也感觉到,其实于晴并没有做什么。

就像于晴说的,感情总是来得太突然。况且,萧若宇一直只把她当成是好朋友,她知道……

萧若宇垂下头,再舍不得又怎么样?她说过,她要的幸福,只有简帆可以给。

又是一阵长久的沉默。

萧若宇觉得,自己好像变成了他最初认识的于晴,不喜欢开口说话、不喜欢笑,也不想把心里的事,说出来。

风，无声地吹过。

在巷子里发出呜咽般的声音，两边灰色的围墙缝隙里，还有残留的积雪。

他跟着夏岚，缓慢地走到于晴家门口，静静地看着紧闭的房门，于晴的房子这一周都空空如也，据说已经搬走了，周围空空荡荡的没有一丝人声，两人静默地站立着，都没有开口说话。突然，一阵轻微的声响传来，小屋的门，轻轻地从里面被打开——

萧若宇猛地抬头！

晦暗的眼眸中一瞬间迸射出明亮的光芒，可是，却又在下一瞬间变得暗淡，变得惊疑错愕。

"Eternal？"

夏岚惊呼！

不相信般擦了擦双眼，结果她看到的，确实是简帆。

简帆看起来也比萧若宇好不到哪里去，连胡楂都没有剃，整个人看去又狼狈又颓废，当他看向萧若宇时，也微微怔了一下，脸上漾出苦笑。

"你怎么在这里？不是和于晴一起出国了吗？"萧若宇冲上前，激动地抓住他的衣领问。

简帆一动不动，任由他用力摇晃。

可是，他很快就觉察出有些不对劲。

"于晴呢？"他问，下一秒，神情变得激动而恐惧，摇晃着简帆的肩膀，怒吼，"于晴怎么了？她是不是出事了！"

"她走了……"简帆没有反抗。

他也不知道，于晴是什么时候走的……

就像是惩罚一般，他也终于感觉到，瞬间就突然找不到人的滋味。

他去于晴住的医院时，她已经不见了。回到家里，屋子里一个陌生人，正在搬东西。

他们说，于晴把房子卖了，他们正在清理，一个月后会搬进来。

她去了哪里，没有人知道……

"她走了？她不是和你一起去的吗？"萧若宇松开手，看来简帆也确实不知情。

"你还记得，那天她晕倒吗？"简帆低着头，回想起自己从她的主治医生那里问出来的话，低沉的声音中满是绝望，"我送她去医院，结果医生查出来，她患了胃癌。她从来没有做过什么坏事，病魔夺去了她的亲人不够，为什么连她也不肯放过？"

简帆蹲下了身子，一个一米八多的少年，就这样缩成一团，呜呜地哭了起来。

"胃……癌？"萧若宇喃喃地重复着，如同被雷劈中一般，无法思考。

他瞬间就明白了，为什么于晴会对他说那些话。

他真该死，如果当时他回过头，是不是就会看到于晴不舍的表情，那么她就不会一个人离开了。

她一个人，要怎么办……

夏岚也没有想到，于晴竟然会得这样的病，整个人也惊呆了，泪水无声地流着。

虽然她真的怨于晴，可是几年来的友谊，并不是假的。

"我要去找她了，没有她的日子，我真的不知道要怎么过……"

简帆抹了一把眼泪，站了起来。

他整个人仿若失去了灵魂，摇摇晃晃走出巷子。

刚走了一步，他停下来，看向萧若宇，拍了拍他的肩膀："我知道你也一定会去找她，我们三个人之间，总要有一个结果。如果我找不到她，我希望你用尽全力去找，我不想让她一个人面对……"

简帆走了。

第一次，萧若宇觉得，他并没有那么讨厌。

一阵风吹来。

于晴窗台上的那盆兰花隔着玻璃在屋里轻轻地晃了晃。

寒风中依然有雪花微微飘动，可是空气中已经减少了寒意。

空寂的巷子里，简帆的脚步声已经完全消失，只留下一串深深浅浅的脚印。

"你要去找她吗？"夏岚擦了擦泪水问萧若宇。

"嗯。"

他点头。

仰头看着天空，他伸开双臂。

修长的指尖在空气中泛着晶莹的光泽，洁白的雪花飘飘悠悠地落在他的掌心里，很快融化成水滴，就好像，那天她滴落在他拇指上的眼泪。

"这个冬天太漫长了，不是吗？我要去找她，我怕她会冷，我要一直陪她过完这个冬天，陪她看春天盛开的花朵，我要亲口对她说，我喜欢她，不准她再逃避了……"

萧若宇深深吸了一口气，忽然转身，迅速地奔跑起来。

"如果你找到她，告诉她，我不怪她了——"

夏岚冲着他的背影，大声地喊。

【六】

坐在飞机上，萧若宇想，不论你在国外，还是国内，我一定会找到你，

只要你还在这个世界上,天涯海角,我都会找到你。

因为我,还没有对你说……

我爱你!

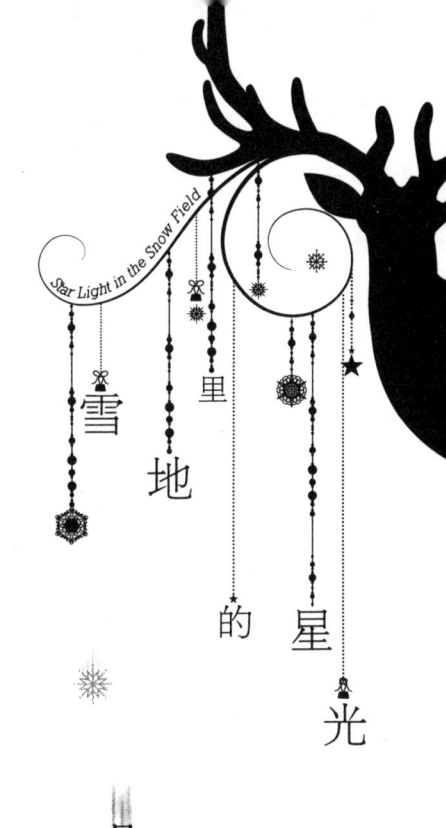

Star Light in the Snow Field

雪地里的星光

尾声

EPILOGUE

暖·晴

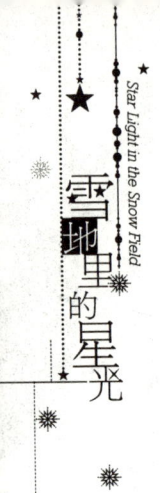

明媚的阳光，暖暖地照向大地。

整个城市都暖洋洋的。这个城市很少下雪，暖暖的阳光令人有想要昏睡的念头。

青山绿水环绕的城市，很适合疗养。

于晴坐在木椅上，身旁是一个刚刚毕业的小护士，看着于晴时眼睛里总是充满了怜悯，对她也比对别人多了一分关爱。

苍白的脸在阳光的照耀下，终于有了一丝血色。看着白云缓缓飘动，她的心情从来没有像这样轻松过。她忽然就想起了爸爸当时的感觉，也许是知道自己终究要离去，所以总是笑脸对人，将所有的恐惧都藏进了心底。那时候，爸爸是那么坚强。

她似乎也终于可以理解妈妈了。

这个世界上，有很多女子，是为了爱情而生存的。她的妈妈，就是其中一个。

她抬起头，望着天际，这一刻她是真的释怀了。在这段时间里，有一个人，以固执的方式，教会了她什么是爱情。

还是有点遗憾吧……

当她终于懂得、终于不想再逃避的时候，却无法留在他的身旁了……

那天，在医院里，医生神色复杂地告诉她，她得了和父亲一样的病，一种可以夺去生命的病——癌症……

她发现人总是很奇怪，总是在最后一刻才会懂得珍惜，才懂得放弃那些令人痛苦的情绪，开始学会爱自己。就像现在的她，每天都会微笑，对陪伴她的护士、对医治她的医生、对陌生人。她会留意身旁的美景，就连阳光、花草也会让她觉得那么美丽，而这些，她以前却从未认真去留意过。

"小晴，怎么从没有见过你的家人和朋友呢？"小护士看着她，终于忍不住问道。

像这样一个坚强的女孩，患了这么可怕的病症，怎么会没有人来陪伴呢？连她看着，都觉得很孤单……

于晴笑了笑，没有回答。

温暖的阳光洒在于晴的身上，暖洋洋的感觉让她感到平静而快乐。嫩嫩的小草刚刚冒出头，在风中摇曳着，像是在微笑。于晴仰起头，让明亮的阳光倾洒到脸上，天空那么蓝，白云朵朵如烟似梦，显得那么遥远、宁静。

她已经不再觉得孤独了，因为她知道，就算身旁没有他们守护着，在他们的心底，都会牵挂着她，这样，她就不是一个人。

她从口袋里掏出底片，对着阳光缓缓地展开。

阳光透过薄薄的底片，绽放出绚丽的色彩。那上面，是许多时候她不经意间展开的笑颜，甚至很多她自己都不知道的时刻，竟被他捕捉得如此完美。

只有全心全意喜欢上一个人的时候，才能够这么细心地观察到她的每一个举动、每一个表情吧。

她细细地看着底片上自己的笑容，想着那个人在拍下时的心情，嘴角微微扬了起来，略显苍白的脸上，浮起淡淡的红晕。

身后，响起了细碎的脚步声，于晴沉浸在回忆中，没有发觉。

小护士倒抽一口凉气，眼睛都看直了。她还从没见过这么俊美的男孩，英俊的面容比电影里的明星还要好看，仿佛浑身都有光芒发出似的。她正准备叫于晴，可是还没出声，就被男孩止制了，男孩用眼神示意她离开。

小护士了然地笑了笑，看着于晴的背影，转身离开。

萧若宇的双拳握得很紧，这些日子他疯狂地寻找着于晴，连黑夜白昼都分不清了。他只有一个念头，一定要找到她，如果就这样和她失去联系的话，他不知道怎么过往后的日子。

怎么度过，没有她的日子……

他静静地守在她的身后，默默地看着她，漂亮的眼睛中泪光闪动，良久，都不忍心打破那一刻的宁静。如果可以，他希望能这样默默地注视她一辈子。

在她放下底片时，他张了张嘴，沙哑的声音仿佛已经在梦中重复过无数次："我终于——找到你了。"

那声音，如同飘过了千山万水才抵达她的耳边。她一震，然后微微摇头，自嘲地笑了起来。

这样的错觉，已经不是第一次了。

也许，是太过想念，才总是会听到他的声音。她不敢回头，多少次回过头，身后的空气都令她的心瞬间变得失落，心底的思念也更深一层。

"不让我看看你吗？"他笑，感觉到她的背僵直着，轻轻颤动，"或者，你看看我？"

于晴僵住！

脑海中浮现出萧若宇灿烂明媚的笑颜，仿佛当时一路纠缠跟着她回家的少年，仿佛路灯下那个固执地往她手中塞暖手宝的少年，仿佛每天把早餐塞进她书包里的少年，仿佛……

终于，她缓缓地回头。

阳光下，萧若宇熟悉的面庞上一脸疲惫的神色，却依旧帅气非凡，明亮的黑眸光芒闪动，像记忆中那样眯着眼睛笑着、笑着。

渐渐地，水光从他眼里溢了出来，深邃的眼眸中闪烁着一片晶莹。

她也终于笑了起来……

她想起了他写的那句话："你的笑,扎进我的心底,怎么也忘不掉……"

绿荫下,于晴静静地坐在木椅上,头顶的大树,枝杈上刚刚冒出新绿,阳光洒进繁盛的嫩叶间,星星点点地投射下来,他们安静地凝望着彼此,明亮的光斑洒落在他们的身上,周围的一切都在炫目的光芒中逐渐暗淡、消散,像是电影中定格的片段一般!

他们凝望着彼此,眼眶湿润,久久地,相顾无言……

"你相信吗?"他扶着她,在草坪上慢慢行走,她回过头看着他,他微微一笑,"爱情的力量有时候会产生奇迹。"

她目光清澈,没有回答。

阳光下,新生的小草翠绿,枝头的嫩芽光芒流转,所有的一切都充满了生机和希望。

他低头,在她的额前轻轻印上一吻,坚定地说:"我相信……"

她没有说话,将手慢慢放进他的掌心中,默默地闭上眼睛,一个声音在心里悄悄地响起:为了你,我也愿意相信。

在他们的身后,简帆从大树后走了出来。

俊美的双眼深邃绝美,看着他们在阳光下相拥而行的身影,狭长的眼中光芒涌动。终于,他的脸上也泛出了笑容,慢慢地转过身,朝着他们相反的方向,离开……

"于晴。"

"嗯?"

"我喜欢你。"

"嗯。"

"嗯?"

"我也是。"

如果,有一天我们终将会分开,那么,就好好珍惜还在彼此身旁的日子。因为,我们都愿意相信,爱情是美好的,就算离别很痛,它也教会了我们要珍惜现在……

博客族 **妮时代** NITIMES
开启青春文学偶像时代
小妮子 主编

《妮时代》开启青春文学偶像时代
超值心动价6元
全国女生都在看，你还等什么呢？

6.1. 全国同步上市

独家赠送 小妮子学院星座书

N I TIMES

叶冰伦催泪制造《默恋微凉》
一场年轻时的暗恋，让我失去了妹妹，改变了容貌。
失去了一切希望，难道连他也……

N I TIMES

校园女王**米米拉**引爆古典王子热潮，
这个声称来自中世纪欧洲的王子竟然找到了他的王妃？
校花尹真希真的是他的转世王妃吗？那我又是谁呢？
《哥特王子桃心殿》让你捂住肚子笑到爆！

N I TIMES

小妮子看完后表示"爱是世界上最伟大的力量"
喵哆哆说男主角的性格十分有爱，让人无法抵抗，
FAN小妖高呼男主角太帅，文字优美又有悬念，
而**米米拉**却有着不同的意见。
人气赏带来一篇新星所著备受争议的**《妖精法则爱之颂歌》**

最Merry的主题日：
"正太""萝莉"武装起来——卖萌节进化攻略》
全方位的指导，全方位的帮助。
揭秘最高深的"卖萌"秘籍，简单易操作绝不"坑爹"！

NI TIMES

女王骑士星座宫第二弹！

4月的白羊座运势分析：

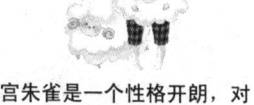

心情阳光指数：★★★
健康状况指数：★★★★★
本月光荣贵人：处女座
让你头痛星座：双子座
本月防御君子：巨蟹座
本月开运场所：篮球场

TK学院十二大骑士之一的红骑士高宫朱雀是一个性格开朗，对任何事情都能保持着一副呆傻表情平静对待的天然呆，哦，不不不，是对任何逆境都能坦然面对的超级阳光少年哦。

同样是白羊座的你，是不是也和高宫云雀一样每天都有好心情呢？

进入4月，白羊座运势全面提升，唯一要注意的就是远离双子座，以及好好和你身边的处女座相处哦。因为处女座的同学本月是你的贵人哦，贵人！

所以，身为白羊座的高宫云雀，这个月要想开心，一定要和身为处女座的高宫朱雀搞好关系哦。喂喂喂，不要吵架啦！不要一见面就吵架啦！头痛啊……这对势同水火的兄弟！

哦？你还想知道更多关于处女座哥哥和白羊座弟弟高宫家兄弟的小故事？你知道的，这一切都在……

让北风和冰雪荣耀你的黑羽！

女王 再见黑天鹅
QUEEN GOODBYE, BLACK SWAN

5·20全国发售

你不知道吗?"女王"限量版海报已经全国发行很久了,YY版和LC版全国限量5万份,赶快去你熟悉的书店询问吧!如果老板没有以上两款海报,就拜托他一定要拿到下一款——ML版!
当然,登我们的网站www.merry520.com,或者关注"@merry小妮子"和"@魅丽优品"都能帮助你更了解"女王",获得限量版海报。

更多魅丽优品信息,咨询请登录:www.merry520.com
或者关注我们的新浪微博@魅丽优品

买到魅丽优品的书,其实很简单!

1. 你可以通过书店买到我们的书!
2. 你可以通过我们的网店买到我们的书。
魅丽优品官网商城: http://www.merry520.com/shop/
魅丽优品官方淘宝店铺: http://shop63095189.taobao.com/
注:我们的官方活动、作者签名版图书都可以在这里找到哦!
3. 没办法网上支付的你,
可以登录当当网http://www.dangdang.com/搜索"魅丽优品",搜索你要的书名,就能享受货到付款的购书体验了!
4. 你还可以通过邮购方式购到我们的书!
邮购地址:
湖南省长沙市开福区黄兴北路89号开福金南栋21楼2128湖南魅丽优品文化发展有限公司 金丹(收)
邮编:410005

联系我们,也很简单!

读者服务咨询热线:0731—84887200-666
魅丽官方QQ:980103911
邮购1群:71072176
邮购2群:6331234
邮购3群:22763892
魅丽优品读者俱乐部1群:87401930
魅丽优品读者俱乐部2群:203461132
你还可以通过新浪微博关注@魅丽优品
@妮时代杂志

TWENTY ONE
NIGHT · ROSE

XIAONIZI 小妮子 著

纪念那些最美丽的瞬间——《二十一夜·蔷薇》和我

让我记忆最深刻的瞬间，是紫星藏月猎杀归来的那一晚。

如果我是唐果，看到这样一个冷漠、冷酷又神秘沧桑的男人，为了我猎杀99个玩偶，犯下不可饶恕的罪，满身血污地回到我身边，一定不会觉得他可怕，不会觉得他是怪物，不会责怪他，不会拒他于千里之外。我会拥抱他，会开始学会爱上危险的他。

不过，这个瞬间如此美丽，却并非是我想象中的样子。在这个瞬间，唐果只是一惊，而紫星藏月就忽然明白过来唐果是在关心他有没有受伤。唐果没有爽快地承认，表情却泄露了她心里的关心，于是那头从未被人关心过的野兽心动了。

——@Jojo3J

《二十一夜·蔷薇之双生花篇》

两年前，少女唐果为了自己，和引魂师达成协议，用没有血缘关系的妹妹唐霜的生命换取了引魂师的身份，因此使唐霜得了绝症。

两年后，为了弥补自己的过失，挽救妹妹唐霜的生命，唐果找到了神秘少年紫星藏月，并在他的帮助下进入了一个由引魂师、玩偶还有玩偶组成的奇异世界。

而此时她才知道，原来，已经有玩偶进入了她和妹妹的世界。当埋藏在记忆里的那些秘密一个一个被揭发，在爱与亲情的抉择中，迷途的少女将何去何从？

《二十一夜·蔷薇之狼篇》

唐果终于挽回了妹妹唐霜的生命，但付出的代价是让唐霜失去了她最爱的男人——重楼。

原来重楼竟是玩偶，原来那个神秘的世界早已深入唐果和唐霜的生活。为了弥补自己一手犯下的错误，唐果和藏月开始了终极冒险旅程，前往那个只有引魂师的世界，偷窃重楼被燃烧后的遗骸。

本以为这没什么，不过是一场交易，那个叫藏月的家伙帮助自己只是交易的一部分。却没想到，原来唐果想的都错了，完全错了。

所有行动的背后，支撑着大家的只有爱。

《二十一夜·蔷薇之花田篇》

发现真爱的时刻，藏月永远地从唐果的生命里消失了。紧接着，消失的是锥音。在前往那个神奇国度的路上，唐霜无奈地看着她爱的人一个一个消失。最后当唐果也选择离去，唐霜面对的是拥有一切也失去一切的世界，这个时候，那个最初的男人终于出现。

他给了唐霜两个选择，唐霜选择了其中之一。

男人得到了他想要得到的一切——在付出了巨大的代价，耗费了两年的等待后。

可是他是他想要的吗？他想要的到底是什么？

结局到底是什么？

被八十五万四千三百八十一个忠实读者日夜期待着，
那个夏天，那一年，深埋在三亿读者灵魂里的渴望。

3年之后再一次的蔷薇浪潮！
华语文坛纯爱天后，创造奇迹的小妮子
《二十一夜·蔷薇》系列
80元超值礼品赠送，你绝对不能错过，因为……
这是只属于你的梦想之书。

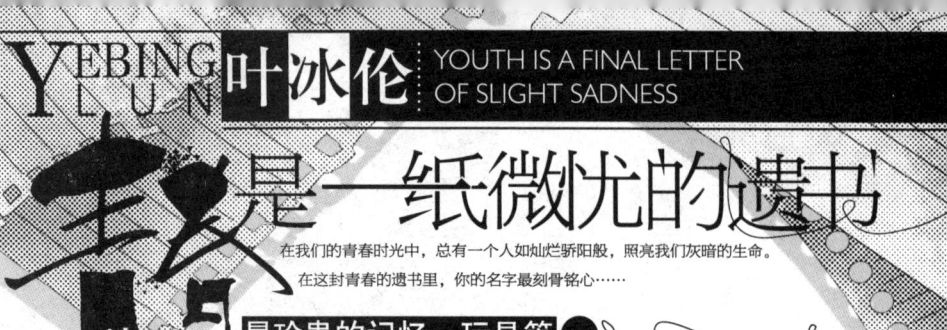

2012年——

凝聚所有幸福与甜蜜的『暖爱』之作——

成就一场缠绵悱恻的饕餮盛宴！

初雪下的擦肩瞬间，你我遇见。
被恶魔附体也好！
被公司雪藏也好！
被命运操纵也好！
被世界抛弃也好！
我只希望握紧你没有温度的手……

让幸福蔓延——
让舌尖微甜——
让你我深陷其中，相见恨晚！

【买到魅丽优品的书，其实很简单！】

1. 你可以通过书店买到我们的书！
2. 你可以通过我们的网店买到我们的书。
   魅丽优品官网商城： http://www.merry520.com/shop/
   魅丽优品官方淘宝店铺： http://shop63095189.taobao.com/
   注：我们的官方活动、作者签名版图书都可以在这里找到哦！
3. 没办法网上支付的你，可登录当当网http://www.dangdang.com/
   搜索"魅丽优品"，搜索你要的书名，就能享受货到付款的购书体验了！
4. 你还可以通过邮购方式购买到我们的书！
   邮购地址：湖南省长沙市开福区黄兴北路89号上城金都南栋2L楼2128湖南
   魅丽优品文化发展有限公司　金丹（收）邮编：410005

【联系我们，也很简单！】

读者服务咨询热线：0731－84887200-666　　魅丽官方QQ：980103911
邮购1群：71072176　　邮购2群：6331234　　邮购3群：22763892
魅丽优品读者俱乐部1群：87401930　　魅丽优品读者俱乐部2群：203461132

你可以通过新浪微博关注@魅丽优品 @妮时代杂走

"逆光"系列

慕夏携Merry御用作者团队，明星云集
2012重磅出击

《逆光·白夜》
守候只属于"你""我"的神秘距离……

有时候距离是一种朦胧美，有时候距离会带来伤害。如果只是一味地害怕踏出那关键的一步，你永远都不可能知道，对方是不是也在喜欢你。

神秘的距离，是好是坏，似乎永远都说不清楚……

● 慕夏解开距离的束缚，《有你的五月天》，全新演绎属于青春、属于"他"和"她"的甜蜜小情节。究竟距离产生美，还是变成遗憾？

● 喵哆哆抱着《总有一天追上你》的信念，不顾一切，奋力追逐属于"她"的幸福，回顾《恶作剧之吻》的温馨！

● 奈奈深情款款，《你听，北极星哭泣的声音》为你讲述犹如北极星那么遥远的爱情，赚足泪水。

● 人气作者辜好洁《淡蓝星光》，进入"她"的记忆，感受似梦的星光故事。

● 青春人气大神杨千紫穿越北欧，《穿越北欧·洛奇的争辩》下篇更精彩，完美收官，见证一段属于北欧的古老而美丽的传说！

5月趣味小测试

你的秘密！

每个人都有这样或那样的小秘密，特别是处在青春期的少年少女，有些时候需要找人倾诉，但有些小秘密是不能讲给人听的，藏在心里久了就会很不舒服，所以必须找到最佳的发泄方法调节，你想知道哪种方法最适合你吗？请看下面的测试：

就像《有你的五月天》里的女主角，你很喜欢去图书馆。有一天，你无意中发现了一本日记，抑制不住好奇心翻开来看。你觉得第一篇日记里会写了些什么？

A. 暗恋日记
B. 写别人的坏话
C. 古老的神秘语言
D. 只有几个看起来像密码的数字

书写爱与距离的青春成长读本：

慕夏主编

逆光·白夜 青春唯美，白夜之行！

【2012 魅丽巨制 唯美绽放 逆光·白夜】

神秘"喵"族爱情魔法书

在可爱"萌"翻天的格调下，
这个4月继续与喵哆哆共赴魔法深处的奇妙盛宴！

《玩美魔女外宿中》 定价：26.80

爱玩又爱美，魔女花灵惜也是小女生，为了追求真爱，逃婚来到人间外宿中。
遇见的美少年路郁枫善良又温柔，魔女的恋爱生活却是一波三折，因为有邪魅的魔界王子来逼婚，还有降魔兄妹时刻在捣乱。
不过最大的麻烦还在后面，命运开了一个大大的玩笑，让魔女不得不在爱与恨之间做出抉择。
想不想要解除一切烦恼的魔咒？赶紧献上真诚的爱情，魔女教你梦想成真！

定价：26.80 ### 《折翼撒旦猎爱中》

不够邪恶不太坏，撒旦之子也有爱。为了追寻失散的恋人，即便折翼千年也不后悔。
迷糊倒霉的安碧丝从未想过会亲眼见到自己的守护神，只是，这个守护神是恶魔？
想要离他远一点，但又有驱魔贵公子在给她增添新麻烦，还有爱管闲事的学生会主席总不放过她。
逃不掉的安碧丝祈求上帝宽限她几年，她还不想太早踏入恋爱的黑洞，但撒旦早已布下天罗地网，只为狩猎爱。
爱情的俘虏究竟是谁？想要成为人生的最后赢家，赶紧祈求撒旦降临吧！

冷漠与**抓狂**的巧妙碰撞，异族之间的**禁忌之恋**。
不可思议的强势争夺。"萌"爱季初春重磅推荐。
别出心裁的鬼马情节，
完美搭配出2012年最炫目的
爱情魔幻大餐！

五月纯爱季·心与花盛放！

草长莺飞，再续梦幻与诗意，
90后人群的心灵成长读本。

内容简介： 　　　　　　　　　　　　　　　　　深蓝 著

作为所有人眼里的完美学生，夏微微看似拥有一个无比光明的未来，就在她以为自己如同金丝雀一样的生活会继续这样下去的时候，她却意外遇到了那个桀骜不驯的男生李崇西。
截然不同的两个人之间擦出了那样灼热的火花，夏微微义无反顾地奔向了她眼中的自由。
那样热烈的爱情却源于一个无法诉说的秘密……
是早有预谋，还是命运的作弄？
两个属于不同世界的人能否最后牵手，能否走到一起？

内容简介： 　　　　　　　　　　　　　　　　　夏雪绦 著

只因为一次偶然的相遇，洛铃星的心里从此有了他的影子，而再次相逢，她勇敢地伸出手，抓住这个缘分。外表冷漠，有过伤痛的过往？没有关系，她会用自己的乐观与坚强融化掉他的冷漠。因为她知道，掩藏在他冷漠的面具下的，是一颗赤子之心。可是，他在冲动的时候狠狠地伤害了她，她也因为跌落台阶暂时封住了记忆。当一切都结束的时候，他为了她成为明星，只属于她一个人的明星。这样带着歉意回来的他，还能否得到她的心呢？而那个一直默默爱着她的慕骅，又该何去何从呢？

内容简介： 　　　　　　　　　　　　　　　　　叶冰伦 著

暗恋，是苏然胸口那一根隐隐作痛的刺。
她鼓起勇气想要告白的那一天，却成为了她一生中最痛苦的日子。夭折的告白，成为她厄运的开端——
她娇嫩的面容被印上仇恨的丑陋印记，时时提醒着她，已经永远失去了最爱的妹妹。
她苦苦追寻真相，却进入了如人间炼狱般的疯人院。
温暖的家在瞬间分崩离析，她被抛弃在一个无人关注的角落，独自啜泣。
当她收获一份得之不易的友情时，却又因那晦涩的暗恋背弃了朋友。
爱上他，似是她生命中最为残酷的劫难。
当她以为一切的爱与恨都已结束，殊不知，那场微凉的暗恋带来的灾难刚刚开始……

魅丽优品纯爱作者首度携手

纯爱完全引爆，
一场青春盛宴温暖你我。

奈奈 著 《风筝在阴天搁浅》

内容简介：
以为每一次回头你都会在我身后；
以为只要握紧手中的线，风筝就不会走远；
以为每一次分别，只为了在下一个路口重新相遇。
我是这样自信，我和你绝对不会就此分别，但不知不觉中，我仰望天空，风筝已经在阴天搁浅，你从我的世界消失不见。

残酷的青春成长，温暖的少女初恋，
5月，上演最璀璨最特别的青春交接礼！
带着希望，带着期待；飞过等待，飞越青涩；
直到所有梦想都开出花来……

安晴 著 《无法靠近的爱》

内容简介：
苏静怡与越清约定一起逃走的那天，他却失约了，她沮丧地回家，却突发变故，弟弟和父亲都在大火中丧生；
从此她改名换姓，以"江晴"的身份巧妙地进入原家，一步步展开她的报复计划……
可是，原本以为不会再遇见的人，又再次相遇了，她的冷漠和疏离让越清感到很困惑，可他还是坚信她就是他要找的人；
为了替父赎罪，原轩心甘情愿将那次事件的证据交了出来，并且不惜一命还一命；
当苏静怡看着他躺在血泊中时，她的心却一点都感觉不到复仇的快感，反而痛苦不已……

打造最浪漫的**春之爱恋**！

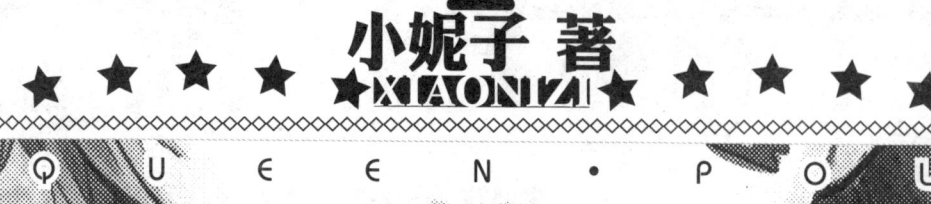

小妮子 著
XIAONIZI

2012 梦想开启 挑战之书

内容简介

你们可以讨厌我，可以憎恨我，可以全部离开我，但是你们没有人可以否认——我是王！

当那个TK学院最让人讨厌、最让人生气的男人在宫殿的废墟上骄傲地说出这段话，端木明日听到了自己心跳的声音。

这个世界上最悲惨的事情是什么？是灰姑娘找不到王子？是王子爱着别的人？

都不是！对端木明日而言，最悲惨的事莫过于灰姑娘找到了王子，王子也看中了灰姑娘，但那个王子是没有最差、只有更差的"TK人渣王"！

当海啸般的灾难来临，站出来用他的肩膀扛起整个世界的责难的人，他就是王！

《女王》——2012你不能错过的勇气之书！

没有人能记得我的名字，除了他。
我是不被注意的路人甲。我……

是红骑士分院红公主的贴身骑士
端木明日！

反正我是TK学院连续五年被选为"最讨厌的骑士"的人，所以，我吻你也没有关系吧？
我是这个世界上最伟大的存在，我……

是红骑士分院第一大骑士
高宫朱雀！

不管发生什么事，请不要离开朱雀好吗？
我是誓死效忠朱雀的红骑士，我……

是红骑士分院第二大骑士
秋千缘！

《花样猫男舍》
猪小萌 著

有趣的纸上虐恋之旅，另类搞怪蜜恋故事！

《人鱼约定心之契》
猪小萌 著

猜猜，从天而降的是什么？
鸟粪？飓风？答案是……有着深邃瞳孔的美少年！
原以为只不过是梦境，却发现在转校的第一天遇见的校草，与那从天而降的猫美男有着惊人的相似！
只要一被异性抱住就会立刻变身成为猫咪的八位美男究竟有着怎样的秘密？
有着阴阳眼的怪异少女，却是个频频出现差错的半吊子预言家，还有王子亲卫队粉丝，纷纷爆笑登场。
少女塔塔与六位性格迥异的绝世美男朝夕相对、共处一室，上演着怎样形形色色搞笑、离奇、浪漫、感人的故事？
秘密一层层在揭开……

裸体美少年？长尾巴的裸体美少年？每天定时出现在床上的长尾巴的裸体美少年？这个世界有没有这么变态呀？夏云熙在人类世界开始了非人类的神奇生活。四岁许下"约定之吻"，强大的人鱼第一王子雪见沦为二殿下的凌辱对象，而罪魁祸首夏云熙竟然脸不认账！为了夺回丢失的能量，史上最衰弱的王子殿下开始了漫长的求爱之旅。加油吧，人鱼殿下！

再强悍的"咆哮体"也无法表达：
这里是不可替代的

"喜剧之王"

爱校园，爱冒险，爱幻想，爱热血，
更爱各种出其不意！

《人鱼约定爱之盟》
魔末末 著

内容简介：
背负着死亡诅咒的她为了逃离宿命，封印了自己的记忆，降临人间。死神的力量牵引着她遇见了美到耀眼的人鱼美少年。
黑暗的死神领域，注定无法存在爱情。她忍受着鲜血淋漓的痛苦，折断黑色羽翼只为跟他一起灰飞烟灭，却不料，为了她一生的自由，他早已出卖了自己的灵魂……

内容简介：
十八岁生日那天，唐小甜发现自己竟然是人类和巧克力族的混血儿。为了适应这个新的身份，她必须和自己熟悉的世界告别，进入为巧克力族专门开办的学校就读。
在前所未有的新世界里，她遇到了讨厌的男生乔柏宇，也遇到了梦想中的王子甄子安。为了给乔柏宇一点颜色看看，为了追求温柔的甄子安，唐小甜彻底化身哥斯拉，将战斗力发挥到了最高点！
只是为什么在战斗过程中，她发现自己的心越来越偏向那个讨厌的家伙了呢……

《可可哥斯拉》
巧乐吱 著

做不普通的自己，看完这些，助你们
修炼成为最巅峰的"不靠谱虐爱大神"。

魅丽优品畅销经典

小妮子《森永高中三年二组①》《森永高中三年二组②》《森永高中三年二组③》《来自天国的交换日记》
《我在天国遇见你》《二十一夜·蔷薇之双生花篇》《二十一夜·蔷薇之狼篇》《二十一夜·蔷薇之花田篇》

米米拉 慕夏《晴天娃娃吉祥雨》《恋人血族馆》《恋人超有型》
《恋人大魔丸》《半粒糖，甜到伤①》《半粒糖，甜到伤②》

艾可乐《刹那的华丽血族之契约新娘》《刹那的华丽血族之红樱传说》
《刹那的华丽血族之绯梦奇缘》《刹那的华丽血族之红莲王朝》

喵哆哆《别吻我，魔王小坏①》《别吻我，魔王小坏②》《别吻我，魔王小坏③》

魅丽优品经典，畅销多年，全国瞩目！
如果……
这里面没有你心目中最经典的那本书，还等什么？为了你的偶像行动吧，在我们所有图书的最后一页，你会找到支持你的偶像的多种方法！

2012魅丽优品4月新品推荐

作者	书名	推荐指数
小妮子	《妮时代》5月刊	不可不看！
米米拉	《变装小姐真心殿》	米大新作！不可错过！
慕夏	《半粒糖，甜到伤②》	合2追1。
喵哆哆	《玩美魔女外宿中》	魔女说一定！
夏雪缘	《幸福微甜》	是微甜的幸福哦。
艾可乐	《拜见死神大人》	拜见大作吧！
松小果	《恋人我最大》	做最大恋人指南。
安晴	《请你守护我的秘密》	嘘，看书。
安晴	《蔷薇花开遇见你》	安晴粉，本月要加油看哦！
巧乐吱	《可可哥斯拉》	甜品，大家都喜欢！
宅小花	《练爱上上签》	上上签，你不要吗？
宅小花	《爱上糖果系美男》	美男？可以吃吗？
慕夏	《你是暹罗我是鱼》	经典重现，必买！
慕夏	《逆光·轻寒》	逆光粉的季度大典！
奈奈	《谁是谁的第一恋人》	想知道谁是你的NO.1吗？
魔末末	《人鱼约定爱之盟》	约定好一起买哦！
西小洛	《活该你变身Ⅰ》	看书名就心动了吧！
深蓝	《玻璃纪年》	魅丽的深蓝很不同，请支持。
FAN小妖	《我为你着迷》	谁又为FAN小妖在着迷？
草莓多	《浪漫圈圈圈圈爱》	圈圈圈圈，要定了！
奈奈	《风筝在阴天搁浅》	用你的手拾起风筝吧。
恋世纪	《极端宠爱》	极端肉麻，必需品！

除了以上这些推荐指数爆棚的大作，本月还会有米米拉文集成套上市哦。错过上一次惊喜的你，这一次一定要抓住机会！这可是你拥有经典的最后"稻草"了哦！

米米拉文集 《恋爱，倒数100》　　《寻爱，倒数100》
　　　　　　《恋爱啪啪啪》　　　《超完美飓风男友》
　　　　　　《超白痴甜心男友》　《复活吧！女王陛下》
　　　　　　《超妖孽纸箱男友》　《恋爱圈心术》

买不到我们书的同学们，在我们每本书的最后一页，你都能找到属于你的买书方法哦！

魅丽教你快速购书

首先，你可以通过书店买到我们的书！如果他们没有我们的书，你就一次次去问他买，最迟三个月内你就会发现你的愿望达成了，魅丽优品来到了你的身边。

其次：你可以通过网购的方式买到我们的书：

方法一：

魅丽优品官网商城：http://www.merry520.com/shop/
魅丽优品官方淘宝店铺：http://shop63095189.taobao.com/

每月更新优惠购书活动，超值赠品独家供应，最新最全的购书信息同步更新！而且如果你在**这里买书，还会获赠小礼品。说不定你买的书就是签名版！**

方法二：

当当网：http://www.dangdang.com/

2012年魅丽优品与当当网全面合作，更多超低折扣书籍持续更新中！你只要登录当当网，搜索你要的书就行了！**而且当当网支持货到付款，没办法网上支付的同学们，就上当当吧！**

你还可以通过邮购方式购买到我们的书：

邮购地址：湖南省长沙市开福区黄兴北路89号上城金都南栋21楼2128湖南魅丽优品文化发展有限公司　　金丹（收）
邮编：410005
读者服务咨询热线：0731—84887200-666
通过这种方式购书的同学，你们同样可以获得小礼品以及有机会获得作者签名版哦！

如有疑问，你可以咨询我们：

魅丽官方QQ：980103911
邮购1群：71072176
邮购2群：6331234
邮购3群：22763892
魅丽优品读者俱乐部1群：87401930
魅丽优品读者俱乐部2群：203461132

读者调查表

姓名：　　　　　年龄：　　　　　性别：
QQ：　　　　　　电话：　　　　　地址：

① 你买的这本书，书名是什么？

② 买这本书的原因是什么？（可多选）
A. 喜欢的作者　B. 封面和插图　C. 装帧设计　D. 故事简介吸引　E. 被人推荐　F. 赠品　G. 价格

③ 对这本书满意吗？最满意哪几点？
A. 语言风格　B. 故事情节　C. 人物角色　D. 封面和插图　E. 装帧设计　F. 价格　G. 不满意

④ 有没有在魅丽优品的淘宝店铺或魅丽商城购买过公司的书？
A. 有　B. 没有　C. 知道这两种渠道，但没有买过　D. 不知道这两种渠道

⑤ 最喜欢看哪种类型的小说？（可多选）
A. 青春校园　B. 魔幻科幻　C. 都市言情　D. 穿越　E. 悬疑恐怖　F. 热门电视剧改编　G. 其他

⑥ 平时最常通过哪种途径阅读？
A. 报纸　B. 杂志　C. 图书　D. 其他

⑦ 你最喜欢本书中的哪个人物，为什么？

⑧ 你最喜欢哪本书的封面，哪个画手的作品？

⑨ 你最喜欢本书的哪个情节？为什么？

⑩ 除了本书，魅丽优品的书里，你最喜欢的一本的书名是？为什么？

⑪ 你最想要魅丽优品哪个作者的书？哪一本？

⑫ 促使你想要这本书的原因是？
A. 喜欢该作者　B. 其他书的书后广告　C. 小海报　D. 其他书的赠品宣传　E. 网络上的广告　F. 同学推荐　G. 试读

⑬ 你喜欢参加我们的网络活动吗？为什么？
A. 不喜欢，因为不能上网　B. 喜欢，经常参加　C. 还好，更希望有地面活动

⑭ 你会被什么样的图书促销活动吸引？
A. 打折　B. 签售　C. 买一赠一等赠送方式　D. 互动活动获奖　E. 其他

⑮ 你想得到哪位作者的亲笔回信？